AF399502

LOTTI HARLOW

SCHNEEGEFLÜSTER UND Weihnachts Zauber

Eine humorvolle Second Chance Romantic Comedy

Vorwort

Weihnachten, die schönste Zeit des Jahres. Stimmt, wenn man einmal vom alljährlichen Familienessen bei Oma und Opa absieht, denn da kommen die allseits beliebten Fragen: Hast du den Mann fürs Leben schon gefunden? Wie läufts mit deiner Karriere? Ach, nicht mal ein Braten zum Fest ist bei deinem Veganismus erlaubt? Kann ich eigentlich noch mit Enkelkindern rechnen?

Als ich vor einigen Jahren zwischen meiner Familie saß und wieder einmal dieselben Fragen über mich ergehen lassen musste, kam mir die Idee zu diesem Roman. Ich wollte die Klischees und Stereotypen aufzeigen, die unsere Gesellschaft jedes Jahr zu Weihnachten wieder hervorkramt. Das aber nicht auf eine belehrende Art und Weise, sondern mit Humor. Denn mit Humor ist die Welt einfach besser. Generell sollten wir uns viel weniger ernst nehmen und das Leben einfach genießen. Das versucht auch meine Protagonistin, die in ein Weihnachtschaos vom Feinsten geschmissen wird. Aber wie alles im Leben, ist es gar nicht so schlimm, wie es auf den ersten Blick erscheint ... oder doch? Finde es doch zusammen mit meiner Protagonistin Lily heraus. Viel Spaß beim Lesen und eine fröhliche Weihnachtszeit.

Deine Lotti

Kapitel 1

Familientreffen direkt aus der Hölle

29 Tage bis Weihnachten, Gemütszustand: unbestimmt

»Wie lange sitzt du da schon?«, fragt Jenny, nachdem sie meinen Anruf entgegengenommen hat.

Ich brumme. »Viel zu kurz. Oder ist der Abend bereits vorbei? Haben wir Weihnachten schon überstanden? Sogar Silvester?«

Meine beste Freundin lacht, während ich meinen Kopf gegen das Lenkrad lehne. Mittlerweile ist die Wärme aus dem Wagen verschwunden. Langsam kriecht die Kälte der rauen Küste Cornwalls ins Innere.

»Irgendwann musst du sowieso reingehen. Je länger du es hinauszögerst, desto länger leidest du«, meint Jenny. Im Hintergrund klappert Geschirr und ich schließe die Augen. Sie hat recht, dennoch sträubt sich mein komplettes Sein dagegen, mein Elternhaus zu betreten.

»Du kennst meine Familie nicht. Jede Minute, die ich da drin bin, leide ich.« Für Jenny mag es wie eine Übertreibung klingen, allerdings ist es die Wahrheit. Seit ich beschlossen habe, dem Familienunternehmen den Rücken zu kehren und meine eigene kleine Firma aufzuziehen, hängt der Haussegen komplett schief. Dabei hatte meine Mutter vorher schon genug an mir auszusetzen. Manchmal habe ich das Gefühl, es ist ihre Lebensaufgabe, mich auf die Palme zu bringen.

»Lily, reiß dich zusammen«, sagt Jenny mit fester Stimme und ich öffne die Lider, lehne mich zurück und drücke den Kopf gegen den Sitz. »Du bist erwachsen, deswegen wirst du deinen Eltern jetzt die Stirn bieten. Sobald du das Essen hinter dich gebracht hast, kannst du zurück nach London kommen. Glaub mir, du wirst das überleben.«

Wäre es nur so einfach. Leider kannte meine Freundin nur die halbe Wahrheit. Denn ich war heute nicht wegen des Essens hier, sondern weil ich Hilfe brauchte. Aber das möchte ich für mich behalten.

»Du kennst meine Familie nicht«, wiederhole ich daher schlicht.

»Stimmt, allerdings sagt die Tatsache, dass ihr euer Weihnachtsessen probt, ziemlich viel über euch aus.«

»Es ist keine richtige Probe«, erkläre ich, weil es mir irgendwie unangenehm ist. Aber es stimmt, es war eine Probe für das eigentliche Weihnachtsessen. Jedes Jahr luden meine Eltern vier Wochen vor Weihnachten bereits zu einer Weihnachtsfeier ein. Es diente tatsächlich lediglich als Vorbereitung für das wichtigste Fest des

Jahres. Das Weihnachts-Dinner für die Geschäftspartner meines Vaters. Seit Generationen besitzt unsere Familie eine der bekanntesten Whisky-Destillerien in England. Am Abend vor Weihnachten werden wichtige Geschäfte geschlossen, neue Partnerschaften besiegelt. Das war schon immer so, seit ich denken kann. Damit nichts schief geht, dient die Weihnachtsfeier für die Angestellten und Freunde der Familie als Probelauf.

»Immerhin kannst du zwei Mal Weihnachten feiern«, sagt Jenny und holt mich aus meinen Gedanken. »Dein Herz müsste aufgehen.«

»Stimmt.« Beim Gedanken an die bunten Lichter, die Weihnachtsmusik und das ganze köstliche Essen bessert sich meine Laune. Es gibt kein anderes Fest, bei dem die Stimmung so unvergleichlich ist, wie an Weihachten. Deswegen liebe ich alles, was damit zusammenhängt. Außer das Essen mit meinen Eltern ...

Ich atme tief durch, klappe die Sonnenblende herunter und werfe einen Blick in den Spiegel. Schwarzer Mascara hängt unterhalb meiner Wimpern. Schnell wische ich ihn weg, streiche mir die blonden Strähnen aus dem Gesicht. Genug Trübsal geblasen.

»Ich schaffe das«, murmle ich mir selbst Mut zu, habe Jenny ganz vergessen.

»Natürlich. Go, Girl.«

Grinsend schalte ich den Lautsprecher aus, nehme das Smartphone aus der Halterung und drücke es mir ans Ohr. »Danke.«

»Immer«, entgegnet sie und wir beenden das Gespräch.

Ein letztes Mal atme ich tief durch, straffe meine Schultern und erinnere mich daran, wer ich bin. Niemand schafft es, mich kleinzureden. Niemand hat das Recht, meine Entscheidungen in Frage zu stellen. Nicht mal meine Mutter.

Tief in mir lacht eine jüngere Version meiner selbst, die genau weiß, dass ein Blick ausreichen wird, um mein hart antrainiertes Selbstbewusstsein ins Wanken zu bringen.

»Schluss damit, Lily. Du bist 28 Jahre alt, hast deine eigene Firma gegründet und bist ganz allein nach London gezogen. Ein Essen mit deinen Eltern ist ein Kinderspiel.«

Bevor ich erneut in Selbstmitleid ertrinken kann, öffne ich die Tür und steige aus. Der frische Duft nach Meereswasser steigt mir in die Nase. Für einen Augenblick kehren Erinnerungen an meine Kindheit zurück. Tage, an denen ich unten am Strand gespielt habe. Nächte, in denen ich durchs offene Fenster dem Rauschen der Wellen gelauscht habe. Das Wasser ist wirklich das einzige, das ich in London vermisse. Ansonsten kann ich gar nicht schnell genug zurückkehren.

Aus dem Kofferraum hole ich meine Pumps, tausche sie gegen die Turnschuhe, die ich zum Autofahren angezogen habe. Schließlich lege ich mir den Kleidersack über den Arm und gehe Richtung Haus, dann zögere ich doch. Das Anwesen liegt auf einer kleinen Anhöhe unweit der Klippen. Egal, wie oft ich hier stehe, die Imposanz des Hauses verschlägt mir jedes Mal für einen Moment den Atem. Wie ein kleines Schloss baut es sich vor mir auf, ragt in den Himmel. Trotzdem will sich kein richtiges Gefühl von Heimat einstellen. Ich seufze, reiße mich zusammen und gehe weiter.

Die Party beginnt erst in einigen Stunden. Allerdings wollte ich die Zeit vorher nutzen, um mit meinen Eltern zu sprechen und sie um Hilfe zu bitten.

Unsere Auffahrt ist mit bunten Lichtern geschmückt. Auf der kurzen Treppe, die zur Eingangstür führt, wurde ein roter Teppich ausgerollt. Allerdings fehlt der Kunstschnee und generell kommt mir die Dekoration dezent vor. Normalerweise stehen überall leuchtende Figuren und Weihnachtsbäume, die für die richtige Stimmung sorgen. Dieses Jahr scheint meine Mutter zum ersten Mal darauf verzichtet zu haben.

Bevor ich die Tür erreiche, wird sie aufgerissen. Mein Bruder kommt mir entgegen. Eilig hastet er die Treppe hinunter, rennt mich dabei beinahe um.

Kaum fünf Zentimeter vor mir bremst er ab. Ich muss den Kopf ein Stück heben, um ihm in die Augen sehen zu können. Sein dunkles Haar ist kurz, bringt seine blauen Augen noch mehr hervor. »Lily, scheiße, ich hätte nicht erwartet, dass du kommst.«

Ich zucke mit den Schultern. »Niemand traut sich gern in die Höhle des Löwen.«

»Wohl wahr.« Trevor schließt mich in seine Arme. An ihm haftet der Geruch von verbrannten Keksen und ich rümpfe die Nase. »Renn so schnell du kannst«, flüstert er mir ins Ohr.

»So schlimm?«

Er löst sich von mir und tritt einen Schritt zurück. »Schlimmer! Bisher ist alles schief gegangen, was schief gehen konnte. Fehlt nur, dass der Weihnachtsbaum in Flammen aufgeht. Oder Mum.«

»Besteht die Möglichkeit? Dann helfe ich gerne nach«, witzle ich und kassiere einen Schlag gegen meine Schulter. Natürlich meine ich das nicht ernst. Egal, was zwischen meinen Eltern und mir steht, sie haben mich großgezogen und ich weiß, dass sie mich lieben ... irgendwo tief in ihrem Inneren.

»Wir sehen uns beim Essen, oder?« Ich nicke und Trevor winkt mir zu, während er über die Einfahrt zu seinem Wagen geht. Er startet den Volvo und ich schinde Zeit, schaue ihm eine Weile nach, bis er schließlich außer Sichtweite ist. Ein letzter tiefer Atemzug.

Du schaffst das, Lily!

Ohne anzuklopfen, betrete ich unser Haus. Wobei diese Bezeichnung fast eine Beleidigung für das große Anwesen ist. Die Halle öffnet sich vor mir. Der Anblick des riesigen Baumes, der beinahe den Leuchter an der Decke berührt, verschlägt mir einen Moment den Atem. Ich hatte vergessen, wie wunderschön es hier ist. Bisher fehlt die komplette Deko, sogar der Baum ist nackt. Wahrscheinlich wuseln deswegen so viele Menschen um mich herum, versuchen zu retten, was zu retten ist. In weniger als drei Stunden werden die Gäste eintreffen. Reichlich wenig Zeit, um die komplette untere Ebene zu schmücken. Trevor hat keineswegs übertrieben, anscheinend geht heute so einiges schief.

»Lily?« Auf der Treppe rechts von mir, die in einem Bogen ins obere Stockwerk führt, steht mein Vater. Seine Autorität füllt den Raum, beschert mir eine Gänsehaut, obwohl er innegehalten hat und mich lediglich mustert.

»Dad«, begrüße ich ihn und nicke knapp. Unsere Beziehung war nie sehr herzlich.

Er kommt die Stufen herunter, nimmt mir den Kleidersack und meine Tasche ab. »Wir haben dich nicht erwartet. Bist du gut durchgekommen?«

»Ja, kaum Verkehr.«

Es scheppert und wir drehen uns zum Christbaum. Eine Glaskugel ist zu Boden gefallen, in tausend Teile zerbrochen. Der Angestellte, dem sie aus der Hand geglitten war, verzieht schockiert das Gesicht. Seine Bewegung ist eingefroren, der Blick auf die Scherben gerichtet. Schnell eilt ihm eine junge Frau zu Hilfe. Sie sammelt das Glas zusammen. Beide blicken sich hektisch um, wahrscheinlich in Sorge, meine Mutter könnte jeden Moment auftauchen.

»Seien Sie vorsichtig, sonst schneiden Sie sich«, meine ich.

Die Frau winkt ab. »Schon okay.«

»Komm«, sagt mein Vater und zieht mich zur Seite. Wir lassen die Halle hinter uns und schlagen den Weg zur Bibliothek ein. Als wir das Wohnzimmer und das angrenzende Esszimmer passieren, werfe ich einen Blick hinein. Personal hetzt durch die Räume, stellt Tische um, putzt Leuchter und versucht, einen weihnachtlichen Look zu kreieren. Ob das bis heute Abend wirklich klappt? Ich bezweifle es.

Sobald sich die Türen hinter uns geschlossen haben, atme ich auf. Dad legt meine Sachen auf einen Stuhl. »Diese Leute sind wirklich unfähig«, murrt er und lässt sich in seinen Lesesessel sinken. Im Hintergrund läuft leise Musik, die jedoch nicht vollkommen vermag, das Chaos draußen zu übertönen. »Erst kamen sie viel zu spät und nun machen sie ständig etwas kaputt. Dabei ist deine Mutter schon mit dem Catering vollkommen ausgelastet.«

»Wieso das?«

Dad schnaubt. »Wenn das so weitergeht, müssen wir heute Abend Pizza bestellen.«

»Als ob«, entgegne ich und lache. Doch Dad meint es ernst. Seine Augenbrauen sind zusammengezogen. »Nur über Mums Leiche.«

»Wahrscheinlich. Allerdings stehen die Chancen hoch. Der Koch ist krank, deswegen ist die Cateringfirma ohne aufgetaucht. Die Hälfte der Mitarbeiter scheint neu zu sein und hat keine Ahnung, was sie tut.«

»Klingt ungut«, meine ich und trommle mit den Fingern auf meine Oberschenkel. Wenn ich hierbleibe, kann ich mich länger vor meiner Mum und ihren spitzen Bemerkungen drücken. Gleichzeitig tut es mir leid, dass diese Feier offensichtlich unter einem schlechten Stern steht. Deswegen würde ich gerne helfen. Das Engelchen in mir gewinnt. Ich erhebe mich, lächle Dad an. »Mal sehen, ob ich was ausrichten kann.«

»Schließ bitte die Tür hinter dir. Und sollte mich jemand suchen ...« Er macht eine wegwerfende Handbewegung und ich verstehe, was er von mir will.

»Klar, ich habe dich nicht gesehen«, sage ich, doch Dad hat sich längst seiner momentanen Lektüre gewidmet. Nun ist er in einer Welt versunken, zu der mir der Zutritt verwehrt bleibt. Das ist schon seit meiner Kindheit so. Niemand kann ihn aus der Ruhe bringen, hat er sich einmal in eine Sache vertieft. Ich bewundere ihn für diese Eigenschaft.

Kaum habe ich das Zimmer verlassen, rennt mich beinahe jemand um. Der junge Mann entschuldigt sich und eilt davon. Hektisch eilen Menschen durch unser Haus, vertreiben die weihnachtliche Besinnlichkeit und füllen das Anwesen mit Stress. Ich zwinge mich dazu, meine Nervosität im Zaum zu halten, denn sobald sich die allgemeine Hektik legt, muss ich meine Eltern bitten, mir und meinem Unternehmen unter die Arme zu greifen, obwohl das gegen meine Überzeugungen spricht. Als ich *Lilyvents* vor knapp einem Jahr gegründet habe, hatte ich mir geschworen, es allein zu schaffen. Nun bin ich an dem Punkt angekommen, an dem ich Hilfe brauche. Zumindest, wenn ich die Firma halten und meine Mitarbeiter weiter bezahlen möchte.

Vor der großen Tür, die in die Küche führt, halte ich inne, atme tief durch und sammle meinen Mut. Aus dem Inneren dringt die Stimme meiner Mum zu mir. Sie klingt alles andere als glücklich. Trotzdem öffne ich die Tür und trete ein. Der Geruch von Verbranntem schlägt mir entgegen, lässt mich beinahe rückwärts taumeln. In der Luft hängt Feuchtigkeit, vermischt mit leichtem Rauch. Mum öffnet den Ofen schwungvoll und zieht ein Blech rabenschwarzer Kekse hervor. Mit einem Knall landet es auf der Ablage.

»Gibt es irgendetwas, das in Ihren Händen nicht zu einer Katastrophe wird?«, meint sie trocken und bedenkt jeden Anwesenden mit einer Portion Verachtung in den Augen. Eine Gänsehaut breitet sich über meinen Armen aus, als ihr Blick mich streift. Sie weist zwei Frauen an, das Blech zu säubern und erneut mit Teig zu bestücken. Danach kommt sie zu mir. Wie immer steckt sie in einem Hosenanzug, der ihre Figur elegant umschmeichelt und ihre Autorität weiter unterstreicht. Das Haar hat sie hochgesteckt, sodass ihre markanten Gesichtszüge besonders hervorstechen.

»Lily, du bist gekommen«, meint sie lächelnd und drückt mich steif an sich. Kaum hat mein Kinn ihre Schulter berührt, tritt sie den Rückzug an und mustert mich von oben bis unten.

»Wieso seid ihr überrascht? Ich habe zugesagt. Erst heute Morgen habe ich angerufen und mich nach dem Zeitplan erkundigt.«

Mum nickt. »Stimmt, allerdings ist im letzten Jahr kurzfristig etwas dazwischengekommen, deswegen hast du erst wenige Stunden vor der Feier abgesagt. Wir haben heute keinen Platz für dich reserviert. Jetzt wo du dein eigenes Unternehmen führst, habe ich dich für zu beschäftigt erachtet.«

Verwirrt blinzle ich, muss erstmal verarbeiten, was ich gerade gehört habe. »Meinst du das ernst?« Rhetorische Frage. Meine Mum sagt nie etwas, das sie nicht so meint. »Es gibt keinen Platz für mich?«

»Nein, aber wir finden schon eine Lösung. Eine Begleitung hast du nicht mitgebracht, oder?«

Autsch. Ein Stich in die Magengegend. »Nein, ich bin allein gekommen.«

»Habe ich mir gedacht.« Ein weiterer Stich, der nur knapp die Lunge verfehlt. Dann zieht Mum die Augenbrauen nach oben. »Hast du dieses Jahr etwa keinen Auftrag zu Weihnachten? Gehen dir bereits die Kunden aus?« Mum holt aus, sticht mir das Messer direkt in die Brust. »Oder brauchst du Geld?« Langsam dreht sie die Waffe, zieht sie dann mit einem Ruck heraus und nimmt mein Herz mit.

Die Theatralik meiner Gedanken sucht ihresgleichen und ich schreibe sie der Weihnachtsstimmung zu, die Glück und Freude ins Unermessliche steigern kann, aber genauso die Macht besitzt, negative Gefühle zu verstärken. Einen Moment fehlt mir die Luft. Mein Hirn hat vergessen, wie es Worte bildet. Wut braut sich in mir zusammen. »Mir geht's gut, ich bin gut angekommen, danke der Nachfrage, Mum.«

Sie verdreht die Augen. »Ich kann sehen, dass du wohlauf bist.«

Unbehagen schnürt mir die Kehle zu. Ich kann meine Eltern nicht um Geld bitten. Was für mich lediglich eine kleine Hilfestellung sein soll, wird in ihren Augen das bestätigen, was sie sowieso schon die ganze Zeit erwarten: dass ich versagen werde. Dass ich unfähig bin, mein Unternehmen zu führen. Und das will ich nicht zulassen. *Lilyvents* habe ich mir ganz allein aufgebaut, habe Tag und Nacht gearbeitet. Das darf mir keiner kaputt machen. Ja, momentan laufen mir die Kunden davon, weil ich bei der falschen Kundin einen Fehler gemacht habe. Deswegen wollte ich die Sicherheit meiner Eltern im Rücken. Allerdings schaffe ich es auch ohne sie. Wie ich es immer getan habe.

Ich setze ein Lächeln auf. »Keine Geldprobleme und auch sonst nichts, um das du dich sorgen müsstest.«

Hinter meiner Mum fällt etwas klappernd zu Boden und sie drückt fest die Lider aufeinander, während ich an ihr vorbei schiele. Über die hellen Holzdielen breitet sich eine weiße Creme aus, die mit Sicherheit für einen Kuchen gedacht war. Daneben liegt eine große Metallschüssel.

»Kann ich helfen?«, frage ich, um von dem Chaos abzulenken und der Küchenhilfe einige Sekunden zu verschaffen, in denen sie sich sammeln kann, bevor das Donnerwetter in Form meiner Mum über sie hereinbricht.

Mum öffnet die Augen und legt die Stirn in Falten. »Nur, wenn du Wunder vollbringen kannst.« Sie dreht sich langsam um, betrachtet die Szene wortlos. Einen Herzschlag lang steht die Zeit still, keiner bewegt sich. Dann donnert Mum los und ich ziehe mich zurück.

Das Bedürfnis, mich in ihre Angelegenheiten einzumischen, ohne von ihr darum gebeten worden zu sein, habe ich bereits in meiner Jugend abgelegt. Stattdessen gehe ich zurück in die Eingangshalle und betrachte den Baum. Seine Spitze berührt beinahe den großen Kristallleuchter, der in der Mitte des Raums von der Decke hängt. Mittlerweile schmücken das untere Drittel einige Kugeln.

»Entschuldigung«, sage ich zu dem jungen Mann, der mir am nächsten ist und deute auf den Baum. »Sie sollten zuerst den oberen Teil schmücken.«

Verständnislos mustert er mich. »Wieso?«

»Weil sonst die Kugeln zerstört werden, sobald sie auf die Leiter steigen und dauernd an die unteren Äste stoßen«, antwortet jemand an meiner statt und ich drehe mich um.

»Lisa!«, rufe ich fröhlich und laufe zu ihr. Ich schließe sie in die Arme. »Endlich jemand, der sich wirklich freut, mich zu sehen.«

Sie lacht. »Schön, dass du hier bist.«

»Entschuldige, dass ich mich die letzten Wochen derart wenig gemeldet habe«, meine ich und drücke sie fester an mich.

»Kein Problem. Vor Weihnachten herrscht doch überall Chaos. Diese Mischung aus Verzweiflung und Vorfreude macht Weihnachten erst aus.«

Ich löse mich von ihr, lege meine Hände allerdings auf ihre Schultern. »Chaos ... da sagst du was. Hier geht es heute drunter und drüber.«

Lisa seufzt. Dabei streicht sie sich eine braune Locke hinters Ohr. Ihre Sommersprossen auf Nase und Wangen sind selbst im Winter deutlich sichtbar. »Damit habe ich fast gerechnet, deswegen bin ich früher gekommen.«

Seit ich denken kann, gehört Lisa zu diesem Anwesen. Ihre Mutter arbeitete als Hauswirtschafterin für meine Familie und brachte Lisa jeden Tag mit, sodass wir zusammen aufgewachsen sind. Nach dem Schulabschluss begann sie eine Ausbildung bei meinem Dad und kümmert sich nun um den Export des Whiskys. In unserer Kindheit waren wir beide unzertrennlich, doch seit ich nach London gezogen bin, haben sich unsere Wege getrennt. Zwar halten wir den Kontakt, aber unser Verhältnis hat sich dennoch verändert.

»Wieso das?«, frage ich und ziehe Lisa mit mir. Zusammen steigen wir die Stufen nach oben in eins der Gästezimmer. Hier drinnen ist es ruhig und wir können unsere Unterhaltung weiterführen.

»Die Eventfirma, die unsere Feste normalerweise organisiert, wurde letztes Jahr verkauft. Bereits bei der Planung ist nahezu alles schief gegangen. Deine Mum war einem Nervenzusammenbruch nach dem anderen nahe. Deswegen wollte ich ihr heute unter die Arme greifen. Hätte ich gewusst, dass du kommst ...«

»Hat Mum nichts gesagt?«

Lisa schüttelt den Kopf und ich schnaube, mir fehlen die Worte. Allerdings ist es typisch für meine Mutter. Keine Ahnung, ob sie wirklich gedacht hat, ich würde das Essen schwänzen oder ob sie mir damit ein weiteres Mal zeigen wollte, dass ich kein richtiger Teil dieser Familie mehr bin. Und das, obwohl ich heute Morgen extra angerufen habe.

Egal, welche Intention dahinter steckt, es verletzt mich. Meine Eltern haben meine Träume nie unterstützt, weil es für sie nur einen Weg gab, den ich hätte gehen sollen.

»Ich bin froh, dass du gekommen bist«, meint Lisa und legt ihren Arm um meine Schulter. Sie drückt mich einige Sekunden an sich und ich vertreibe die Gedanken. Mein Vorhaben, um Hilfe zu bitten, ist sowieso zu Staub zerfallen. Daher muss ich lediglich diesen Abend hinter mich bringen und kann zurück nach London kehren. Anstatt mich runterziehen zu lassen, von Dingen, die ich niemals ändern können werde, sollte ich mich auf die guten Sachen fokussieren. Sollte das Essen und die Stimmung genießen. Na ja, zumindest, wenn sich Letztere bis zur Party bessert.

»Du solltest in die Küche gehen«, sage ich zu Lisa. »Die Chancen stehen gut, dass meine Mum sonst jemanden umbringt. Ich werde mich in der Zeit um die Deko kümmern.«

»Danke.« Lisa drückt mich ein letztes Mal an sich, löst sich dann von mir und geht davon. Einen Herzschlag lang sehe ich ihr hinterher. Dieser Tag hat sich bereits jetzt anders entwickelt als erwartet.

Kapitel 2

Lieber eine Feier mit Schrecken, als ein Schrecken ohne Feier

Der Geräuschpegel ist unfassbar laut, trotzdem lächle ich und sehe mich zufrieden um. Von der Decke hängen bunte Kugeln und grüne Tannenäste. An einigen Stellen sehe ich das Netz durchschimmern, an dem wir das ganze befestigt haben. Nicht perfekt, aber das Beste, was ich aus der Situation rausholen konnte. Immerhin erstrahlt der Weihnachtsbaum in leuchtenden Farben. Im Hintergrund läuft leise Weihnachtsmusik, die jedoch kaum hörbar ist, da die Gäste sich fröhlich unterhalten. Durch die Menge laufen Angestellte, die Getränke und Häppchen verteilen. Wobei Letztere aus Crackern und einigen Aufstrichen bestehen, die ich im Supermarkt besorgt habe. Die Notlösung sozusagen. Mum war wenig begeistert, als sie davon Wind bekommen hat.

Unglaublich, dass wir es wirklich so weit geschafft haben und die ganze Party stattfinden kann. Zwischenzeitlich dachte ich, es wäre besser, das Ganze abzusagen. Allerdings hat Mum mir klargemacht, dass ich dann gleich ihre Beerdigung organisieren könnte. Das Ansehen unserer Familie ist ihr unglaublich wichtig, deswegen muss es gewahrt werden – um jeden Preis.

»Lily.« Eine Hand legt sich auf meinen Rücken. Ich drehe mich um und muss den Blick senken.

»Miss Harding«, begrüße ich unsere Nachbarin lächelnd. Früher hat ihr das kleine Café im Ort gehört, bis sie es vor einigen Jahren verkaufte und in Rente ging. »Wie geht es Ihnen?«

»Ach, das Alter, meine Liebe. Der Rücken will nicht mehr, die Knie sind schon seit Jahren müde, aber hier oben, hier oben bin ich fit«, sagt sie und tippt sich dabei gegen die Stirn. Ihr Mund verzieht sich zu einem Lächeln und ich grinse, schließe sie in die Arme. Dann greife ich mir zwei Champagnerflöten von einem Tablett und reiche Miss Harding eine davon. »Es ist schön, Sie zu sehen.« Nachdem wir angestoßen haben, trinke ich einen großen Schluck und spüre das Brennen in meinem Hals. Den Drang, das Gesicht zu verziehen, unterdrücke ich.

»Finde ich auch«, entgegnet Miss Harding. »Wo ist denn der nette Mann von vorletztem Jahr? Jackson?«

»Jason«, antworte ich trocken und hoffe dabei, dass der Mistkerl in der Hölle schmort.

»Richtig, Jason.« Miss Harding trinkt ihren Champagner in einem Zug leer und stellt das Glas auf der Kommode neben uns ab. »Ein wirklich netter junger Mann.«

Plötzlich steht meine Mum neben uns, reicht Miss Harding ein neues Glas Champagner. »Lily hat sich von ihm getrennt«, informiert sie Miss Harding. Dabei höre ich ihren missbilligenden Unterton genau heraus. »Dabei mochten wir ihn wirklich gerne.«

»Kann ich mir vorstellen«, murmle ich und beiße die Zähne fest zusammen. Jason stammt aus gutem Haus, seine Familie besitzt eine große Exportfirma und er hat eine eklige Schleimspur hinter sich hergezogen, als ich ihn mit zur Weihnachtsfeier genommen habe. Damals fand ich seine Art süß, jetzt kommt mir, allein bei dem Gedanken an ihn, das Frühstück wieder hoch. Vielleicht liegt es auch eher daran, dass ich mir jedes Mal vorstelle, wie er es mit seiner Affäre treibt, wenn sein Name fällt. Eins von beidem muss es sein.

»Das ist aber schade.« Miss Harding sieht bedauernd zu mir, dann wieder zu Mum, welche nickt. Einen Moment muss ich bei ihrem Anblick an Mrs Bennet denken, als Lizzy einen Heiratsantrag abgelehnt hat. Wären wir im 19. Jahrhundert, wäre ich mit Sicherheit die Enttäuschung der ganzen Familie. Mit 28 Jahren noch unverheiratet und keine Aussicht auf einen baldigen Antrag. Geschweige denn Kinder … Ich sollte mich schämen. Der Gedanke bringt mich zum Lachen.

»Hast du denn jemand Neues kennengelernt?«, fragt Miss Harding und ich schüttle den Kopf. »Mach dir keine Sorgen, Liebes. Du bist jung. Genieße deine Jugend. Wenn du alt bist, kannst du genug Zeit mit Männern verschwenden.«

Grinsend proste ich ihr zu. »Da haben Sie recht.«

»Warte nur nicht zu lange«, meint meine Mum. »Die Uhr tickt. Mit jedem Tag, der verstreicht, rücken Kinder in die Ferne. Du solltest lieber genügsamer sein und deine Ansprüche herunterschrauben …« An dem Punkt steige ich aus, schaue mich im Raum um. Die Gäste scheinen glücklich, was mich entspannt. Die Stimme meiner Mutter rückt in den Hintergrund und obwohl ich versuche, ihre Worte an mir abprallen zu lassen, nehme ich jedes davon wahr. Sobald mein Glas leer ist, schnappe ich mir ein neues und folge Miss Hardings Beispiel, indem ich es in einem Zug leere. Diesen Abend überlebe ich offensichtlich nur mit viel Alkohol im Blut.

Deswegen verabschiede ich mich von Miss Harding und steuere die Bar an. Dort lasse ich mir etwas Stärkeres Mixen, trinke gierig einen Schluck. »O mein Gott«, entfährt es mir. »Was ist das?«

»Gin Tonic?«, antwortet der junge Mann. Seine Stirn liegt in Falten, was seine Augen riesengroß werden lässt.

»Ist das eine Frage?«

»Nein, es ist ein Gin Tonic.« Sein unsicherer Gesichtsausdruck straft die Worte Lügen.

»Was ist da drin?«, will ich wissen und betrachte das Gemisch. Der gelbe Schimmer lässt mein Misstrauen wachsen.

»Gin?«, zählt der Barkeeper auf und ich höre das Fragezeichen deutlich heraus, deswegen nicke ich. »Tonic?« Erneut nicke ich. »Birnensaft für den weihnachtlichen Touch.« Er greift nach der Saftflasche und hält sie mir hoch.

»Gut, was noch?«

»Brauner Tequila, Wodka und Zimt.«

Das erklärt den fürchterlichen Geschmack nach Medizin. »Hast du einfach jeglichen Alkohol, den du gefunden hast, zusammengekippt?«

Verlegen senkt er den Blick. Eigentlich sollte es ein Scherz sein, allerdings zeigt mir seine Reaktion, dass ich gar nicht so falsch liege mit meiner Vermutung. »Dein erstes Mal hinter der Bar?«

»Ja«, gibt er zu und ich winde mich innerlich. Was kann noch alles schief gehen?

»Hast du ein Smartphone?« Er nickt. »Dann googelst du jetzt erstmal, wie man Gin Tonic und sämtliche Longdrinks mit Whisky macht.« Ich blicke mich im Raum um, suche nach meinem Bruder. Er kennt mit Sicherheit jemanden, der uns aushelfen könnte. Statt ihm entdecke ich allerdings meine Mutter, die auf mich zukommt – Flucht ist zwecklos. Diese Frau besitzt einen eingebauten Lily-Radar. Wahrscheinlich gab's den bei meiner Geburt gratis dazu.

»Da bist du ja«, meint sie und hakt sich bei mir unter. »Komm, ich möchte dir jemanden vorstellen.«

Bevor ich widersprechen kann, zieht sie mich mit sich. Im Vorbeigehen begrüße ich einige Gäste. Die meisten Anwesenden kenne ich seit meiner Kindheit, bin mit ihnen groß geworden. Gerne würde ich mich länger mit ihnen unterhalten, allerdings lässt meine Mum keinen Widerstand zu. Sie zieht mich unbeirrbar weiter, bis wir endlich am Ziel angekommen sind.

»Peter?«, flötet sie honigsüß und ich lege die Stirn in Falten. Vor uns steht ein hochgewachsener Mann in weißem Anzug. Auf der Nase sitzt eine dicke Hornbrille, die ihn wahrscheinlich älter wirken lässt, als er wirklich ist. Trotzdem liegen mit Sicherheit zehn bis fünfzehn Jahre zwischen uns. Sein dunkles Haar steht in hartem Kontrast zu der hellen Kleidung und lässt seine Haut fahl wirken.

»Peter«, wiederholt meine Mum und deutet dann mit einer Geste auf mich. »Das ist Lily, meine Tochter. Wir haben vorhin über sie gesprochen.«

Gelangweilt nimmt Peter einen Schluck von seinem Whisky, mustert mich dabei von oben bis unten. Am liebsten würde ich meine Augenbraue empört in die Höhe ziehen. Schließlich bin ich keine Ware, die man begutachten muss, bevor man sie begrüßt. Deswegen strecke ich Peter provokant die Hand entgegen.

»Nett, Sie kennenzulernen«, sage ich und drücke fest seine Finger, nachdem er meine ergriffen hat. Der erste Eindruck zählt und dazu gehört auch ein fester Händedruck, das steht im Geschäftsfrauen-1x1 ganz vorne.

Leider lässt Peter sich davon kein bisschen beeindrucken. Stattdessen lehnt er sich ein Stück nach vorne und inspiziert mein Gesicht. »Sie sind wirklich 28 Jahre alt?«

»Was?«, entfährt es mir und ich ziehe meine Hand zurück, gehe einen Schritt rückwärts.

»Irgendwie wirken Sie älter.«

Nett ... wirklich ausgesprochen nett. »Sind sie gut mit meiner Mutter befreundet?«, frage ich sarkastisch. *Dem Level ihrer Worte nach zu urteilen und wie sehr sie mich auf die Palme bringen, müssen sie mindestens beste Freunde sein.* Zum Glück kann ich mich gerade noch stoppen, bevor dieser Satz meine Lippen verlässt.

»Peter ist ein neuer Kunde. Ihm gehört eine erfolgreiche Hotelkette, die nun unseren Whisky ausschenkt«, erklärt Mum und ich nicke, als würden mich ihre Worte interessieren. Stattdessen durchforste ich mein Hirn nach Möglichkeiten, wie ich die beiden verlassen kann, ohne dabei unhöflich zu wirken. Wieso ist er überhaupt hier? Die Feier für Geschäftskunden ist eigentlich erst in vier Wochen.

Peter trinkt erneut einen Schluck und prostet mir danach zu. »Ein tolles Unternehmen, das ihre Familie führt. Qualität ist heute auch nicht mehr das, was sie früher war. Deswegen bin ich umso glücklicher, in Ihnen einen würdigen Partner gefunden zu haben.«

Zufrieden lacht meine Mum und legt ihre Hand auf Peters Schulter. Von seinem weißen Anzug tropft so viel Schleim, dass ich Angst habe, daran zu ersticken.

»In welchem Bereich sind Sie tätig?«, fragt Peter und ich beeile mich zu antworten, bevor Mum mir ins Wort fallen kann.

»Eventmanagement. Ich habe meine eigene Firma gegründet.« Aus meiner kleinen Umhängetasche ziehe ich eine Visitenkarte, die ich Peter reiche. »Sollten Sie jemanden brauchen, der ein Fest für Sie plant, bin ich ihre Frau.«

Peter betrachtet die Karte einige Sekunden, dann nimmt er sie entgegen und liest den Text. »Also arbeiten Sie gar nicht im Unternehmen ihrer Familie?«

Stolz schüttle ich den Kopf. Anscheinend hat ihm meine Mum diese Kleinigkeit verschwiegen.

»Momentan nicht«, sagt sie und streicht ihr Kleid glatt.

»Momen–«, beginne ich, doch sie drückt meinen Arm derart fest, dass ich innehalte und schweige. Soll sie den Kerl doch anlügen, ist mir egal.

Peter steckt die Visitenkarte in seine Anzugtasche. »Welche Art von Events organisieren Sie?«

»Jegliche. Ich kann mich auf beinahe alles einstellen.«
Selbstbewusst nippe ich an meinem Getränk. Shit, ich
hatte vergessen, wie grauenvoll es schmeckt.

»Dann haben Sie sicher die Weihnachtsfeier organisiert?«

Ich verschlucke mich an meiner eigenen Spucke,
huste und stelle schnell das Glas auf dem Stehtisch neben mir ab. »Ganz sicher nicht. Tatsächlich habe ich
eher versucht zu retten, was zu retten war.«

Der Blick meines Gegenübers schweift durch den Saal
und ich folge ihm. Oben an der Decke sehe ich wieder
das Netz, außerdem scheinen einige der Kugeln gefährlich nahe vor einem Absturz zu stehen. Hoffentlich halten sie den Abend durch. »Weihnachten haben Sie doch
sicher alle Hände voll zu tun. Die ganzen Firmenfei-
ern ... wie schaffen Sie es da, private Veranstaltungen
wahrzunehmen? Ich bin beeindruckt von so viel Pla-
nungstalent«, sagt Peter und ich frage mich, ob er sich
ein Gehirn mit meiner Mutter teilt. Diese Gabe, etwas
zu sagen, das unterschwellig beleidigend ist, obwohl
die Worte nett wirken, ist unglaublich.

Vielleicht bin ich auch lediglich zu dünnhäutig, weil
Mum mich den ganzen Tag mit ihren Bemerkungen ge-
triezt hat. Aber ich nehme es Peter einfach nicht ab,
dass er seine Aussage ernst meint.

»Gehört zu meinem Job«, murmle ich daher. »Ohne
die Liebe zur Planung wäre ich wohl eine Fehlbeset-
zung.«

»Wir dachten eigentlich auch, dass Lily zu beschäftigt
wäre. Wobei ich in dem Alter nicht nur mit der Expan-
sion unserer Firma zu tun hatte, sondern bereits ver-
heiratet war und zwei Kinder umsorgt habe. Das

immerhin wird dir die nächsten Jahre wohl kaum im Weg stehen«, wirft Mum ein und ich verdrehe die Augen, wende mich allerdings zur Seite, um es vor ihr zu verbergen. Wenn ich jedes Mal einen Schluck Alkohol trinken würde, wenn meine Mum etwas von sich gibt, das mich auf ihre Art wissen lässt, wie enttäuscht sie von mir ist, wäre ich längst betrunken. Vielleicht ist das die einzige Möglichkeit, diesen Abend zu überstehen? Deswegen nehme ich das Glas wieder in die Hand, trinke einen großen Schluck und spüre, wie sich das Gebräu meine Speiseröhre hinunter brennt.

»Mein Kunde ist im letzten Moment abgesprungen«, gebe ich schließlich die halbe Wahrheit zu, um dem Thema ein Ende zu bereiten. Leider passiert genau das Gegenteil.

Mum dreht sich abrupt in meine Richtung. »Was? Dann brauchst du doch Geld?«

Erneut trinke ich einen Schluck. Der Alkohol kribbelt unter meiner Haut, lässt Wärme in meine Wangen steigen. »Wieso schließt du daraus, dass ich Geld brauche?«

Peter folgt dem Gespräch interessiert. Ein richtiger Gentleman ... Bevor meine Mutter weiter auf mich einreden kann, verabschiede ich mich und gehe zurück zur Bar. Das Letzte, was ich heute brauche, ist ein Streit mitten auf der Weihnachtsfeier. Allerdings scheint das meiner Mum egal, denn sie folgt mir. »Wieso verschwindest du mitten im Gespräch?« Anstatt zu antworten, greife ich über die Bar nach einer Flasche Whisky und fülle mein Glas damit auf. »Gefällt Peter dir nicht?«

»Was?«, frage ich verwirrt.

»Oder hast du vor, für immer allein zu bleiben, um mich damit zu treffen?«

Ich blinzle, versuche ihre Worte zu erfassen. Vergeblich. »Was?«

»Reicht es dir nicht, der Firma den Rücken gekehrt zu haben? Willst du mich bestrafen, indem du alles vermeidest, was ich mir für dich wünsche?«

»Was?«, entfährt es mir erneut. Der Schock über das Gesagte klingt nur langsam ab, hinterlässt Wut. »Das ist es, was du denkst? Dass ich das tue, um dich zu ärgern?« Meine Stimme ist leise, trotzdem kann ich den Ärger kaum verbergen. Ich krampfe die Finger um mein Getränk.

»Nicht?«

»Natürlich nicht«, entgegne ich fassungslos.

In dem Moment eilt eine Angestellte auf uns zu und flüstert meiner Mum etwas ins Ohr, während ich sie weiterhin entrüstet betrachte. Wie kann sie das glauben? Woher hat sie den Gedanken bloß? Ich reiße mich von ihrem Anblick los und kippe den Whisky in einem Zug hinunter.

»Wie bitte?« Mum verzieht wütend das Gesicht. »Sie mussten die Vorspeise lediglich anrichten. Wie haben Sie es geschafft, das ganze dabei ungenießbar zu machen?« Die junge Frau blickt starr zu Boden. »Entschuldige mich Lily, ich muss in die Küche.«

Erleichtert über die Unterbrechung wende ich mich der Bar zu und knalle mit der Hüfte gegen einen Hocker. Bevor ich das Gleichgewicht verliere, fassen zwei Arme nach mir und stützen mich. Hui, offensichtlich tut der Alkohol das, was er soll. Er wird mich hoffentlich vergessen lassen, was ich heute alles gehört habe.

»Ich glaube, das war genug Whiskey«, meint mein Bruder neben mir und nimmt mir die Flasche aus der Hand.

»Auf keinen Fall.«

»Was hast du vor? Dich betrinken?«

Lächelnd tippe ich mir gegen die Nasenspitze. »Hundert Punkte. Ist Mums Schuld.«

»Wieso?«

»Ich habe ein Trinkspiel daraus gemacht.«

Trevor hebt eine Augenbraue. »Woraus?«

»Mums Kommentaren.« Es fällt mir schwer, mich auf das Gespräch zu konzentrieren, deswegen wiege ich mich lediglich leicht im Takt der Musik.

»Hältst du das für eine gute Idee?«, fragt mein Bruder und sieht mich zweifelnd an. Er musste nie derart unter den Kommentaren meiner Mutter leiden wie ich. Keine Ahnung, warum sie sich auf mich eingeschossen hat. Vermutlich, weil ich im Gegensatz zu meinem Bruder vom Weg, den unsere Mutter für uns vorgesehen hat, abgewichen bin. Trevor geht auf im Familienunternehmen, liebt die Arbeit auf dem Land. Trotzdem stellt er sich stets als Schutzschild zwischen meine Mum und mich. Ich lege ihm einen Arm um die Schultern.

»Das ist der einzige Weg, wie ich diesen Abend überlebe.«

Anscheinend konnte meine Mum das Problem schneller lösen als gedacht, denn sie kommt bereits zurück und steuert direkt auf uns zu.

Nun gut. Ich bin bereit für die zweite Runde. Erneut greife ich nach der Whiskyflasche und fülle mein Glas. Weiter geht's.

Kapitel 3

Kater des Grauens

***28 Tage bis Weihnachten,
Gemütszustand: Was habe ich mir nur gedacht?***

Durch meine geschlossenen Lider dringt Helligkeit zu mir. Ich lege meinen Arm über meine Augen, drehe mich herum und ziehe mir die Decke bis zum Haaransatz. Mein Kopf dröhnt und jede kleine Bewegung hallt in meinem gesamten Körper wider.

Scheiße, wo bin ich?

Wie spät ist es?

Welches Jahr haben wir?

In welcher Zeitzone befinde ich mich überhaupt?

Neben mir vibriert etwas auf der Matratze und ich zucke. Schmerz explodiert in meinem Schädel, deswegen drücke ich mir die Hände an die Schläfen. Plötzlich taucht eine Erinnerung vor meinem inneren Auge auf. Lisa stützt mich, schleppt mich mehr die Treppen hinauf, als dass wir gehen.

Der Gedanke tut weh, trotzdem erinnere ich mich an einen kleinen Fetzen der gestrigen Weihnachtsfeier …

und wünsche mich sofort zurück in die Dunkelheit des Vergessens.

Das Vibrieren verstummt und ich atme auf, öffne endlich meine Lider. Unter der Decke ist es stickig, trotzdem fühle ich mich hier sicher, kann mich auf diese Art noch einige Minuten vor der Realität drücken.

Was habe ich mir bloß dabei gedacht, so viel Alkohol in mich zu schütten? Wieso kam mir das ganze gestern Abend wie eine gute Idee vor? War ich von Sinnen? Ja, meine Mum hatte mir den gesunden Menschenverstand geraubt.

Müde fahre ich mir über die Lider, stütze mich dann auf meine Unterarme und hebe den Oberkörper etwas an. Die Decke rutscht mir vom Gesicht. Helles Sonnenlicht sticht mir in die Augen, vermischt sich mit Schwindel. Deswegen falle ich wieder zurück auf mein Kissen.

An der Tür klopft es und ich drehe langsam meinen Kopf. Keine Sekunde später steht meine Mutter neben mir. Hat sie meine Gedanken gehört?

»Guten Morgen«, flötet sie viel zu fröhlich. Ihr Grinsen verheißt nichts Gutes, deswegen drücke ich die Lider fest aufeinander, wünsche mich nachhause in meine eigenen vier Wände. »Ich habe hier die Liste. Einige Dinge habe ich neu hinzugefügt, da ich ja nun weiß, dass alles in guten Händen ist.«

»Gute Hände?« Meine Stimme ist belegt und ich räuspere mich.

Mum legt derweil die Liste auf die Decke, sodass ich einen Blick darauf werfen kann. Zuerst erkenne ich eine Menü-Abfolge. »Was ist das?«, frage ich, doch

Mum ist bereits auf dem Weg aus meinem Schlafzimmer. An der Tür hält sie inne.

»Unten steht das Frühstück auf dem Tisch. Lisa ist gekommen, um dich zu sehen. Sei höflich und beeile dich etwas.«

Seufzend presse ich die Lippen zusammen, dann nehme ich die Liste in die Hand und schaue mir die Notizen genauer an. Unser Familienwappen aus gefrorenem Eis? Okay ... klingt interessant. Leider werden die Fragezeichen in meinem Kopf dabei nur größer, anstatt zu verschwinden. Bevor ich am Ende der Liste angekommen bin, lege ich sie auf meinen Nachttisch, denn mein Magen knurrt.

Mit dem Irrsinn meiner Mum kann ich mich später beschäftigen. Mittlerweile ist der Schwindel zum Glück verschwunden, lediglich die Kopfschmerzen sind übriggeblieben. Daher erhebe ich mich langsam und stehe auf. Aus meiner Tasche hole ich frische Klamotten, die ich überziehe. Nur wenige Minuten später putze ich mir bereits die Zähne. Danach eile ich ins Esszimmer, wo mich der Geruch von geröstetem Toast willkommen heißt. Mir läuft das Wasser im Mund zusammen.

»Guten Morgen«, begrüße ich die Anwesenden. Lisa dreht sich lächelnd zu mir um. Ihr braunes Haar hat sie zu einem lockeren Zopf zusammengefasst. Trotzdem hängt ihr eine lockige Strähne ins Gesicht, umschmeichelt ihre blauen Augen.

Währenddessen steckt Dads Nase hinter seiner Zeitung. Von meiner Mum keine Spur. Auch mein Bruder glänzt durch Abwesenheit. Immerhin habe ich Lisa. Ich setze mich auf den Stuhl neben sie und sofort kommt

Mila, eins der Hausmädchen und schenkt mir Kaffee ein.

»Danke, kann ich auch Orangensaft bekommen?«, bitte ich sie und sie nickt, eilt davon.

Lisa lehnt sich zu mir. »Wie geht's dir?«

»Ging mir schon besser«, gebe ich ehrlich zu. Gleichzeitig hätte es bei den Mengen an Whisky, die durch meine Blutbahn geflossen sind, deutlich schlimmer kommen können.

Lisa lacht und ich zucke zusammen. Der laute Ton dringt mir bis ins Hirn, verbreitet dort Schmerz. »Glaube ich dir.«

Nachdem Mila ein Glas Orangensaft vor mir abgestellt hat, greife ich mir ein Croissant und beiße herzhaft hinein. Je mehr Zeit vergeht, desto mehr Erinnerungen kehren zurück, doch das meiste liegt hinter einem undurchsichtigen Schleier.

»Gibt es etwas, an das ich mich unbedingt erinnern sollte?«, frage ich daher leise und schiele zu Dad. Doch er ist weiterhin hinter seiner Zeitung verschwunden.

Erneut lacht Lisa. »Kommt drauf an ... wo setzt deine Erinnerung aus?«

Ich krame einen Moment in meinem Hirn. Miss Harding, schlechtester Cocktail meines Lebens, Peter, Whisky, Wut auf meine Mutter, noch mehr Whisky ... danach ... Leere. Gab es etwas zu Essen? War ich bereits so früh derart betrunken, dass dich einen Filmriss habe?

Lisa legt mir ihre Hand auf den Unterarm. »Ich kann mir vorstellen, wieso du das Ganze vergessen hast.«

»Oje ...«, murmle ich. Der Appetit ist mir vergangen. »Was habe ich getan und wie peinlich ist es? Auf einer Skala von eins bis ich muss meinen Tod vortäuschen ...«

Nun drückt Lisa meinen Arm und mir wird schlecht. »Du hast zugesagt, die Weihnachtsfeier zu organisieren.«

Das Dröhnen in meinen Ohren wird lauter, verschluckt alle anderen Geräusche. Das muss ein Irrtum sein. Ich habe mich verhört, ganz sicher. »Was?«, entfährt es mir dennoch.

»Du hast zugestimmt, die große Weihnachtsfeier für die Geschäftspartner zu organisieren.«

»Wie bitte?« Das kann sie unmöglich ernst meinen. Da hätte ich gleich mein Todesurteil unterschreiben können. »Wieso hätte ich das tun sollen?«

»Weil du Geld brauchst«, entgegnet Lisa und erzählt mir damit nichts Neues. Allerdings frage ich mich, woher sie die Info hat. Offensichtlich muss sie mir meine Unwissenheit ansehen, denn sie fährt fort. »Kurz vor dem Essen, ist in der Küche so ziemlich alles schiefgelaufen. Du wolltest helfen, doch Charlotte hat dich abgewiesen und dadurch ist ein Streit zwischen euch entbrannt.«

Plötzlich überrollen mich die Erinnerungen. Verschwommen sehe ich meine Mum vor mir, wie sie selbstgefällig lächelt, als sie erfährt, dass ich wirklich Geld brauche. Wie sie mir die Hand entgegenstreckt, nachdem sie mir einen Deal angeboten hat. Wie ich einschlage und damit meine Seele verkaufe ... Gut, das ist etwas dramatisch, aber der Restalkohol spricht aus mir. Ich lehne meine Ellbogen auf den Tisch und verstecke mein Gesicht in meinen Händen.

Was habe ich getan?

Bin ich vollkommen wahnsinnig?

Wie soll das gut gehen?

Da ich mich weiterhin nur bruchstückhaft erinnere, lehne ich mich wieder zurück und senke meine Stimme. »Ich organisiere die Weihnachtsfeier, dafür gewähren mir meine Eltern einen Kredit, sodass ich meine Mitarbeiter bezahlen und für das nächste Event in Vorleistung gehen kann, richtig?« Lisa nickt und ich würde mich am liebsten schreiend auf den Boden werfen. Was habe ich mir nur gedacht? Nichts, das ist das Problem. Ich war viel zu betrunken, um klar denken zu können. Allerdings verbietet es mir mein Stolz, den Deal zurückzunehmen. Wie schlimm kann es schon werden? Immerhin bin ich Eventplanerin, dazu noch eine wirklich gute ... dann fällt mir die Liste mit den Sonderwünschen meiner Mum ein und ich schnaube. Wenn sie glaubt, mich derart leicht in den Wahnsinn treiben zu können, hat sie sich geschnitten. Ich werde ihr die schönste Weihnachtsfeier organisieren, die Cornwall jemals gesehen hat!

Kapitel 4

Eine Liste voller Absurditäten

Eine Eisskulptur in der Form unseres Familienwappens. Lächerlich, aber machbar. Gebäck, das nach unserem Whisky schmeckt. Total unnötig, trotzdem kein Problem. Eine Ausstellung des Lieblingskünstlers meiner Mum I.L.N. – vollkommen übertrieben. Doch wenn sie glaubt, mich damit an meine Grenzen zu bringen, dann irrt sie sich.

»Außerdem habe ich eine weitere Bedingung«, sagt meine Mum und ich sehe von ihrer Liste auf. »Es gibt ein Weihnachtsbild von I.L.N. Es ist das einzige, das er jemals gemalt hat. Ich möchte es in der Eingangshalle aufhängen.«

Ich schnaube. »Wie stellst du dir vor, dass ich da dran komme? Soll ich es dem Besitzer stehlen?«

»Ist es nicht deine Aufgabe, die Wünsche der Kunden zu erfüllen?« Schon, allerdings dient dieser Wunsch lediglich dazu, mich scheitern zu sehen. Das wissen wir beide. »I.L.N. ist Engländer und lebt ganz in der Nähe«, erklärt Mum. Vielleicht liegt ihr wirklich etwas an dem

Gemälde? »Sollte das Bild an Weihnachten nicht in der Halle hängen, ist unser Deal hinfällig.«

Es spielt keine Rolle, warum sie das Kunstwerk haben will, denn zum einen brauche ich das Geld und zum anderen werde ich nicht aufgeben, bevor ich es versucht habe. Trotzdem massiere ich mir die Schläfe, bereue erneut den ganzen Whisky gestern in mich geschüttet zu haben. Ohne ihn wäre ich nun auf dem Weg nachhause. Zwar müsste ich weiterhin um mein Unternehmen fürchten, aber um mein Nervenkostüm würde es deutlich besser stehen.

»Verstanden«, sage ich und falte die Liste zusammen. »Ich stelle ein Konzept zusammen und lege dir morgen den ersten Entwurf vor.«

Mum nickt und ich stehe auf, gehe zurück in mein Zimmer. Dort lasse ich mich aufs Bett fallen, vergrabe mein Gesicht tief im Kissen und schreie meinen Ärger frei heraus. Danach geht es mir besser. Ein bisschen jedenfalls. Der Berg Arbeit, der vor mir liegt motiviert mich jedoch. Es bleiben vier Wochen, um eine Weihnachtsfeier auf die Beine zu stellen, die den Ansprüchen meiner Mutter genügt. Eigentlich vollkommen unmöglich. Nicht mal ein ganzes Leben würde ausreichen, um ihre Vorstellungen zu erfüllen. Trotzdem ist mein Kampfgeist geweckt.

»Was?«, entfährt es Jenny, als ich ihr von dem Deal und meinem Plan erzähle. »Hältst du das für eine gute Idee?«

»Nein«, entgegne ich und verbinde das Handy mit dem Auto, sodass ich über die Freisprechanlage telefonieren kann. »Vielmehr ist es die schlechteste Idee, die ich je hatte. Aber der Alkohol hat aus mir gesprochen und das bedeutet, ich muss da nun durch.«

»Wieso hast du das ganze heute nicht wieder abgeblasen?« Berechtigte Frage ... Bisher weiß niemand in London, wie es um die Firma steht. Seit meine letzte Kundin uns überall schlecht macht, im Netz Lügen über uns verbreitet, springen uns die Leute ab und ziehen ihre Aufträge zurück, während neue ausbleiben. Dabei habe ich nur einen Fehler gemacht.

Anstatt die Wahrheit zu sagen, zucke ich mit den Schultern. »Stolz?«

Jenny seufzt. »Was hast du als Erstes vor?«

»Das Bild zu besorgen, wird die schwierigste Aufgabe, deswegen fange ich damit an«, entgegne ich, starte den Motor und schalte die Heizung an. »Gerade bin ich auf dem Weg zu dem Künstler. Über einen Kontakt habe ich die Adresse seines Ateliers herausgefunden. Niemand weiß, wer hinter dem Pseudonym steckt.«

Obwohl ich Jenny nicht sehen kann, weiß ich genau, dass sie auf ihrer Unterlippe herumkaut, während sie nachdenkt. »Es wird nahezu unmöglich, dranzukommen. Wie wahrscheinlich ist es, dass das Gemälde wirklich im Besitz des Künstlers ist?«

Ich zucke die Schultern. »Hast du eine bessere Idee?«

»Nein. Die Aktion stinkt«, meint Jenny und ich muss ihr recht geben.

»Dennoch ist es mein einziger Anhaltspunkt.« Neben mir taucht das Meer auf und ich werfe einen kurzen sehnsüchtigen Blick durchs Fenster. Dann konzentriere ich mich wieder auf die Straße. »Kannst du in unserer Kartei schauen, welcher Cateringservice sich eignen würde?«

»Wieso? Der Weg ist viel zu weit, wir können das nicht in gutem Zustand bis zu euch liefern«, wirft Jenny ein.

»Schon klar, allerdings möchte ich dort anrufen und um eine Empfehlung bitten. Viele Unternehmer kennen sich untereinander, treffen sich auf Messen oder ähnlichem. Vielleicht kennt jemand jemanden.« Meine Art ist zwar unkonventionell, hat aber bisher gut funktioniert, deswegen werde ich auch jetzt daran festhalten.

»Gut, ich maile dir die Daten.«

»Danke«, sage ich und beende das Gespräch.

Der Wind zieht an meinem Mietwagen und ich halte eisern dagegen, bin das raue Wetter an der Küste gewohnt. Manchmal vermisse ich es sogar, wenn ich durch London schlendere. Ja, ich liebe die Stadt, aber der Strand ... das Meer ... sie haben einen ganz besonderen Platz in meinem Herzen. Früher war es mein Savespace. Sobald ich mich mit meinen Eltern gestritten hatte, bin ich ans Meer geflüchtet, habe meine Sorgen herausgeschrien. Es hat jedes Mal geholfen.

Schnell gelange ich ins nächste Dorf, passiere winzige Häuser und biege schließlich nach Newquay ab. Kaum zwanzig Minuten später bin ich am Ziel. Das Atelier des Künstlers befindet sich am Stadtrand direkt neben einer kleinen Kirche mit angrenzendem Friedhof. In diesem Viertel scheinen die Uhren im letzten Jahrhundert stehengeblieben zu sein, genau wie in meiner Heimatstadt. Die Häuser sind aus braunen Backsteinen und glänzen mit schneeweißen Fensterrahmen. Davor hängen Blumenkästen, die um diese Jahreszeit allerdings leer sind.

Ich parke den Wagen am Straßenrand und steige aus. Nachdem ich meine Tasche vom Beifahrersitz gezogen habe, sehe ich mich neugierig um. Die Gegend ist wirklich schön. Im Inneren von Newquay wimmelt es von Touristen, selbst zur Winterszeit, doch hier draußen ist es ruhig. Das Atelier liegt im Gegensatz zum Rest der Gebäude in dem Viertel hinter einem dichten Zaun aus grünen Büschen. Obwohl ich mich auf die Zehenspitzen stelle, bin ich zu klein, um über sie hinwegzusehen. Am Holztor gibt es kein Namensschild, allerdings öffnet es sich als ich die Klinke hinunterdrücke. Vorsichtig drücke ich das Tor auf und spähe in den Garten. Keine Ahnung, was ich erwartet habe, aber in meiner Vorstelleng war es bunt und extravagant. Wie das Leben eines Künstlers. Ich schüttle den Kopf über meine eigenen Vorurteile und gehe einige Schritte Richtung Haus. Der Garten ist trist. Es gibt keine Blumen, lediglich Gras.

Nervös drücke ich die Klingel, doch es bleibt still. Auch beim zweiten Mal bleibt der vertraute Ton aus. Entweder ist sie kaputt oder mit Absicht ausgeschaltet. Daher klopfe ich gegen das Holz der Eingangstür und spähe neugierig durch das kleine Milchglasfenster, das sich auf meiner Kopfhöhe befindet. Zwar ist das Innere unscharf, dennoch kann ich Umrisse erkennen. Im Flur ist es still, nichts bewegt sich. Deswegen klopfe ich abermals.

Mist, so kurz vor Weihnachten ist der Künstler sicher selbst bei seiner Familie oder steckt in den Vorbereitungen für die eigene Weihnachtsfeier.

Shit.

Trotzdem klopfe ich erneut, dieses Mal fester.

»Was willst du denn?«, schreit jemand aus dem Haus und ich zucke zurück. »Sonst kommst du doch auch einfach rein.«

Die Tür wird aufgerissen und ich schnappe nach Luft. Vor mir steht kein Unbekannter, ganz im Gegenteil.

»Noah«, entfährt es mir. Ein frustriertes Lachen bricht aus meinem Inneren heraus, bringt all die aufgestauten Gefühle hervor. *Was habe ich dem Universum getan? Hätte es schlimmer kommen können?*

»Wie bitte?« Noah schaut mich mit großen Augen an.

Scheiße, habe ich das gerade laut gesagt? Mist. Mist. Mist!

»Auch schön, dich zu sehen, Lily«, meint Noah und verschränkt die Arme vor der Brust. Seine Ablehnung widerspricht seinen Worten und ich seufze. Der Bart macht seinen Ausdruck noch härter, deswegen zucke ich automatisch zurück.

Abwehrend hebe ich die Hände. »Sag mir einfach, dass ich mich in der Adresse geirrt habe, dann bin ich direkt weg. Keiner kommt zu Schaden.«

»Du hast dich in der Adresse geirrt.«

Ich drehe mich um, trete den Rückzug an. Dabei spüre ich die ganze Zeit Noahs Blick in meinem Rücken. Er bohrt sich geradezu in meine Haut und drängt mich, schneller zu gehen. Am Gartentor kommt mir ein Mann entgegen. Er lächelt, wirkt allerdings überrascht. Sein dunkelbraunes Haar schaut unter der dicken Mütze hervor. In seinen Augen liegen Freundlichkeit und Neugierde. Letzteres lässt ihn wie einen Jungen aussehen, der sich freut, an Weihnachten seine Geschenke öffnen zu dürfen. Dabei müsste er ungefähr in meinem Alter sein. Wahrscheinlich ein Freund von Noah.

»Hallo«, sagt er und versperrt mir den Weg. »Kann ich Ihnen helfen?«

»Ja, ich suche die Nummer 830.« Um meine Worte zu unterstreichen, zeige ich ihm das Stück Papier, auf dem ich die Adresse des Ateliers notiert habe.

Sein Lächeln wird eine Spur breiter. »Die haben sie gefunden.«

»Was?«, entgegne ich und fahre zu Noah herum. »Du hast gesagt, die Adresse sei falsch.« Während ich spreche, wird mir klar, dass ich Noah zuvor gar nicht gesagt habe, welches Haus ich suche. Geistig haue ich mir mit der flachen Hand gegen die Stirn.

Noah lehnt gegen den Türrahmen, die Arme weiterhin verschränkt. »Weil es das war, worum du mich gebeten hattest.«

»Seit wann tust du, was man dir sagt?« Haben es in Cornwall eigentlich alle darauf abgesehen, mich in den Wahnsinn zu treiben? Dieser Tag war schon schlimm genug, doch gerade hat er Potenzial dazu, der schlimmste meines Lebens zu werden ... Ein Lächeln schleicht sich auf Noahs Lippen und sein Grübchen kommt zum Vorschein. Sofort werde ich in die Vergangenheit gezogen, zurück in unsere Schulzeit. Ich blinzle die Erinnerungen weg, konzentriere mich auf den Gegenwarts-Noah. Genau wie damals hat er längeres dunkelbraunes Haar, das ihm in die Augen fällt. Sein Gesicht ist markanter geworden, das Kinn ist gezeichnet von einem Bart, der ihn älter wirken lässt. Wann haben wir uns das letzte Mal gesehen? Vor fünf Jahren? Oder ist es länger her?

Noah tut es mir gleich und mustert meinen Körper ungeniert, was mich in Verlegenheit bringt. Ich senke den Blick, da realisiert mein Hirn seine Worte komplett.

»Dann bist du I.L.N.?«, frage ich schockiert und sehe den Deal mit meiner Mutter in Rauch aufgehen. Noah wird mir niemals helfen. Selbst wenn er das Gemälde hat, wird er es unter keinen Umständen rausrücken.

Noah zögert. »Warum willst du das wissen?« Abwartend schweift sein Blick zu dem Mann neben mir.

»Weil ich I.L.N.s Hilfe brauche.«

Weiterhin vermeidet Noah es mich anzuschauen, mustert seinen Freund. Oder ... tut er das, weil er dessen Reaktion sehen möchte? Dann klickt es und ich wende mich zur Seite.

»Sie sind I.L.N.«, entfährt es mir erleichtert. Schnell strecke ich meine Hand aus und lächle ihn freundlich an. »Einen Moment hatte ich Sorge, dass ...« ... Noah der Künstler sein könnte. Ich halte inne, bevor mir die Worte über die Lippen kommen. »Dass ich die falsche Adresse notiert habe«, ende ich schließlich. »Wie großartig, dass ich Sie gefunden habe. Nett Sie kennenzulernen.« Eventuell klinge ich etwas zu erleichtert, was Noah ein Schnauben entlockt. Dafür strafe ich ihn mit einem scharfen Blick.

Überrascht zuckt der Künstler zurück, obwohl ich ihm die Hand entgegenstrecke. »Keine Sorge, ich werde niemandem verraten, wer Sie wirklich sind. Ich hatte gelesen, dass Sie sich gerne hinter ihrem Pseudonym verstecken möchten.«

Endlich ergreift er meine Finger. Fragend sieht er zu Noah, der mich weiterhin grimmig mustert. Die Stille ist unangenehm, deswegen versuche ich sie zu füllen.

»Wohnt ihr zusammen?«

Noah stößt sich von der Tür ab, kommt einige Schritte auf uns zu. »Eigentlich geht dich das nichts an, aber das Atelier befindet sich in meinem Haus. Ich bin sein Manager.«

»Manager«, wiederhole ich leise. Keine Ahnung warum, aber ich hätte Noah nie in einem derart ernsten Beruf gesehen. Eher als ... ich weiß auch nicht. Früher war er für jeden Spaß zu haben, wenn jemand eine dumme Idee hatte, war er der Erste, der sich bereit erklärt hatte mitzumachen. Ständig lag der Schalk in seinem Blick und ein Lächeln auf seinen Lippen. Schnell vertreibe ich die Gedanken, wende mich wieder I.L.N. zu.

»Ich brauch dringend Ihre Hilfe.«

Noah lacht. »Das ich das noch erleben darf. Lilian Kingsley bittet um Hilfe.«

»Haben Sie einige Minuten für mich?«, frage ich I.L.N. und ignoriere Noah dabei.

Der Künstler nickt. »Ich bin Ian«, stellt er sich mir offiziell vor.

»Lily.«

Er bedeutet mir vorzugehen und ich folge der Aufforderung lächelnd, streife Noah erneut mit einem Blick. Anstatt zu verschwinden, bleibt er an Ort und Stelle, sodass ich mich an ihm vorbeidrücken muss, um ins Innere zu gelangen. Meine Schulter berührt seinen Oberarm und ich spüre die Muskeln unter seinem Shirt, beeile mich aber vorbeizukommen.

»Geradeaus«, weist Ian mich an und wir durchqueren den Flur. Am Ende öffnet sich der Gang in einen großen Raum, der in der Mitte von einem Tisch dominiert wird. Die Tischplatte besteht aus einem Stück unbehandeltem Holz, auf dessen Oberfläche die dezente Wintersonne weite Schatten wirft. Rechts und links zieren bodentiefe Fenster die Wände, vermitteln beinahe das Gefühl, direkt im Garten zu stehen.

»Kann ich Ihnen die Jacke abnehmen?«, fragt Ian, der auf einmal neben mir steht und mir hilft, aus dem Wintermantel zu schlüpfen. »Setzen Sie sich doch, ich koche frischen Tee.«

»Nicht nötig«, meine ich, fürchte mich davor, mit Noah allein zu sein, aber Ian wischt meinen Kommentar lächelnd weg und verschwindet in einen angrenzenden Raum. Einen Moment später höre ich einen Wasserhahn. Zum Glück fehlt von Noah bisher jede Spur. Ob er immer noch an der Tür steht?

Egal, ich habe eine Mission. Deswegen bin ich hier.

Ich schließe die Lider einige Sekunden und atme durch die Nase ein. Dann zähle ich bis zehn und stoße die ganze Luft durch den Mund wieder aus. Tatsächlich vertreibt es die Anspannung ein wenig und ich kann mich entspannen.

Ian ist ein höflicher Mann, er wird mir sicher helfen! Hoffnung flutet mich und zum ersten Mal seit dem Morgen habe ich das Gefühl, diese Weihnachtsfeier halbwegs reibungslos über die Bühne bringen zu können. Und das, obwohl ich erst vor wenigen Minuten dem Mann begegnet bin, dem ich vor Jahren das Herz gebrochen habe. Aber mittlerweile sind wir beide erwachsen ... so sollten wir uns auch verhalten.

Deswegen konzentriere ich mich auf den Raum, gehe einige Schritte und streiche mit den Fingern über die hellen Vorhänge. Mir gegenüber entdecke ich eine große Staffelei, auf der eine Leinwand thront. Der kleine Tisch daneben ist beladen mit Farbtuben, Pinseln und Spraydosen. Erst jetzt steigt mir der Geruch von frischer Farbe in die Nase. Einige der Tuben liegen geöffnet auf einer Palette. Einem Impuls folgend tauche ich meinen Finger in den Klecks gelbe Farbe und verreibe sie dann zwischen Zeigefinger und Daumen.

Hinter mir höre ich Ian zurückkehren und drehe mich ertappt zu ihm um. Dabei fällt mein Blick auf Noah, der mich beobachtet. Erneut steht er gegen den Türrahmen – diesmal dem zur Küche – gelehnt und hat die Arme vor der Brust verschränkt. Doch dieses Mal zeichnet Neugier sein Gesicht.

»Setzen Sie sich«, sagt Ian und deutet mit dem Kopf zu dem Tisch, auf dem er gerade die Teekanne abstellt. Dann greift er nach einer Tasse und füllt sie mit der braunen Flüssigkeit. Dankbar nehme ich ihm den Tee ab und bin froh, mich an etwas festhalten zu können, denn auf diese Weise sind immerhin meine Finger beschäftigt.

»Wie kann ich Ihnen helfen?«, fragt er schließlich und nippt an seiner Tasse, von der heißer Dampf aufsteigt.

Ich ziehe mein Smartphone aus der Tasche und öffne die Galerie. Dort klicke ich das Foto des Weihnachtsgemäldes an. »Ehrlich gesagt, bin ich auf der Suche nach einem Ihrer Kunstwerke.«

Ian betrachtet das Foto, welches auch Noahs Aufmerksamkeit geweckt hat, denn er kommt näher, stellt sich hinter Ian. »Wieso?«, will er wissen. Dabei hat er weiterhin die Arme vor der Brust verschränkt. Aus irgendeinem Grund macht mich seine offensichtliche Ablehnung wütend. Egal, was zwischen uns war, das liegt Jahre zurück. Schließlich waren wir mal Freunde ... Schluss, Lily! Du hast keine Zeit, um in der Vergangenheit zu hängen. Konzentration!

»Ich würde es gerne für eine Veranstaltung ausleihen. Meine Kundin liebt Ihre Gemälde. Es war Ihr Wunsch, es bei der jährlichen Weihnachtsfeier ausstellen zu dürfen«, erkläre ich sachlich und schlucke meine Gefühle hinunter. Sie landen schwer in meinem Magen und verklumpen sich dort. Die Ausstellung werde ich erst später ansprechen, denn ohne das Gemälde, brauche ich mir darum sowieso keine Gedanken zu machen, der Deal ist dann hinfällig.

Noah richtet sich auf, nimmt Ian die Tasse aus der Hand und trinkt einen Schluck. »Wieso kommst du dann hierher?«

»Weil ich dachte, dass es vielleicht noch im Besitz des Künstlers ist oder es zumindest eine Aufzeichnung darüber gibt, wer es gekauft hat.«

»Wir können dir wohl kaum die Daten unserer Kunden weitergeben«, entgegnet Noah trocken und ich verdrehe die Augen.

»Nein, aber ihr könnt die Käufer eventuell kontaktieren und bitten, sich bei mir zu melden. Oder ist das zu viel verlangt?«

»Ist es«, sagt Noah, während Ian nickt.

»Wir haben wirklich dokumentiert, wer die Gemälde gekauft hat. Ob es in der Zwischenzeit allerdings weiterverkauft wurde ... keine Ahnung, müssten wir raus–

« Noah legt Ian seine Hand auf die Schulter und bringt ihn damit zum Schweigen.

»Was ist dein Problem?«, frage ich. Langsam stelle ich die Tasse auf den Tisch, was mich einiges an Beherrschung kostet und stehe dann auf, um auf Augenhöhe mit Noah zu sein. »Wieso machst du es mir derart schwer?«

Anstatt einer Antwort, bekomme ich lediglich Schweigen. Nach einigen Herzschlägen räuspert Ian sich. »Woher kennt ihr beide euch?«

»Schulzeit«, antworten wir unison. Immerhin darin sind wir uns einig.

Noah lehnt sich nach vorne, hält meinem Blick eisern stand. »Sag dem Kunden einfach, dass es unmöglich ist, an das Gemälde zu kommen.«

»Unmöglich.«

Noah schnaubt. »Du bist genauso stur wie früher.«

»Und du genauso kratzbürstig.«

Wir starren uns an, keiner ist gewillt, den Blickkontakt als erstes zu lösen. Wenn er will, kann er das den ganzen Tag haben.

»Ohne das Gemälde gehe ich nicht«, stelle ich klar und verschränke ebenfalls die Arme.

Nun erhebt Ian sich. Er wischt sich die Hände an seiner Hose ab, fühlt sich sichtlich unbehaglich. Beinahe habe ich Mitleid mit ihm, denn er ist zwischen unsere Fronten geraten. »Das Kunstwerk ist seit Jahren im Umlauf. Es war eins der ersten, das wir verkauft haben. Erinnerst du dich, Noah?«

»Nein.«

»Wirklich, ich meine du kanntest die –«

»Nein«, wiederholt Noah und schneidet Ian damit das Wort ab. Dieser geht einige Schritte zur Seite, stößt beinahe die Staffelei um. »Vorschlag. Ich gehe im Büro nachschauen, ob ich etwas finde … danach … na ja …« Er lässt den Rest des Satzes in der Luft hängen. Wahrscheinlich hat er selbst keine Ahnung, was er sagen will.

»Kann ich Sie begleiten?« Nur eine Sekunde länger im selben Raum wie Noah und ich platze, schreie ihm den ganzen Frust entgegen, der mir seit heute Morgen auf der Seele liegt.

Er zögert, dann nickt er. »Warum nicht?«

Noah stellt sich mir in den Weg. »Wie wär's, wenn du verschwindest und sobald wir etwas finden, rufen wir dich an?«

»Also niemals?«, entgegne ich und schaffe es damit, Noahs Mundwinkel zum Zucken zu bringen. Schon früher konnte ich seine Gedanken vorhersehen. Doch er hat sich in den letzten Jahren verändert. Von dem Jungen, der mich in Mathe seine Hausaufgaben hat abschreiben lassen, ist kaum etwas übrig. Trotzdem erkenne ich den Mann, in den ich mich damals verliebt habe. Verwirrt schüttle ich den Kopf.

»Vergiss es«, sage ich.

Ian ist mittlerweile im Flur und ich gehe um Noah herum, folge ihm. Eine schmale Treppe führt nach oben ins erste Geschoss. Die Wand links von mir ist übersäht mit Bildern in verschiedenen Größen. Zwischen kleinen Gemälden hängen große gerahmte Fotos und getrocknete Blumen, gebannt zwischen zwei Glasplatten. Die Mischung verleiht der Szenerie etwas, das ich bisher vermisst habe – Charme. Zum ersten Mal habe ich das Gefühl, den Charakter des Hausbesitzers erfassen zu können. Ehrfürchtig fahre ich über einen schweren Holzrahmen und betrachte das Bild darin einen Moment. Große Wellen schlagen gegen die kornische Steilküste. In ihnen bricht sich das Sonnenlicht und lockert die raue Stimmung auf. Wenn ich die Augen schließe, kann ich den Wind im Haar fühlen, spüre die frische Brise über meine Haut streichen.

»Was inspiriert Sie zu Ihren Bildern?«, murmle ich und öffne die Augen.

Zu meiner Überraschung ist es Noah, der antwortet. Er steht eine Treppenstufe weiter unten, ist somit beinahe auf meiner Nasenhöhe. »I.L.N. zieht seine Ideen aus dem täglichen Leben. Ein flüchtiger Moment, ein Geräusch, eine Emotion ... ganz unterschiedlich. Nicht wahr, Ian?«

»Richtig«, bekräftigt Ian selbst. Er hat mittlerweile das obere Stockwerk erreicht und schaut zu uns herab. »Meist überkommen mich die Ideen in skurrilen Situationen. Manchmal ist es aber auch der Besuch im Café, ein Spaziergang am Strand. Oder eine Erinnerung ...« Er deutet auf das Bild von der Steilküste und ich verstehe.

»Interessant«, gebe ich zu und reiße mich los. Das obere Stockwerk unterscheidet sich komplett von dem Atelier und dem Garten unten. Hier sind die Möbel bunt zusammengewürfelt. Nichts passt zueinander. Neben einer schwarzen Kommode entdecke ich ein kleines Regal aus hellem Holz. Genau wie im Treppenhaus hängen an den Wänden unzählige Bilder, Fotos und Poster. Von der modernen Sterilität fehlt jegliche Spur.

Ian verschwindet am Ende des Gangs in einem Raum und ich beeile mich, ihm zu folgen. Durch Dachfenster scheint die Wintersonne ins Innere. In ihren Strahlen erkenne ich den Staub, der in der Luft tanzt.

Das kleine Zimmer entpuppt sich als Büro. Ein sehr vollgestelltes Büro. Kaum ein Zentimeter ist frei. Überall stapeln sich Bücher, Papiere und ... Modellautos? In Glasvitrinen an den Wänden wurden sie in Szene gesetzt und zeigen, wie viel sie dem Besitzer bedeuten.

In der Mitte des Raums steht ein dunkler Schreibtisch. Zu meiner Überraschung ist die Tischplatte beinahe vollkommen leer. Lediglich ein Laptop liegt darauf. Ian setzt sich an den Stuhl dahinter und klappt das Gerät auf, während ich mich neugierig im Raum umsehe.

»Die sind sicher ein Vermögen wert«, sage ich und deute auf die Vitrinen.

Ian sieht kurz auf, schüttelt dann allerdings den Kopf. »Sie haben lediglich einen emotionalen Wert. Mein Vater hat sie mir vererbt, allerdings hasst meine Frau die Dinger genauso sehr wie eine Wurzelbehandlung. Deswegen mussten sie aus dem Haus.«

»Verstehe«, sage ich schmunzelnd und lehne mich gegen den Schreibtisch. Irgendwie fühle ich mich unnütz. Gleichzeitig bin ich total nervös, weil ich fürchte, am Ende mit leeren Händen dazustehen.

Ian lehnt sich etwas näher zum Bildschirm. »Da haben wir es. Ach ... Shit ... dazu gibt es leider keine Aufzeichnungen, der Eintrag ist leer.«

Meine Hoffnung zerbricht klirrend, wie ein Glas, das jemand auf den Boden hat fallenlassen. Tausend Scherben fliegen durch die Luft und bohren sich schmerzhaft in meine Seele. Gleich am ersten Tag zu scheitern ... ein neuer Rekord.

»Mist«, fluche ich. »Wie kann das sein? Ist die Info verlorengegangen?« Irgendwie vermute ich, dass Ian sich auf einmal auf Noahs Seite geschlagen hat und mir den Aufenthaltsort lediglich verheimlicht.

»Unten stehen unzählige andere Bilder.« Noah ist plötzlich neben mir und ich wende mich ihm zu. »Such dir eins von denen aus.«

»Glaubst du, ich würde so einen Aufstand machen, wenn ich nicht unbedingt dieses Weihnachtsbild bräuchte?«, entgegne ich. »Irgendwo muss es doch eine Information geben?«

Das war der beste Ansatz, um das Gemälde zu finden. Wenn ich heute bereits versage, kann ich die ganze Party gleich canceln.

Ian sieht vom Laptop auf, traurig schüttelt er den Kopf. »Ich habe die Daten im letzten Jahr katalogisiert. Es ist alles in der Cloud gespeichert ... zumindest ab einem gewissen Zeitpunkt. Die ersten Arbeiten damals haben wir einfach rausgegeben.«

Am liebsten würde ich mich in meinem Bett zusammenrollen und einige Stunden im Selbstmitleid baden. Danach könnte ich wie der Phönix aus der Asche steigen, doch im Moment scheint mir das ganze wie ein Himmelfahrtskommando. Wie soll ich herausfinden, wer das Gemälde hat, wenn sogar der Künstler keine Aufzeichnungen dazu besitzt? Ein Aufruf im Internet? Dauert viel zu lange, immerhin bleiben mir lediglich vier Wochen bis Weihnachten.

»Alles in Ordnung?«, fragt Ian vorsichtig und ich sehe auf.

»Nein, ehrlich gesagt nicht.« Sobald die Worte meinen Mund verlassen haben, bereue ich es. Ich schiele zu Noah, der in einer Schublade kramt. Dann straffe ich die Schultern. Das ist kein Weltuntergang ... nur ein halber ... okay, es ist der Weltuntergang!

»Sag deinem Kunden einfach, dass das Gemälde verschollen ist«, meint Noah und schließt die Schublade mit einem lauten Knall.

Ich lache freudlos auf. »Als ob sie das akzeptiert.«

»Es ist nur eine Kundin.«

»Nein, Noah, es ist nicht irgendeine Kundin, sondern meine Mutter. Und genau wie jedes Mal, wird sie ihren Willen bekommen ...« Ohne, dass ich es verhindern kann, bricht meine Stimme.

Nicht weinen, Lily! Bloß nicht weinen. Wo ist dein Kampfgeist von heute Morgen? Du bist kein Kind mehr, das sich von seiner Mum einschüchtern lässt. Ganz im Gegenteil, du bist eine starke Frau, die ihr eigenes Unternehmen aufgezogen hat. In der Theorie stimmt das, doch in Wahrheit würde ich für immer das kleine Mädchen bleiben, das es seiner Mutter nie recht machen konnte und sich daher die meiste Zeit verschüchtert in einer Ecke herumdrückte.

»Tut mir wirklich leid, Lily.« Noah sieht mich auf einmal mitleidig an. Er kennt meine Mum, ist selbst ständig bei ihr angeeckt und versteht nun vielleicht ein bisschen, wieso ich derart hartnäckig bin.

»Im Keller gibt es alte Notizbücher, eventuell hast du dort etwas notiert«, meint Ian auf einmal zu Noah und in mir keimt neue Hoffnung auf. »Das ist die letzte Möglichkeit. Geht schon mal zurück in die Küche, ich suche die Notizbücher und komme dann zu euch.«

Ians Engagement rührt mich. Dass er derart viel für jemanden tut, den er nicht kennt und der offensichtlich ein Problem mit seinem Manager hat, ist alles andere als selbstverständlich. Bevor er das Zimmer verlassen kann, lege ich ihm die Hand auf die Schulter.

»Danke.«

Er lächelt. »Gern.« Dann verschwindet er.

Mit Noah allein in einem Raum zu sein, bereitet mir Unwohlsein. Erinnerungen kriechen mir den Rücken hinauf, wollen zu meinem Verstand gelangen. Bevor meine Gedanken abschweifen können, drehe ich mich zu Noah. »Wieso hat er nur dieses eine Bild mit weihnachtlichem Setting gemalt?«

Überrascht sieht Noah mich an. »Das habe ich mit I.L.N. gemein, er verbindet schlechte Erinnerungen mit Weihnachten.« Seine Worte rufen mir das schlimmste Weihnachtsfest meines Lebens in Erinnerung. Damals habe ich mich von Noah getrennt. Es schien mir die einzige Möglichkeit, meinen Träumen zu folgen. Heute frage ich mich, wie mein Leben aussehen würde, wenn ich mich anders entschieden hätte. »Lass uns wieder nach unten gehen. Der Tee wird kalt.«

Ich nicke und folge ihm. Von Ian fehlt jede Spur. Gerade als wir uns zurück an den Tisch setzen, klingelt mein Handy. Der Teufel höchstpersönlich. Verlegen entschuldige ich mich bei Noah und nehme das Gespräch an. »Mum?«

»Wo bist du?«

»Newquay«, antworte ich und verdrehe die Augen.

»Wieso?«

Ich schnaube. »Weil du mir eine Liste gegeben hast, die ich versuche abzuarbeiten.«

»Das trifft sich gut«, sagt Mum und ich würde am liebsten auflegen. Was hat sie nun schon wieder vor? »Weißt du, ich dachte, dass es eine tolle Sache wäre, ein paar Dinge zu versteigern und den Erlös am Ende zu spenden.«

Überrascht nehme ich das Smartphone in die andere Hand. »Das ist wirklich eine tolle Sache.«

»Oder?« Ihr selbstsicheres Lächeln höre ich deutlich aus ihrer Stimme. Erneut verdrehe ich die Augen. »Was genau machst du in New-quay?«

Kurz überlege ich zu flunkern, mich selbstsicherer zu geben als ich wirklich bin. Dann entscheide ich mich für die Wahrheit. »Ich konnte den Künstler deines Lieblingsbildes ausfindig machen und bin gerade bei ihm.«

»Großartig«, entgegnet Mum und ich kann ehrliche Begeisterung aus ihrer Stimme hören. Vielleicht liegt ihr wirklich etwas an dem Gemälde und sie hat die Aufgabe nicht nur gestellt, um mich scheitern zu sehen. »Frag ihn doch gleich, ob er etwas spenden möchte und lade ihn in die Destilliere ein. Besser noch, er soll zur Weihnachtsfeier kommen, dann können wir ihn den Gästen vorstellen.«

»Wie soll das funktionieren? Er arbeitet unter einem Pseudonym, das er wahren will.«

Kurz herrscht Stille, anscheinend überlegt Mum. »Du bist Eventplanerin, dir wird schon etwas einfallen.«

Na klar, hätte ich für jedes Problem eine Lösung, gäbe es weder Krieg noch Welthunger. Abermals bin ich versucht, die Augen zu verdrehen, unterdrücke den Impuls jedoch.

»Ich muss jetzt aufhören, aber ich werde ihn einladen. Mehr kann ich nicht tun«, sage ich stattdessen und verabschiede mich. Das Handy stecke ich zurück in meine Tasche, schalte es allerdings auf Stumm. Um mich zu beruhigen, trinke ich einen großen Schluck Tee, lasse die Idee meiner Mum erstmal sacken. »Was glaubst du, wie stehen die Chancen, dass Ian meine Einladung zu unserer Weihnachtsfeier annehmen wird, weil meine Mutter ihn den Gästen vorstellen will?«

»Genauso gut, wie das Gemälde zu finden«, antwortet Noah und bestätigt damit, was ich bereits vermutet habe.

»Habe ich mir fast gedacht«, murmle ich daher und lasse das Thema ruhen. Ich habe getan, was meine Mum verlangt hat.

Der Tee ist mittlerweile kalt, trotzdem trinke ich den letzten Rest, als Ian aus dem Keller zurückkehrt. In der Hand hat er ein in Leder gebundenes Notizbuch, auf seinen Lippen liegt ein Lächeln.

»Könnte sein, dass wir Glück haben. Ich glaube, ich habe etw–« Noah springt auf, hebt die Hand und bringt Ian damit zum Schweigen. Überrascht fällt ihm das Notizbuch aus der Hand. Eine unangenehme Stille entsteht. Was ist in Noah gefahren? Abrupt dreht er sich zu mir. »Entschuldige uns einen Augenblick, ich habe vergessen, etwas Wichtiges mit Ian zu klären.«

»Jetzt?«, fragt dieser überrascht, doch Noah lässt ihm keine Möglichkeit, eine weitere Frage zu stellen, sondern packt ihn am Arm und zieht ihn aus dem Zimmer. Seltsam.

Verwirrt strecke ich mich und hebe das Notizbuch auf. Ich blättere darin herum, erkenne Noahs Schrift sofort. Von Skizzen, bis hin zu kleinen Texten und Notizen über verschiedene Bilder, findet sich darin tatsächlich etwas über die frühen Werke von Ian. Anscheinend sind es Noahs Notizen zu den Gemälden. Vielleicht, um sie besser verkaufen zu können. Auch ein Eintrag über das Weihnachtsbild ist darin. Ich überfliege die Aufschriften, bis ich eine Adresse finde. Überrascht lege ich die Stirn in Falten. Noahs Oma? Wie konnte er vergessen, dass er das Gemälde damals an sie verkauft hat?

Als ich Schritte höre, klappe ich das Buch verlegen zu und lege es auf den Tisch. Im Augenwinkel erkenne ich Noah, der zurück zum Tisch kommt. Gegenüber von mir lässt er sich auf seinen Stuhl sinken und mustert mich einen Moment. Hat er gesehen, dass ich herumgeschnüffelt habe? Nein, dann würde er wohl kaum derart ruhig bleiben.

»Entschuldigen Sie«, meint Ian, der ebenfalls den Raum betritt. »Falscher Alarm. Ich dachte, ich hätte etwas gefunden ...« Neugierig hebe ich den Blick, warte auf seine Antwort, doch er lässt die Info in der Luft hängen. Hat Noah ihn gebeten, mich anzulügen? Sitzt sein Groll gegen mich so tief? Trotz der ganzen Jahre, die verstrichen sind?

»Schon gut«, sage ich und winke ab. Ich habe, was ich wollte. Zeit zu gehen. Ein letzter Blick zu Noah ... Er mustert mich. Hat er doch gemerkt, dass ich ins Notizbuch geschaut habe? »Sie haben getan, was Sie konnten, dafür bin ich wirklich dankbar.«

»Vielleicht möchten Sie sich die anderen Bilder anschauen und eins ...«

»Nein, schon gut«, unterbreche ich Ian. »Es war nett, Sie kennenzulernen.« Ich stehe auf, reiche Ian die

Hand. Dann nicke ich Noah zu. »Und dich wiederzusehen.«

»Lügen war noch nie deine Stärke«, erwidert Noah und zwinkert mir zu.

Ich lache. »Stimmt. Mach's gut.«

Ohne auf eine weitere Antwort zu warten, drehe ich mich um und gehe schnellen Schrittes hinaus.

Kapitel 5

Der Held der Geschichte ... oder doch eher der Schurke?

**27 Tage bis Weihnachten,
Gemütszustand: Es gibt Hoffnung**

Schneeflocken fallen vom Himmel, bedecken Cornwall mit einer dicken weißen Schicht. Ich strecke meine Finger aus und versuche, einige davon zu fangen. Der Wind ist kalt, trotzdem halte ich still, bis endlich eine weiße Flocke auf meiner Haut landet. Im Gegensatz zu meinen Fingern wirkt sie winzig und ich puste sie weg, damit sie sich zu ihren Freunden gesellen kann.

Mein Blick schweift über das kleine Haus direkt vor mir. Seit Jahren bin ich nicht mehr hier gewesen, obwohl es früher mein zweites Zuhause war. Deswegen schäme ich mich und drücke mich davor, zu klingeln. Unsicher laufe ich vor dem Gartentor auf und ab. Wie soll ich mein Verhalten erklären? Mit der Wahrheit? Gute Idee. Aber was ist die Wahrheit? Keine Ahnung. Ich bin davongelaufen? Vor Noah, aber vor allem mir selbst. Dabei musste ich alles hinter mir lassen, was meinen Entschluss, meinem Traum zu folgen, entgegenstand. Trotzdem hätte ich Nan besuchen können, das ist mir klar. Seufzend reibe ich mir über die Stirn. Es gibt keine Erklärung, keine Wahrheit.

»Wie lange hast du vor, damit weiter zu machen?«

Abrupt bleibe ich stehen, halte sogar den Atmen an. Scheiße.

»Du wusstest, dass ich ins Notizbuch geschaut habe«, murmle ich und Noah lacht. Ich drehe mich zu ihm um, würde ihm am liebsten das Grinsen aus dem Gesicht wischen.

»Nicht mit Sicherheit. Allerdings bist du viel zu schnell verschwunden, nachdem du mit dem Notizbuch allein warst. Da konnte ich eins und eins zusammenzählen.« Er vergräbt die Hände in seiner dicken Winterjacke und zieht die Schultern hoch, sodass sein Schal nach oben über sein Kinn rutscht. Die dunkelgrüne Mütze ist mit einer feinen Schneeschicht bedeckt. Dann steht er also schon einige Zeit hinter mir.

»Was wirst du nun tun?«, frage ich. Noahs Grinsen wird größer und in meinem Magen rumort es.

»Nans Weihnachtspunsch trinken.« Mit gesenktem Blick geht er an mir vorbei, öffnet das Gartentor und hält dann eine Sekunde inne. »Willst du den ganzen Tag da rumstehen?«

Mein Herz schlägt mir bis zu den Ohren. *Sei kein Angsthase, Lily!*, rede ich mir zu und atme ein letztes Mal tief ein. Dann reibe ich meine Hände nervös aneinander und folge Noah. Vor der Tür bleibt er stehen, zieht einen Schlüssel aus der Hosentasche.

»Nan, wir sind da«, ruft Noah, sobald wir den Flur betreten haben. Angenehme Wärme umhüllt uns und ich öffne den Reißverschluss meiner Jacke.

»Noah?« Nans Stimme kommt aus der Küche. Ein paar Sekunden später streckt sie den Kopf in den Flur. »Meine Güte! Lily?« Ihre Stimme ist voller Wärme, keine Spur eines Vorwurfs. Sofort verschwindet die Unruhe und Tränen steigen mir in die Augen. Erst jetzt wird mir bewusst, wie sehr ich die liebevolle Art von Nan vermisst habe.

Nan kommt auf mich zu, breitet ihre Arme aus und drückt mich fest gegen ihre Brust. Der Duft von Gebäck und süßem Kuchen hüllt mich ein. Ich schließe die Lider, genieße die Wärme.

»Schön, dich zu sehen«, meint Nan, während sie mir über den Hinterkopf streicht.

Noah kickt sich die Schuhe von den Füßen. »Und was ist mit mir?«

»Ach, du Armer ...«, erwidert Nan lachend, löst sich von mir und umarmt Noah kurz. »Bist doch mein Lieblingsenkel.«

»Bin auch dein einziger, da sagt sich sowas leicht.«

Erneut lacht Nan und schlägt Noah liebevoll gegen den Oberarm. Sie ist die einzige Verwandte, die Noah geblieben ist, nachdem seine Eltern in seiner Kindheit verstorben sind. »Ist euch kalt? Kommt, ich mache den Punsch warm.« Ohne unsere Antwort abzuwarten, verschwindet sie zurück in die Küche. Ich muss die ganzen Eindrücke erst einmal sacken lassen. Irgendwie hatte ich erwartet, dass sie böse auf mich sein würde, stattdessen ist es, als wäre ich gestern das letzte Mal hier gewesen. Als hätten wir uns erst vor ein paar Stunden unterhalten.

»Geht's dir gut?«, fragt Noah. Er mustert mich, hat seine Stirn dabei in Falten gelegt.

Nickend schäle ich mich aus meiner Jacke. »Klar, wieso?«

»Weiß nicht, du hast gerade seltsam geschaut ... als wäre dir endlich der perfekte Mord eingefallen ...«

»Den habe ich vor Jahren perfektioniert. Ich warte nur noch auf den geeigneten Zeitpunkt, um meinen Plan umzusetzen«, sage ich und gehe dankbar auf seinen Scherz ein. Noah wusste schon immer, wann er meine Stimmung aufhellen musste oder wann ich allein sein wollte. Das scheint sich bis heute nicht geändert zu haben.

Mit beiden Händen fasst er sich an die Kehle. »Bin ich des Todes?«

Unfreiwillig verziehen sich meine Lippen zu einem Lächeln. »Wieso denkst du, ich würde *dich* umbringen?«

»Keine Ahnung, erschien mir naheliegen«, antwortet er und geht dann in die Küche, lässt mir einen Moment, um mich zu sammeln.

Aus dem Nebenraum höre ich, wie Nan Tassen aus dem Schrank nimmt und sie auf die Arbeitsplatte stellt. Auf einmal flutet mich Zufriedenheit, füllt jede Zelle meines Körpers. Ich bin zu Hause. Hier bin ich willkommen, egal was passiert. Selbst wenn ich mich mit Noah erneut streite ... wieder weglaufe ... mich nicht melde ... hierher kann ich zurückkehren. Das konnte ich immer, hatte es lediglich vergessen.

Als ich die Küche betrete, steht bereits eine mit herrlich duftendem Punsch gefüllte Tasse für mich bereit. Ich setze mich an den Tisch und schließe meine Finger um das warme Porzellan.

»Verbringst du Weihnachten mit deiner Familie?«, fragt Nan und ich nicke, entscheide mich schließlich um und schüttle den Kopf.

»Steht noch in den Sternen. Kommt darauf an, wie sich die nächsten Tage entwickeln.«

Noah blickt mich über seine Tasse hinweg an. »Wieso das?«

Sollte ich die Orga der Weihnachtsfeier in den Sand setzen – und die Chancen stehen momentan 50:50 – halten mich keine zehn Pferde in Cornwall. Die Vorwürfe meiner Mum kann ich bereits hören ...

Auf Nans fragenden Blick hin, fasse ich die Situation kurz zusammen.

»Wieso bist du überhaupt darauf eingegangen«, meint Noah und ich würde ihn am liebsten mit meinem Teelöffel erdolchen.

»Zum einen war ich betrunken, hör doch zu ... zum anderen ...« ... bin ich verdammt nochmal eitel. Irgendetwas muss ich ja von meiner Mum geerbt haben. Sie hat mir nie zugetraut, dass ich meine Firma erfolgreich aufbaue. Außerdem wäre es mit ihrem Geld so viel einfacher. Ich könnte für die nächsten Veranstaltungen in Vorleistung gehen und müsste mir keine Sorgen machen. Es wäre lediglich ein Darlehn, das ich so schnell wie möglich zurückzahlen würde.

Nan greift nach der Thermoskanne mit Punsch und schenkt mir nach. »Du machst dir zu viele Gedanken, Lily. Schließlich war es keine leichte Entscheidung, dem Unternehmen deiner Familie den Rücken zu kehren und eine eigene Firma zu gründen, oder? Um deinen Traum erfüllen zu können, hast du gegen Windmühlen gekämpft, weil du es gerne tust, weil dein Herz dafür schlägt und du gut bist in dem, was du tust. Hör auf, dich von den Worten deiner Mum verunsichern zu lassen. Zeig ihr, wie stark du bist. Zeig ihr, was ich in dir sehe.« Sprachlos starre ich Nan an, die nach meiner Hand greift und mir mit dem Daumen über den Handrücken streicht. Ihre Fürsorge berührt mich, vor allem nach meinem Verhalten in den letzten Jahren.

»Es tut mir leid«, murmle ich und Nan drückt meine Finger. Sie versteht sofort, wovon ich spreche.

»Wir haben alle unseren Weg, Lily, habe keine Angst, ihn weiterzugehen, okay?« Obwohl ihre Worte für mich bestimmt sind, sieht sie zu Noah, der ihrem Blick standhält. Dann steht er abrupt auf und geht zur Spüle, füllt sich ein Glas mit Wasser und trinkt es in einem Zug leer.

»Ich erinnere mich an das Gemälde«, meint Nan auf einmal und zieht meine Aufmerksamkeit wieder auf sich. »Lange her, dass ich es das letzte Mal gesehen habe. Vermutlich habe ich es auf den Speicher gepackt.«

»Auf den Speicher«, echot Noah ungläubig. Er lehnt gegen die Arbeitsplatte und hat die Arme vor der Brust verschränkt. Seine Oberarmmuskeln zeichnen sich deutlich unter seinem T-Shirt ab und ich schlucke schwer. Die sind definitiv neu.

»Der Platz hier unten ist begrenzt«, entgegnet Nan und deutet auf das Wohnzimmer hinter mir. Erst jetzt sehe ich mich genauer um. Eigentlich hat sich kaum etwas verändert. Doch durch die geöffnete Tür erkenne ich eins von Ians Kunstwerken.

Verblüfft stehe ich auf und gehe in den angrenzenden Raum. Genau wie früher wird er dominiert von einer großen Couch, von der aus man durch die Fenster direkt in den Garten sehen kann. Ähnlich wie in Ians Atelier, hängen auch hier viele Bilder. Einige sind gerahmt, andere lediglich schnell auf ein weißes Papier gekritzelt. Beinahe wirkt es wie die Kunstsammlung eines Museums. »Sind die alle von I.L.N.?«

Noah, der mir gefolgt ist, nickt. »Nan liebt seine Bilder.«

»Verständlich.« In ihnen liegt ein Zauber, den man lediglich fühlen kann. Mit jedem Blick scheint sich das Kunstwerk zu verändern. Die Formen bewegen sich, als wären sie lebendig, anstatt auf Leinwand gebannt. Es ist ein Zusammenspiel zwischen Kunstwerk und Betrachter, eine dünne Verbindung, die einen nachdenklich zurücklässt.

»Hier«, sagt Nan auf einmal hinter uns und ich wende mich ihr zu. In der Hand hält sie einen Holzstab, der in einem kleinen Haken endet. »Damit bekommt ihr die Luke auf.«

Noah bemerkt meinen fragenden Blick und nimmt den Holzstab entgegen. »Komm, ich zeig's dir.«

Zusammen verlassen wir das Wohnzimmer. Im Flur steuert Noah die Treppe an und ich folge ihm in den ersten Stock. Dort bleibt er plötzlich stehen. Beinahe knalle ich gegen seinen Rücken, kann mich gerade noch bremsen. In der Decke erkenne ich nun die quadratische Luke. Noah hakt den Holzstab in einem kleinen Metallring ein, dann zieht er kräftig und ich zucke zusammen. Laut quietschend öffnet sich die Luke. Staub fliegt uns entgegen, bringt mich zum Husten. Deswegen schließe ich die Lider einen Moment. Automatisch greife ich nach Noahs Oberarm und halte mich daran fest. Erst als ich die Augen öffne und direkt in seine blauen Iriden blicke, fällt mir auf, was ich getan habe. Schnell ziehe ich meine Finger zurück.

»Tut mir leid.«

Er lächelt. »Schon gut, ich bin gerne der Held in deiner Geschichte.«

Ich verschlucke mich an meiner eigenen Spucke. »Der Held? Du bist wohl eher der Bösewicht.«

»Würde dir ein Bösewicht die Tür öffnen, und dich zu deinem Ziel führen?«

Tatsächlich bringt er mich damit zum Schweigen, denn sein Verhalten wirft mir Rätsel auf. Gestern noch hat er Ian dazu gebracht, die Adresse vor mir zu verheimlichen. Versucht Noah nun, mir Steine in den Weg zu legen oder hilft er mir dabei, sie auf die Seite zu räumen? Keine Ahnung. Mir ist klar, dass er einen Groll gegen mich hegt. Zu Recht. Immerhin habe ich ihn damals verlassen, ohne mich zu erklären. Und das, nachdem wir uns geschworen hatten, die Ewigkeit miteinander zu verbringen.

Wieso ist er also heute hier und hilft mir? Oder schätze ich die Situation falsch ein und er versucht vielmehr, mich zu sabotieren?

Noah zieht eine Holzleiter aus und lässt mir den Vortritt. »Falls der Schatz von einem Drachen bewacht wird«, meint er lächelnd.

»So viel zu Held ...« Ich greife nach einer Sprosse und klettere hoch. Staub liegt in der Luft. Mit jedem Schritt wird es dunkler und stickiger. Nach einigen Sekunden gewöhnen sich meine Augen an die schlechten Lichtverhältnisse und ich kann Umrisse ausmachen. Rechts und links von mir stapeln sich Kisten bis unter die Decke.

»Der Lichtschalter müsste neben dir sein. Er ist an einem Balken angebracht«, meint Noah hinter mir und ich taste danach, finde ihn auf Anhieb. Leider bleibt es dennoch dunkel.

»Scheint kaputt zu sein.«

Noah geht an mir vorbei, streckt seine Finger ebenfalls nach dem Schalter aus und berührt dabei meine Haut. Schnell ziehe ich meine Hand zurück. Jedes Mal, wenn er den Schalter umlegt, klickt es laut. »Du hast recht, ist kaputt«, sagt Noah und ich verdrehe die Augen.

»Hättest mir ruhig glauben können.«

Er drückt sich erneut an mir vorbei, ignoriert meine Worte. »Bin gleich zurück.«

»Bring Taschenlampen mit«, rufe ich ihm hinterher.

»Was glaubst du, wo ich hingehe?«

»Keine Ahnung oder denkst du, ich kann Gedanken lesen?«

Noah schnaubt und verschwindet.

Trotz der Dunkelheit erkenne ich die große Anzahl an Kisten. Ich ziehe mein Handy aus der Hosentasche und schalte das Blitzlicht ein. Kurz drücke ich die Lider zusammen, weil mich die plötzliche Helligkeit blendet. Dann taste ich mich langsam nach vorne. Über den Kisten liegen große Tücher, die der ganzen Szene etwas Gespenstisches verleihen. Ohne darüber nachzudenken, packe ich eins und ziehe kräftig daran. Mit einem

Ruck gleitet es von den Kisten. Dabei wird allerdings eine ordentliche Portion Staub aufgewirbelt und landet direkt in meinem Gesicht. Erschrocken huste ich, taumle einige Schritte zurück. Dabei fällt mir das Handy aus der Hand, landet mit einem lauten Knall auf dem Boden. Mein Fuß tritt ins Leere. Panisch strecke ich die Arme aus und versuche Halt zu finden. Vergebens. Mein Herzschlag beschleunigt sich, pumpt Blut in meine Ohren, wo es heftig gegen mein Trommelfell schlägt. Das Rauschen übertönt alles, während ich versuche, irgendwie meinen Fall abzumildern. Wie hoch stehen die Chancen, dass ich das überlebe, ohne mir das Genick zu brechen? Bei 60 Prozent? Weniger? Mehr? Keine Ahnung. Trotzdem schickt mein Hirn tausend Gedanken durch meinen Schädel. Kaum einen bekomme ich zu fassen, das Einzige, was sich immer und immer wieder wiederholt ist meine Angst. Das soll es gewesen sein? Hier und jetzt werde ich sterben? Wie unfair.

Dann pralle ich gegen etwas Hartes und schließe die Lider. Irgendwie hatte ich mir den Aufschlag schmerzhafter vorgestellt. Oder bin ich einfach direkt gestorben?

»Alles gut?«, flüstert Noah mir ins Ohr und Adrenalin schießt durch meinen Körper, als mir klar wird, dass er mich davor bewahrt hat, die Treppen hinunterzustürzen. Panisch reiße ich die Lider auf, drehe mich und schaue direkt in sein Gesicht. Sorge steht in seinen Augen und treibt meinen Puls weiter an, bringt mein Herz beinah dazu, aus den Rippen zu springen. Noah streicht mir den Staub von den Wangen, streift meine Haut dabei wie eine Feder.

»Alles gut!«, rufe ich viel zu laut und löse mich von ihm. Aus irgendeinem Grund ist mir die Situation unangenehm. Deswegen bringe ich so viel Abstand wie möglich zwischen uns. Doch selbst als ich ihm den Rücken zudrehe, spüre ich seine Anwesenheit deutlich.

Was ist nur los mit mir?

»Siehst du, ich bin der Held«, murmelt Noah und bringt mich damit zum Schmunzeln. Doch ich zwinge meine Mundwinkel, sich wieder zu senken. »Ich habe die Taschenlampen mitgebracht.« Noah schaltet eine davon an und ihr Lichtkegel erhellt den Raum. Nun erkenne ich mein Handy auf dem Holz. Schnell bücke ich mich danach, hebe es auf. Das Glas zieren große Risse.

»Shit«, murmle ich. Aber auch nach weiteren Flüchen bleibt das Ergebnis dasselbe. Immerhin scheint der Rest intakt zu sein, denn das Display leuchtet auf, nachdem ich darauf gedrückt habe.

»Kaputt?« Noah steht dicht hinter mir und ich zwinge mich dazu ruhig zu bleiben. Statt zu antworten, nicke ich lediglich. Ich nehme Noah die Taschenlampe aus der Hand und sehe mich um. Je schneller ich das Bild habe, desto eher kann ich wieder nach unten. Sobald der Schock über meinen Beinahesturz nachgelassen hat, breitet sich kribbelnde Euphorie in mir aus. Kaum zu glauben, dass ich wirklich kurz davor bin, das Gemälde zu finden. Nicht nur das, ich habe auch Nan wiedergesehen und mir ist eine Last von den Schultern gefallen, die sich die letzten Jahre unsichtbar dort breit gemacht hatte.

Ich öffne die erste Kiste und werfe einen Blick hinein. Zwischen Büchern und Unterlagen erkenne ich einige alte Briefe. Um Nans Privatsphäre zu schützen, schließe ich den Deckel direkt wieder.

»Dafür ist das Gemälde zu groß«, meint Noah neben mir und leuchtet zwischen die herumstehenden Kisten. Er hebt die weißen Tücher an, schaut darunter. »Es ist ungefähr einen Meter auf einen Meter zwanzig. Wenn Nan es eingepackt hat, könnte es sogar noch mehr Platz einnehmen.«

»Vielleicht lehnt es dahinter an der Wand?«, schlage ich vor und gehe um die Kisten herum. Noah tut es mir auf der anderen Seite gleich. »Nichts und bei dir?«

»Nein.«

»Sicher?« Irgendwie geistert mir weiterhin der Gedanke im Kopf herum, dass Noah mich sabotieren könnte. Es wäre kindisch, sich auf diese Weise bei mir zu rächen. Genau seine Art.

»Schau selbst, wenn du mir misstraust.«

Ich folge seiner Aufforderung und dränge mich an ihm vorbei. »Nichts.«

»Sag ich ja.«

»Wieso bist du überhaupt hier?«, frage ich und drehe mich zu ihm.

»Um Punsch zu trinken.«

Skeptisch kräusle ich die Nase. »Klar.«

»Glaub, was du willst, Lily.«

Wir starren uns in die Augen, keiner ist gewillt, den Blickkontakt zuerst abzubrechen. Nun benehmen wir uns beide kindisch ... wunderbar. Noah bringt die schlechteste Seite in mir hervor.

»Kinder, könnt ihr die Weihnachtsdeko mit herunterbringen? Links neben der Luke, in einer bunten Kiste«, ruft Nan zu uns herauf. Damit durchbricht sie den

Moment und ich gehe zurück zum Aufgang, schiele nach unten.

»Bist du sicher, dass das Gemälde auf dem Speicher ist?«

Nan mustert mich nachdenklich. »Es ist wirklich schon einige Jahre her. Möglicherweise habe ich es verliehen.«

»Du hast es verliehen?«, fragt Noah ungläubig hinter mir. »Du hast ... was?« Einen Augenblick hält er inne, wirft mir einen Blick zu, bevor er fortfährt. »Dabei dachte ich, es sei dein Lieblingswerk von I.L.N.«

»Na ich hab's ja nicht verschenkt, Noah, lediglich verliehen.«

Noah schnaubt. »Und vergessen, es zurückzufordern.«

»Beruhig dich«, sagt Nan und geht die Treppen wieder ins Erdgeschoss hinunter. »Ich schreib euch die Adresse von Phil auf. Denkt an die Deko.« Den letzten Satz flötet sie regelrecht.

Ungläubig starre ich Nan hinterher.

»Das war doch Absicht«, meint Noah leise und spricht meine Gedanken aus. Den Ärger höre ich deutlich aus seiner Stimme. Anscheinend wurden wir hinters Licht geführt. Ich bücke mich nach der Kiste, hebe den Deckel und leuchte hinein. Darin befindet sich tatsächlich die Weihnachtsdeko. Nun muss ich lachen.

»Nan hat es immer noch faustdick hinter den Ohren«, meine ich und deute auf die Kiste. »Ist das alles?«

Noah schüttelt den Kopf. »Nein, da müsste noch eine weitere sein.«

»Ich geh schon mal nach unten. Kannst du sie mir runtergeben?«

Ohne auf seine Antwort zu warten, klettere ich rückwärts die Stufen hinunter und bleibe auf halber Höhe stehen. Dann warte ich darauf, dass Noah mir den ersten Karton reicht. Nachdem ich ihn sicher auf dem Boden abgestellt habe, steige ich zurück hinauf und strecke mich nach dem zweiten.

Nan lächelt milde als wir am Fuß der Treppe ankommen. In der Hand hält sie einen Zettel. War das wirklich nur eine Finte, um ihre Deko vom Speicher zu holen? »Nun, da ihr schon mal da seid, könnt ihr mir direkt helfen, die Girlanden aufzuhängen.« Sie deutet aufs Geländer und ich seufze grinsend. Nan bekommt immer ihren Willen. Deswegen nehme ich eine der Girlanden aus der Kiste und beginne damit, sie zu entwirren. Noah tut es mir gleich, während im Hintergrund leise Weihnachtsmusik aus dem Wohnzimmer zu hören ist. Plötzlich erinnere ich mich an die vielen Male, die wir dieses Haus bereits zusammen dekoriert haben. Nach dem Tod von Noahs Eltern hatte er eine schwere Zeit. Nan war sein einziger Halt. Sie hat wirklich alles gegeben, um das Loch zu füllen, das der Verlust hinterlassen hat. Aber Weihnachten, das Fest der Liebe und Familie, war trotzdem schwer für Noah. Deswegen habe ich mich in dieser Zeit immer besonders bemüht, ihm zur Seite zu stehen. Irgendwann wurde es unsere Tradition, einige Wochen vor Weihnachten Nans Haus zu schmücken. Deswegen weiß ich ganz genau, wo welche Girlande hängen soll, wie die Kugeln anzubringen sind oder welches Lied als nächstes kommt. Leise summe ich die Melodie von *Carols of the Bells* vor mich hin. Beim Refrain drehe ich mich um meine eigene Achse und singe die Zeilen laut mit. Noah lacht, als ich gegen ihn stoße. Er nimmt mir die Girlande aus der Hand, um sie selbst am Geländer anzubringen.

»Sonst werden wir nie fertig«, meint er, doch das Grinsen auf seinen Lippen entschärft seine Worte. Trotzdem konzentriere ich mich wieder auf das Dekozeug. Bevor die CD mit Weihnachtsliedern einmal komplett durchgelaufen ist, sind wir fertig. Erschöpft sinke ich in der Küche auf einen Stuhl und bewundere unser Werk. Das ganze Haus erstrahlt in buntem weihnachtlichem Flair.

»Wundervoll«, sagt Nan freudig und gesellt sich zu uns. Sie stellt einen Teller warmer Kekse vor uns in die Mitte und ich greife direkt zu. Zimt, gemischt mit Lebkuchengewürz und weicher Schokolade, entfaltet sich in meinem Mund. Genießerisch schließe ich die Lider.

»Wow«, entfährt es mir. »Die habe ich wirklich vermisst.«

»Auf der Anrichte steht eine kleine Dose, die habe ich für dich gerichtet. Nimm sie mit nachhause, als Dankeschön für deine Hilfe.« Ich öffne die Augen und schaue Nan dankbar an. »Für dich gibt's welche mit Marzipan, Noah«, teilt Nan ihm mit und seine Augen beginnen zu leuchten als wäre er wieder fünf Jahre alt. »Das ist die Adresse. Phil wird euch sicher helfen können.«

»Mr. Applecott?«, fragt Noah und beißt herzhaft in einen Keks. Im Mundwinkel hängt ihm ein Krümel, den er mit dem Handrücken wegwischt. »Unser Kunstlehrer?«

»Vor einigen Jahren kam er beinahe täglich, um sich das Gemälde anzusehen. Da habe ich es ihm ausgeliehen«, erklärt Nan und ich halte inne, werfe einen Blick zu Noah, der die Stirn in Falten legt. Offensichtlich gehen unsere Gedanken in dieselbe Richtung.

Noah lässt seinen Keks sinken. »Er kam wegen des Gemäldes? Täglich?«

»Ja, er ist großer Bewunderer von I.L.N., ein regionaler Künstler, den er kennt, den er ...«

»Glaubst du wirklich, er kam wegen des Bildes?«, unterbricht Noah seine Großmutter und ich verkneife mir das Lächeln. Obwohl Nan sonst stets alles im Blick hat, über jedes Detail in unserem Dorf Bescheid weiß, steht sie gerade gehörig auf dem Schlauch. Es ist ein offenes Geheimnis, dass Mr Applecott seit Jahren für Nan schwärmt, das wusste ich bereits, als ich noch seine Schülerin war. Sie teilen beide die Liebe zur Kunst, Musik und Kultur. Früher waren sie oft zusammen in Ausstellungen und haben uns Kinder mitgenommen.

»Wieso sonst?«, fragt Nan und ich lehne mich zurück, beobachte, wie sie ihren Enkel empört anstarrt. Um mein Lachen zu unterdrücken, trinke ich schnell einen Schluck von meinem kalten Punsch.

Noah beißt von seinem Keks ab, kaut gemächlich, während er dem Blick von Nan standhält. »Deinetwegen.«

»Meinetwegen? Sei nicht albern.«

»Ich bin albern?«, entgegnet Noah ungläubig und ich greife nach dem Zettel mit der Adresse. Eigentlich ist es unnötig, denn ich kenne jedes Haus in diesem Dorf, weiß beinahe jede Adresse auswendig. Natürlich sind einige Leute verzogen, andere Anwesen wurden verkauft. Trotzdem würde ich niemals das kleine Heim von Mr Applecott vergessen.

Das Vibrieren meines Smartphones lenkt meine Aufmerksamkeit auf sich. Ich ziehe es aus der Tasche und seufze. Selbst die Risse können den Namen meiner Mutter nicht verdecken. In den letzten Tagen hat sie mich so oft angerufen, wie selten zuvor. Bisher ist sie wirklich ein Albtraum einer Kundin.

»Entschuldigt, da muss ich drangehen«, sage ich und stehe auf. Im Flur nehme ich den Anruf entgegen. »Ja?«

»Komm sofort nachhause«, donnert meine Mum. Ihre Stimme bebt vor Wut. Dann herrscht Stille und kaum eine Sekunde später wird mir durch das Tuten klar, dass sie aufgelegt hat. Gute Manieren? Fehlanzeige. Ein Wunder, dass ich derart gut geraten bin.

Seufzend gehe ich zurück in die Küche. Das Gespräch verstummt und ich reibe mir die Hände an meiner Jeans. Irgendwie ist mir mulmig zumute. Was ich dieses Mal verbrochen habe? Ich werde es herausfinden, früher als mir lieb ist.

»Man hat mich abkommandiert«, sage ich lächelnd und versuche mein Unwohlsein mit Humor zu vertreiben. Klappt nur semioptimal.

Noah verschränkt die Arme vor der Brust. »Deine Mum?«

»Ja«, meine ich und blicke sehnsüchtig zu der Dose mit den Keksen. Egal, was ich meiner Mum getan habe, die Kekse werden mich nach ihrer Standpauke retten. »Ich muss leider los.«

Nan erhebt sich, dreht sich nach der Dose um und streckt sie mir entgegen. »Wenn du das nächste Mal kommst, fülle ich sie dir gerne auf.«

»Versuchst du mich mit Keksen herzulocken?«, frage ich lachend.

»Funktioniert es?«

»Absolut.«

Nan grinst und öffnet dann ihre Arme zu einer Umarmung. »Komm jederzeit her, Lily. Du bist immer willkommen.«

Wärme breitet sich in mir aus, mischt sich mit Zufriedenheit und ich drücke Nan fest an mich.

Kapitel 6

In der Hölle kann es kaum schlimmer sein

Bereits als ich in die Einfahrt rolle, fällt mir der große weiße Lieferwagen auf, der direkt vor unserer Tür steht. Ich stelle mein Auto dahinter ab, obwohl ich weiß, wie sehr meine Mum es hasst, wenn ich damit den Blumen die Sonne nehme. Ihre Worte, versteht sich. Allerdings ist das ein Notfall – zumindest hoffe ich das, denn auf dem Weg hierher hat Mum noch zweimal angerufen, um herauszufinden, wann ich endlich ankomme. Sollte also niemand in Lebensgefahr sein, werde ich ihr das wirklich übelnehmen.

Auf der Treppe kommt Lisa mir entgegen. »Zum Glück bist du da.«

»Bin mir noch unsicher«, murmle ich. »Was ist denn passiert?«

Aus dem Inneren höre ich bereits die Stimme meiner Mum. Selbst mir stellen sich dabei die kleinen Härchen auf den Unterarmen auf. Ihr Ton ist schneidend, macht unmissverständlich klar, wie unzufrieden sie mit der Situation ist.

Lisa greift nach meinem Arm und zieht mich hinter sich her. »Das musst du selbst sehen.«

Wir betreten die Eingangshalle. Wie angewurzelt bleibe ich stehen. »Woha.«

»Woha?«, echot meine Mum schnippisch. »Woha? Das Teil tropft mir den ganzen Boden voll.«

Vor uns steht ein überdimensional großer Schwan aus Eis. »Wie haben sie den denn die Treppen hinauf bekommen?«

»Das interessiert dich?« Mum stemmt die Hände in die Hüfte. Ja, eigentlich schon. Allerdings scheint es der falsche Zeitpunkt für die Art von Fragen.

Ich gehe auf das Ungetüm zu, umrunde es und fahre mit dem Zeigefinger seine Brust entlang. »Woher kommt er?«

»Woher soll ich das wissen?«, schnauzt Mum mich an.

»Weil du ihn bestellt hast?«

Abschätzig hebt sie die Augenbrauen. »Sicher nicht.«

Plötzlich schiebt Lisa sich in mein Blickfeld. »Keine Ahnung, woher die Skulptur kommt. Wir dachten, du hättest ihn bestellt.«

»Ich? Wieso?« Da dämmert es mir auf einmal. Wahrscheinlich war er für die Weihnachtsfeier vor einigen Tagen bestimmt, wurde dank der schlechten Orga aber zu spät geliefert. Dann hat Mum die Liste mit den absurden Wünschen wohl schon vorbereitet, bevor ich die Planung der Party übernommen habe. Kaum zu glauben, dass sie mir damit nicht nur eins reindrücken wollte.

Die Männer, die um den Schwan stehen, blicken stur auf den Boden. Kein Wunder, meine Mum hat sie die letzten Minuten sicher angebrüllt, ohne sie zu Wort kommen zu lassen. Sie kann wirklich einschüchternd sein.

»Wer hat Sie denn geschickt?«, frage ich den jungen Mann, der mir am nächsten steht. Doch Mum ist schneller. »Glaubst du wirklich, das haben wir nicht versucht herauszufinden?«

»Offensichtlich wenig erfolgreich«, meckere ich zurück und bringe meine Mutter damit kurz aus dem Konzept. Okay, ruhig bleiben, Lily. »Kannst du sie hier wegbringen«, flüstere ich an Lisa gewandt und spähe unauffällig zu meiner Mum. Lisa versteht sofort. Sobald die beiden in der Küche verschwunden sind, seufze ich.

»Wer hat Sie geschickt?«, frage ich erneut und dieses Mal blickt der junge Mann auf. Sein Ausdruck ist unsicher, deswegen versuche ich mich an einem Lächeln. »Können Sie den Schwan wieder mitnehmen?«

»Unser Unternehmen ist wirklich sehr zuverlässig. Wie bereits erwähnt, wurden wir für den heutigen Tag bestellt.« Seine Stimme ist unsicher, steht im Kontrast seiner Worte.

»Schon gut, ich bin mir sicher, Sie haben korrekt geliefert. Allerdings ist die Feier bereits vorbei. Das bedeutet, der Schwan ist überflüssig«, erkläre ich und deute auf das Ungetüm. Zum Glück scheint wenigstens die Qualität der Figur gut zu sein, da sie keineswegs auf den Boden tropft. Das Teil steht auf einer silbernen Unterlage, die das herablaufende Wasser auffängt.

»Dann sollen wir sie tatsächlich wieder mitnehmen?«
Skeptisch presst er die Lippen aufeinander und ich nicke. »Es gibt keine Rückerstattung.«

Damit muss sich Mum herumschlagen. Wahrscheinlich hat sie der Eventplanungsagentur sowieso keinen Cent bezahlt, nachdem sie die Feier gründlich in den Sand gesetzt haben. »Ist schon gut«, meine ich und deute hinaus.

»Sind Sie ...«

»... sicher? Ja, einhundert Prozent. Je schneller das Teil aus den Augen meiner Mutter verschwindet, desto besser.«

Einige Momente vergehen, in denen wir uns lediglich anstarren. Wahrscheinlich versucht mein Gegenüber gerade herauszufinden, ob ich scherze. Dann nickt er kurz und dreht sich zu seinen Kollegen.

»Auf geht's, Jungs, ihr habt die Lady gehört«, sagt er und beginnt damit, die Konstruktion Richtung Tür zu schieben. Bevor ich ihnen folgen kann, um endlich zu erfahren, wie sie das Ding hinuntertransportieren, höre ich hinter mir die Stimme meiner Mum.

»Was hast du dir dabei gedacht?«

Schwungvoll drehe ich mich um, bereit, ihr eine Antwort entgegenzuschleudern. Da erkenne ich das Smartphone an ihrem Ohr und kann mich gerade noch zurückhalten. Sie redet gar nicht mit mir? Das ist neu. Und erfrischend.

Deswegen stehle ich mich aus dem Raum. Nun, da ich diesen Brand gelöscht und einen weiteren Hinweis auf das Gemälde habe, kann ich mich etwas entspannen. Allerdings ist meine To-do-Liste weiterhin unendlich lang, deswegen gönne ich mir lediglich eine große

Tasse Kaffee in der Küche. Auf der Anrichte steht außerdem ein Teller mit Keksen, von denen ich mir einen nehme. Weich zergeht die Schokolade auf meiner Zunge und entfaltet sich zusammen mit dem Zimt in meinem Mund. Weihnachten für die Geschmacksknospen. Die Kekse brauchen wir unbedingt auf der Feier. Vielleicht können wir sie in Schneemannform ausstechen. Eine süße Idee. Damit ich mich später daran erinnere, ziehe ich mein Handy aus der Hosentasche und notiere mir den Punkt auf meiner Liste.

Gerade als ich erneut die Stimme meiner Mutter höre, öffne ich die Tür in den Garten und schlüpfe hinaus. Nur ein Moment Ruhe ... das ist alles, was ich verlange. Scheinbar zu viel in diesem Haus. Das war einer der Gründe, wieso es mich in die Großstadt verschlagen hat. Dort ist man inmitten des Lärms und hat dennoch auf eine beruhigende Art seinen Freiraum.

Über die Terrasse gelange ich in den weitläufigen Garten und schließlich zu dem kleinen Zugang, der mich direkt ans Meer führt. Ich folge dem kleinen Weg bis hinunter zum Strand. Der Wind zieht an meinen Klamotten und ich schlinge die Arme um mich. Nun bereue ich es, ohne Jacke losgegangen zu sein. Trotzdem zieht mich ein unsichtbares Band immer weiter. Das Meer ruft nach mir.

In meiner Jugend habe ich beinahe jede freie Minute hier unten verbracht. Das Meer war meine Heimat. Mit meinem Umzug musste ich es hinter mir lassen. Trotzdem hat es seine Wirkung auf mich behalten. Sobald ich das Rauschen der Wellen höre, das Salz in der Luft rieche und die Wellen an die Brandung schlagen sehe, fühle ich mich leichter. Der Stress fällt von mir ab, wird hinaus aufs offene Meer gespült. Alles, was in den letzten Wochen geschehen ist, jeder Funke Angst um die Existenz meiner Firma verschwindet. Stattdessen füllt mich eine Leichtigkeit aus, die ich vermisst habe. Ich sauge die frische Luft tief in meine Lunge, lasse sie meinen kompletten Brustkorb ausfüllen. Kalt brennt sie in meinem Inneren, doch ich heiße sie glücklich willkommen.

Nur noch wenige Schritte trennen mich von den kleinen Schaumkronen, die sich auf dem Sand bilden. Hier ist es heute einsam. Touristen verschlägt es bei schlechtem Wetter nur selten an die Küste. Sie verbringen die Zeit lieber in den Cafés oder auf einem der Anwesen, die Führungen geben. Sogar die Destillerie ist ein beliebtes Urlaubsziel. Natürlich haben meine Eltern sich daran angepasst, Tastings und ähnliche Spielereien ins Leben gerufen.

»Lily«, ruft Lisa plötzlich hinter mir und ich wende ihr meinen Kopf zu. Sie kommt den Weg herunter, hat meine Jacke über ihren Arm gelegt. Dankbar nehme ich sie entgegen und schlüpfe hinein. »Alles in Ordnung?«

Ich nicke, dann wird mir klar, dass es eine Lüge ist. In den letzten Monaten habe ich mir angewöhnt diese Frage stets abzuwiegeln und so schnell wie möglich zu übergehen. Mir gehört ein eigenes Unternehmen, meine Angestellten verlassen sich auf mich. Für sie muss ich stark sein. Außerdem habe ich endlich geschafft, was ich mir so sehr gewünscht habe. Ich habe *Lilyvents* auf die Beine gestellt, bin selbständig und komme komplett ohne meine Eltern klar – na ja, wenn man von der Kleinigkeit absieht, dass ich gerade Geld von ihnen brauche. Deswegen steht es mir wohl kaum zu unglücklich zu sein, oder? Mein Traum hat sich erfüllt. In Wahrheit steckt mir die Anstrengung in den Knochen, drückt schwer auf meine Schultern. Die Sorgen sind unermesslich groß und ich habe Angst meine Mitarbeiter zu enttäuschen. Sie verlassen sich auf mich. Sollten mir weitere Aufträge flöten gehen, sitzen sie auf der Straße.

»Das Leben ist ein auf und ab«, meint Lisa auf einmal. Sie mustert mich, blickt durch die Mauern, die ich aufgebaut habe. »Schlechte Zeiten kommen und gehen. Genau wie gute. Das ist das einzige, worauf du dich wirklich verlassen kannst. Alles ist in Bewegung, nie steht etwas still. Egal, was du gerade fühlst, es vergeht.«

»Nur eine Sache wird sich nie ändern: Meine Mum weiß auch nach 28 Jahren genau, was sie sagen muss, um mich zur Weißglut zu bringen«, meine ich und versuche Lisas Worten die Schwere zu nehmen.

Sie lacht. »Euer Verhältnis habe ich nie verstanden.«

»Ich auch nicht«, entgegne ich und zwinkere. »Das hat Familie an sich, oder? Sie bereitet einem ständig Kopfschmerzen.«

Wäre es jemand anderes als meine Mutter, hätte ich sie und wahrscheinlich auch Dad schon längst aus meinem Leben verbannt. Wir haben keinerlei Gemeinsamkeiten, kaum etwas, das uns zusammenhält.

»Familie ist ein seltsames Konstrukt«, murmle ich und Lisa legt ihren Arm um mich. Sie zieht mich an sich.

»Stimmt, aber ihr seid besonders komisch.«

Lachend greife ich nach ihrer Hand auf meiner Schulter, drücke sie kurz. »Da ist was dran.« Einige Minuten schauen wir aufs Meer hinaus. Lassen unsere

Gedanken schweifen. Zum ersten Mal seit Tagen mache ich mir keine Sorgen, sondern lausche lediglich dem Rauschen des Wassers.

Dann löst Lisa sich von mir. »Was hast du morgen Abend vor?«

»Schlafen«, entgegne ich und gähne, um meine Worte zu unterstreichen.

»Klingt gut, ich hole dich um zwanzig Uhr ab.«

Verwirrt drehe ich mich zu ihr, doch sie hat sich bereits abgewandt und geht zurück zum Haus. »Wo gehen wir hin?«

Sie wirft einen Blick über die Schulter. »In den Pub, ich lad dich zum Abendessen ein.«

***

26 Tage bis Weihnachten, Gemütszustand: War schon besser

The Ships Inn sieht genauso aus, wie vor einigen Jahren, als ich den Pub das letzte Mal betreten habe. Vor den Fenstern des weißen Hauses hängen Kübel, die im Sommer mit bunten Blumen geschmückt sind. Seitlich des Eingangs stehen Holzbänke und -tische, die aufgrund des Wetters jedoch verweist sind. Durch die großen Fenster dringt Licht nach außen und erweckt einen heimeligen Eindruck. Nervosität flutet mich, denn früher habe ich viele Stunden im Inneren des Pubs verbracht. Es gibt viele Erinnerungen, die damit verbunden sind. Gute wie schlechte.

»Kommst du?«, fragt Lisa, die die schwere Holztür für mich aufhält. Ich nicke und gehe an ihr vorbei. Wärme schlägt mir entgegen, deswegen schäle ich mir sofort den Schal vom Hals, ziehe meine Mütze vom Kopf. Musik und lautes Stimmengewirr empfangen uns. In den ersten Sekunden nimmt keiner Notiz von uns, was mir erlaubt mich umzusehen. Die Einrichtung ist aus dunklem Holz, genauso wie die Verkleidung der Wände. Beinahe jeder Tisch ist besetzt. Menschen unterhalten sich, essen und lachen.

Ich drehe meinen Kopf nach links und lächle. Kein einziges Detail hat sich verändert. In der Ecke befinden sich vier große Sessel, in denen es sich die strickenden Ladys bequem machen und den neuesten Dorftratsch besprechen. Die Truppe besteht eigentlich aus drei älteren Ladys und einem Gentleman, die jeden Abend unter der Woche hier zusammenkommen. Währenddessen stricken sie und trinken Tee, der bereits vor ihnen auf dem Tisch steht und vor sich hindampft. Im Hintergrund läuft leise Weihnachtsmusik, die Theke ist geschmückt mit bunten Lichtern und Kunstschnee. Mit Sicherheit steht auf der Karte der berühmte Weihnachtsburger. Allein bei dem Gedanken läuft mir das Wasser im Mund zusammen.

»Hier wird sich nie etwas verändern«, murmle ich. Überraschenderweise beruhigt mich die Tatsache.

»Niemals.« Lisa lacht und legt mir eine Hand auf die Schulter. Sie schiebt mich ins Innere. Sobald wir etwas weiter in den Raum treten, wird es ruhiger. Die Blicke richten sich auf uns, während einige Gespräche versiegen. In meinem Nacken kribbelt es.

»Lily Kingsley. Bist du es wirklich? Täuschen mich meine Augen? Sehe ich einen Geist?« Mike, der Pubbesitzer kommt hinter der Bar hervor und öffnet seine

Arme einladend. Um den Bauch trägt er eine Schürze, die voller Flecken ist. An den Ecken sind kleine Löcher sichtbar. Es hat sich wirklich nichts – rein gar nichts – verändert. Ich sinke an seine breite Brust, schließe meine Arme fest um ihn. Mein Kopf reicht dabei gerade bis unter sein Kinn, das er auf meinem Haar ablegt. Wärme umfängt mich, versetzt mich in die Vergangenheit.

»Verschwindest du dieses Mal wieder, ohne dich zu verabschieden?«, fragt er und löst sich von mir. Mittlerweile haben die Gespräche wieder eingesetzt und ich sinke neben Lisa auf einen Hocker direkt an der Bar.

Zerknirscht lächle ich. Damals alles hinter mir zu lassen, ohne zurückzusehen oder mich zu verabschieden ... nun ja, es war ziemlich unhöflich. »Tut mir leid, Mike.«

»Schon gut, Kleines. Jeder geht seinen Weg, oder?« Dankbar nicke ich. »Was darf ich euch bringen?«

»Clubsandwich und ein Bier«, entgegnet Lisa und auch ich brauch keine zwei Sekunden, um zu entscheiden, was ich will.

»Weihnachtsburger und Cola.«

Mike nickt. »Wird gemacht. Nach dem Essen kannst du mir dann erzählen, wie's dir so geht. Vorher solltest du aber die anderen begrüßen. Ich bin mir sicher, hier gibt es noch mehr Menschen, die sich eine Umarmung abholen wollen.«

Damit könnte er recht haben. Ich lasse den Blick erneut schweifen. In einer Nische entdecke ich Noah, Ian und Billy. Seufzend erhebe ich mich. Ihnen werde ich fürs Erste aus dem Weg gehen. Zum einen erinnert mich Ian an das Gemälde, das ich weiterhin finden muss und somit an die Weihnachtsfeier. Zum anderen habe ich keine Lust erneut mit Noah aneinanderzugeraten. Deswegen entschuldige ich mich bei Lisa und steuere die Sesselecke an.

»Ladys«, begrüße ich die Runde und nicke Mr Dimple freundlich zu. Er hat ebenfalls Strickzeug in den Händen, arbeitet an einem bunt gestreiften Schal. »Woran arbeiten Sie dieses Jahr?«

»Lily«, sagt Miss Harding. Seit der Weihnachtsfeier habe ich sie nicht mehr gesehen. »Wir stricken Geschenke für die Weihnachtsfeier.«

Mr Dimple lehnt sich ein Stück nach vorne, legt sein Strickzeug zur Seite und nimmt seine Tasse Tee. »Für ältere Menschen, die keine Angehörigen in der Gegend haben, Familien, die sich keine Präsente leisten können oder Obdachlose.« Er trinkt einen Schluck. »Wir werden den Pub noch schöner herrichten und jeder ist willkommen, der mit uns feiern möchte.«

Ich erinnere mich an die Tradition. Seit Jahren organisiert die Dorfgemeinschaft ein Fest für Arme und Bedürftige. Das Essen und die Geschenke werden über Spenden finanziert. Wenn ich mich richtig erinnere, ist auch meine eigene Familie jedes Jahr involviert. Sie spenden Geld, stellen Whisky zur Verfügung, halten sich sonst aber vornehm zurück.

»Kommen Sie gut voran?«, frage ich und gehe in die Knie.

Mr Dimple schüttelt den Kopf. »Dieses Jahr fehlen uns helfende Hände. Die Spenden haben nachgelassen und es fällt uns schwer, etwas für die Gäste aufzutreiben. Gleichzeitig findet die Feier immer größeren Anklang.

Die Jungen verschwinden aus dem Dorf, lassen ihre Eltern und Großeltern zurück.«

»Niemand sollte Weihnachten allein verbringen«, meine ich.

Miss Harding nickt zustimmend. »Richtig. Weihnachten hat für viele etwas Positives, doch für manche Menschen ist es die schwerste Zeit im Jahr. Wenn man jemanden verloren hat oder einsam ist ... Das vergessen wir aber oft, weil wir gerade an Weihnachten viel zu sehr mit uns selbst beschäftigt sind.«

»Das stimmt«, murmle ich uns senke schuldbewusst den Kopf. Auch für Noah war Weihnachten lange eine Herausforderung, weil er seine Eltern verloren hat. »Kann ich helfen?«

Mr Dimple lächelt mich an. »Immer. Wir suchen händeringend Firmen, die kleine Geschenke spenden.«

»Bestimmte Sachen?«

»Für Kinder spenden die Leute tatsächlich lieber, aber ich finde auch die Großen haben etwas verdient. Daher wäre es toll, wenn wir auch Dinge für sie finden würden«, erklärt Miss Harding. Nachdenklich kaue ich auf der Innenseite meiner Unterlippe herum. Natürlich kenne ich durch meine Arbeit einige Firmen, allerdings sind diese auf die Eventbranche spezialisiert. Trotzdem könnte ich Telefonate führen. Jenny hat früher in der Modeindustrie gearbeitet. Vielleicht kann sie helfen.

»Ich werde einige Kollegen kontaktieren«, verspreche ich und höre mir dann einige Geschichten der Runde an. Denn eins haben die Bewohner Coverporths alle gemeinsam: sie lieben es zu erzählen. Und ich liebe es, ihnen stundenlang zuzuhören.

»Lily, dein Burger.« Über meine Schulter sehe ich Lisa, die mir zuwinkt. Ich verabschiede mich und gehe zurück zur Bar. Vor mir steht ein Holzbrett in dessen Mitte ein saftiger Burger liegt. In einem kleinen Körbchen daneben liegen hausgemachte Pommes. Der Duft lässt mir das Wasser im Mund zusammenlaufen.

»Lasst es euch schmecken«, meint Mike und ich habe bereits den Burger in die Hand genommen, beiße ein großes Stück heraus. In meinem Mund explodiert der Geschmack. Das Apfelchutney mit der leichten Zimtnote passt perfekt zu der Weihnachtsstimmung, die das gesamte Lokal erfasst hat.

Mit einer Serviette wische ich mir etwas Soße von der Wange. »Ich habe vergessen, wie gut das schmeckt.«

Lisa lächelt. »Gar nicht so schlimm hier auf dem Land, was?«

Den Seitenhieb pariere ich gekonnt. »Nun ja, wäre er noch vegan ... dann würde er wirklich keine Wünsche offen lassen.«

Nun schüttelt Lisa den Kopf über meinen Kommentar. »Veränderung braucht bei uns leider etwas länger. Apropos, was hat sich bei dir verändert in den letzten Wochen? Wir haben kaum gesprochen.«

Ich zucke mit den Schultern, während ich eine Pommes aus dem Körbchen fische. Eigentlich hatte ich gehofft, das Thema umschiffen zu können. Es ist mir unangenehm, wie die Dinge in der letzten Zeit aus dem Ruder gelaufen sind. Deswegen gehe ich selbst zum Angriff über. »Ach, das übliche. Aber was ist mit dir? Hast du Mr Right gefunden? Oder bist ihm zumindest auf der Spur?«

»Dating im Jahr 2022 ist wirklich für den Arsch«, seufzt Lisa und ich blicke sie überrascht an. »Was denn?«

»Nichts. Nur habe ich dich bisher nie solche Worte in den Mund nehmen hören.«

»Ja, ich würde auch lieber andere Dinge in den Mund nehmen.«

Mir bleibt einen Moment die Luft weg. »Lisa«, sage ich lachend. »Was ist los mit dir?«

»Zu viel?«

»Nein, gar nicht«, widerspreche ich. »Bin nur sanftere Töne von dir gewohnt.«

»Dating-Apps machen einen mürbe.« Seufzend beißt sie in ihr Sandwich. »Aber nächste Woche habe ich ein Date. Es klingt vielversprechend.«

»Wirklich? Erzähl mir mehr.«

Nun senkt Lisa schüchtern den Blick. »Das mache ich nach dem Date, okay? Nachher fordere ich das Schicksal heraus, indem ich jetzt von dem Kerl schwärme.«

»Seit wann bist du abergläubisch?«

»Seit ich die erste Dating-App auf meinem Handy installiert und die Anfrage zu einem Dreier bekommen habe.«

Ich lache. »Verstehe. Bin auf jeden Fall gespannt, was du erzählst.«

Kaum habe ich die Worte ausgesprochen, spüre ich eine Hand auf meiner Schulter. Hinter mir steht Billy, ein Freund, den ich genau wie Noah und Lisa seit meiner Kindheit kenne. »Schön dich zu sehen«, sagt er und zieht mich in eine kurze Umarmung. Sein herbes After-shave steigt mir in die Nase, übertüncht den Geruch nach Essen und Alkohol. Das etwas lange braune Haar kitzelt meine Nase, daher puste ich es zur Seite.

Lisa drückt ihm einen Kuss auf die Wange. »Wie geht es dir?«

»Kann kaum klagen«, antwortet er und deutet dann zu seinem Tisch. »Setzt ihr euch eine Weile zu uns?«

Nachdenklich ziehe ich die Nase kraus. Irgendwann musste der Moment kommen. Trotzdem trinke ich einen Schluck von meiner Cola, bevor ich zu einer Erwiderung ansetze. »Klar, warum nicht?« Eben, warum nicht? Mir fällt nämlich kein logischer Grund ein abzulehnen. Gleichzeitig schlägt mir mein Herz bis zum Hals. Die Situation versetzt mich in Stress, wieso auch immer.

Billy bietet an unsere Jacken und Taschen für uns zu tragen, sodass wir uns lediglich um unsere Gläser kümmern müssen.

»Ganz der Gentleman«, stelle ich fest und hake mich sogar bei ihm ein.

»Warum klingst du überrascht?

Ich lache. »Gar nicht. Lediglich die Feststellung, dass du deine guten Manieren auch nach all den Jahren noch besitzt.«

»Das ist wie Fahrradfahren, man verlernt es nie. Oder Jungs?« Wir sind am Tisch angekommen und ich hebe die Hand, begrüße Noah und Ian. Lisa rutscht die Sitzbank entlang. Dadurch sitze ich leider genau gegenüber von Noah.

»Was verlernt man nie?«, fragt er und sieht zu Billy.

Angriffslustig ziehe ich eine Augenbraue nach oben. »Gute Manieren. Allerdings kann man nichts verlernen, das man nie hatte.«

»O, deine Kritik trifft mich wirklich hart«, entgegnet er und legt theatralisch die Hand aufs Herz. Meine Mundwinkel zucken.

Die Stimmung zwischen uns ist genau wie in unserer Jugend, obwohl so viel passiert ist in der Zwischenzeit. Wir haben uns ständig aufgezogen, haben uns an unsere Grenzen getrieben und diskutiert. Allerdings waren wir dem anderen nie böse. Zumindest nicht länger als einige Stunden.

Mike kommt zu uns. »Darf's noch eine Runde sein?«

»Gern, Wein bitte«, bestelle ich und der Rest der Gruppe folgt mir. Sobald Mike verschwunden ist, lehnt Billy sich zu mir. Er legt mir den Arm um die Schulter. »Was hast du die letzten Jahre getrieben?«

»Gearbeitet«, gebe ich ehrlich zu. »Meine eigene kleine Eventagentur gegründet.«

»Dann ist dein Traum wahrgeworden.« Billy nickt anerkennend und seine Worte erfüllen mich mit Stolz. Gleichzeitig werde ich wehmütig. Obwohl genau das eingetreten ist, was ich mir seit Jahren gewünscht habe, habe ich erwartet, dass ich mich anders fühlen würde. Glücklicher und zufriedener. Irgendwie am Ende des Weges. Stattdessen gibt es neue Dinge, die ich erreichen will. Andere Punkte in meinem Leben, die an Wichtigkeit gewonnen haben.

Das Vibrieren meines Handys zieht meine Aufmerksamkeit auf sich. Eine neue Mail ist eingegangen. Eigentlich will ich das Handy direkt wieder wegpacken, doch dann erkenne ich den Absender. Ich habe die Firma heute Morgen angefragt, das Catering für unsere Weihnachtsfeier zu übernehmen. Wahrscheinlich handelt es sich um das Angebot. Deswegen riskiere ich einen Blick. Statt des Angebots erwartet mich allerdings eine Absage. Scheiße. Es war das einzige Unternehmen, das sich derart kurzfristig bereit erklärt hat. Und das, obwohl ich meine Kontakte aus London genutzt habe.

»Lässt du mich kurz raus?«, frage ich Billy, der neben mir sitzt. »Ich brauche frische Luft.«

»Klar«, entgegnet er und erhebt sich. Lisa tut es ihm gleich. »Gute Idee.«

Zusammen schlüpfen wir in unsere Jacken und verlassen den Pub. Draußen ist es derart kalt, dass ich schaudere. Meine Hände vergrabe ich tief in den Taschen. Trotzdem tut der Temperaturwechsel gut, er klärt meine Gedanken und hilft mir, die Fassung zu wahren. Es bleiben einige Wochen. Zwar ist die Zeit knapp, trotzdem ist es möglich, einen neuen Cateringservice zu finden.

»Was ist los?« Lisa mustert mich mit vor der Brust verschränkten Armen. Eigentlich möchte ich den Kopf schütteln, einfach schweigen, doch Lisa hebt die Hand. »Deine Stimmung ist von jetzt auf gleich komplett umgeschwungen, also hüte dich davor mich zu belügen.«

»Der Cateringservice ist abgesprungen. Nun ja, ehrlicherweise muss ich zugeben, dass ich noch auf das Angebot gewartet habe.«

»Verstehe«, meint Lisa. Sie stößt mit ihrem Oberarm gegen meinen. »Kopf hoch, Lily. Dir bleibt genug Zeit.«

»Für Weihnachten jemanden zu finden, ist sowieso schwierig. Die meisten Firmen sind Jahre im Voraus ausgebucht ... es ist quasi fünf nach Zwölf.« Möglicherweise lasse ich mich von der späten Stunde und dem Wein in meinem Blutkreislauf zu einer Übertreibung hinreißen. Allerdings glaube ich sie wirklich. Es erscheint mir aussichtslos. Genau genommen war die Idee, das Weihnachtsfest zu organisieren, von Anfang an zum Scheitern verurteilt.

Schluss damit, besinne dich darauf, wieso du das tust, Lily. Schließlich bist du kein kleines Kind.

Ich seufze, entlasse einen Teil meiner Frustration.

»Der Bruder eines Bekannten ist Inhaber einer Restaurantkette. Vielleicht könnte ich ihn um Hilfe bitten?«, schlägt Lisa vor und ich hebe den Blick. Sofort flutet mich Hoffnung.

»Würdest du das tun?«

»Natürlich«, sagt sie lachend. »Wenn dieses Fest scheitert, leiden wir alle unter der Laune deiner Mum.« Da ist etwas Wahres dran. »Ich werde Steve direkt morgen früh anrufen, dann könnt ihr euch kurzschließen.«

Erleichtert falle ich Lisa um den Hals. »Danke.«

»Immer, Lily du musst nur fragen, das solltest du wissen. In Coverporth wird man immer ein offenes Ohr für dich haben.«

»Danke, das bedeutet mir viel«, entgegne ich und ziehe sie erneut an mich.

Die Straße liegt ruhig vor uns, deswegen kann ich das Meer in der Ferne rauschen hören. Vielleicht ist es auch der Wind, es spielt keine Rolle, denn das Geräusch beruhigt mich. Befreit atme ich ein.

»Gibt's noch mehr, das dir auf dem Herzen liegt?« Lisa hat den Blick ebenfalls in die Ferne gerichtet. Die Fürsorge in ihrer Stimme rührt mich.

»Das Gemälde«, gestehe ich. »Ian ...« Ich halte inne. Wissen meine Freunde, dass er I.L.N. ist? Lüfte ich damit gerade sein Geheimnis? »Das Gemälde ist weiterhin verschwunden. Die ersten Hinweise haben mich kaum weitergebracht.«

»Und die Zeit rennt davon«, ergänzt Lisa.

Ich nicke, während der Wind an meiner dicken Jacke zieht. Fröstelnd balle ich die Hände zu Fäusten. »Es gehört zur Abmachung mit meiner Mum. Selbst wenn die Feier reibungslos abläuft – wovon wir weit entfernt sind –, ist der Deal geplatzt, sollte das Gemälde fehlen. Sie hat mir die Aufgabe lediglich gegeben, um mich scheitern zu sehen.«

»Möglich. Allerdings ist ihr Interesse für den Künstler echt. Sie sammelt seine Bilder, besucht die Ausstellungen in der Nähe.«

»Tatsächlich?«, entfährt es mir überrascht. Bisher habe ich meine Mum nie an etwas anderem als der Firma Interesse zeigen sehen. Das ist neu.

Lisa dreht mir ihren Kopf zu. »Aber du hast den Künstler gefunden und er hat dir erste Anhaltspunkte gegeben, richtig?« Anscheinend bewahrt Ian sein Geheimnis auch vor seinen Freunden. Vielleicht ist das besser, denn er nimmt ihnen damit die Bürde, etwas zu verheimlichen.

»Ja, genau. Ich habe eine weitere Adresse, die ich morgen abklappern möchte.« Hoffentlich bringt es mich weiter, Mr Applecott zu besuchen. Dann fällt mir das Chaos mit dem Cateringservice ein. »Vielleicht besser übermorgen. Zuerst sollte ich das Problem mit dem Essen lösen. Denn ohne Essen, keine Feier, ohne Feier kein Deal und ohne Deal ... kann ich auch auf das Gemälde verzichten.«

»Guter Plan. Ein Schritt nach dem anderen Lily. Wenn du vor lauter Nebel das Ziel nicht sehen kannst, ist es hilfreich, einen Meter nach dem anderen zu gehen.«

Plötzlich höre ich ein Geräusch hinter mir. Langsam drehe ich mich um. Noah steht in der Tür. »Kommt wieder rein, es ist eiskalt. Ich habe euch heiße Schokolade mit Schuss bestellt, damit ihr euch aufwärmen könnt. Mike hat sogar Marshmallows gefunden.«

»Wie nett«, meint Lisa und reibt ihre Hände aneinander. Dann nimmt sie meine Finger in ihre. »Das wird, Lily. Glaub an dich. Glaub an die Magie von Weihnachten.«

»Es braucht wohl eher ein Wunder«, murmle ich. Sie zieht mich hinter sich her zurück ins Innere. Die Wärme kribbelt auf meinen Wangen, brennt sich in meine Haut.

Gerade als wir zurück an den Tisch kommen, bringt Mike unsere Getränke. Vor Lisa und mich stellt er jeweils eine große Tasse mit einem Berg Marshmallows. Ian bekommt einen Tee, Noah und Billy greifen nach ihrem Bier. Bevor Mike wieder verschwindet, legt er noch zwei kleine Päckchen Milch und einige Kekse auf den Tisch. Die Kekse verteile ich und reiche dann Ian die Milch, doch er winkt ab.

»Nein, danke.«

Verwirrt halte ich inne. Meine Hand schwebt knapp zehn Zentimeter über dem Tisch auf halbem Weg zu Ian. »Was?«

»Keine Milch in meinem Tee.«

Ich lege die Stirn in Falten. »Das verstehe ich nicht.«

»Ian trinkt seinen Tee wie ein normaler Mensch«, meint Noah und ich bedenke ihn mit einem Todesblick.

»Was soll das heißen? In Schwarztee gehört nun mal Milch«, widerspreche ich. »Zuerst die Milch, dann der Tee.« Zugegeben, im Pub ist das schwierig, da das Heißgetränk bereits in der Tasse beim Gast ankommt. Dennoch ist ein Schwarztee kein Schwarztee, wenn die Milch fehlt.

Billy lacht. »Oje, geht das wieder los.« Sein Grinsen nimmt die komplette untere Gesichtshälfte ein, versprüht eine gehörige Portion Freude, die er bereits seit Kindheitstagen besitzt und die sich hoffentlich niemals verwächst. Er beugt sich zu Ian. »Sobald jemand im Umkreis von 500 Metern Milch und Tee im selben Satz erwähnt, streiten sich die beiden.«

Ich schnaube. »Weil ich recht habe. Der Geschmack wird einfach besser, wenn man beide Komponenten mischt. Noah weiß das, er widerspricht mir nur, weil es mich nervt.«

»Bilde dir bloß nichts ein. Du hast unrecht, oder glaubst du wirklich, ich trinke mein halbes Leben lang etwas, das seltsam schmeckt, nur um dich zu ärgern?«

Ich zucke mit den Schultern. »Würde ich dir zutrauen.«

»Dabei gibt es kein richtig oder falsch«, erklärt Ian. »Sondern nur persönlichen Geschmack.« Mit beiden Händen umfasst er seine Tasse und trinkt einen großen Schluck. Dadurch erinnere ich mich an mein eigenes Getränk, stecke den Löffel in die mittlerweile zerlaufenen Marshmallows und schiebe ihn mir dann vollbeladen in den Mund. Der süße Geschmack wärmt mich von innen. Trotzdem lege ich die Stirn in Falten.

»Das sagt nur jemand, der keine Ahnung hat, wovon er spricht oder Angst davor hat, seine Meinung zu vertreten.«

»Immerhin darin sind wir uns einig«, stimmt Noah mir zu.

»Unfassbar.«

Billy lacht und Lisa stimmt ein.

»Oder jemand, der Frieden mehr schätzt als Streit«, murmelt Ian und Noah schaut ihn verwirrt an, dann legt er ihm die Hand auf die Schulter.

»Frieden, nur um des Friedens willen, obwohl man verschiedener Meinung ist … was ist daran erstrebenswert?«

Ich nicke. »Schon wieder sind wir uns einig. Zweimal an einem Tag. Das sollten wir uns rot im Kalender anstreichen.«

Wieder müssen Billy und Lisa losprusten vor Lachen.

»Schön, dass wir zu eurer Belustigung beitragen«, meine ich und verdrehe die Augen. Allerdings heben sich auch meine Mundwinkel. Seit Tagen bin ich zum ersten Mal richtig befreit und habe für einige Minuten vergessen, welche Last auf meinen Schultern liegt.

Kapitel 7

Und täglich grüßt das Murmeltier

**24 Tage bis Weihnachten,
Gemütszustand: Irgendwo auf dem schmalen Grat
zwischen Hoffnung und Verzweiflung**

»Last Christmas, I gave you my heart ...« Obwohl es eins der nervigsten Weihnachtslieder auf Erden ist, singe ich es aus Leibeskräften mit, trommle mit den Fingern gegen das Lenkrad. Ich kenne jede Zeile auswendig, könnte sie nachts um fünf und in völlig betrunkenem Zustand grölen. Für mich gehört dieses Lied zur Weihnachtszeit, genau wie Lebkuchen oder Zimttee.

Am Ende der Straße biege ich nach rechts ab und schlage den Weg zu Mr Applecott ein. Hoffentlich hat er das Gemälde wirklich. Eine Schnitzeljagd ist das Letzte, das ich gebrauchen kann. Vor allem, da ich genug mit dem Rest der Orga zu tun habe. Zwar hat mir Lisas Kontakt geholfen und ich habe einen Cateringservice in Aussicht, trotzdem sitzt mir die Angst im Nacken. Bei dieser Party muss jedes Detail stimmen.

»Das ist doch wohl ein Scherz«, murmle ich, als ich den Wagen direkt vor Mr Applecotts Einfahrt parke. Verwirrt steige ich aus, erinnere mich dann an den Abend vor zwei Tagen. Noah hat uns also belauscht. Dieser Mistkerl.

Ich öffne das Tor, trete hindurch und schaue zu ihm hoch. Er steht auf einer Leiter, hat mir dabei den Rücken zugewandt und gewährt dadurch einen wundervollen Blick auf sein Hinterteil. In der engen dunklen Jeans wirklich nicht zu verachten. Ich lege den Kopf zur Seite, presse die Lippen zusammen. Automatisch mustere ich ihn von oben bis unten. Bereits in unserer Jugend hatte er eine unglaubliche Figur, war stets bei den Ladys begehrt. Doch in den letzten Jahren hat er neben seiner Karriere wohl auch an seinen Muskeln gearbeitet.

Reiß dich zusammen, Lily! Du bist sauer auf ihn, weil er dir Steine in den Weg legt. Ach ja, richtig!

Deswegen hebe ich meine Hände, will sie auf seine Waden legen, um ihn zu erschrecken.

»Hast du meinen Arsch genug angeschmachtet«, sagt Noah auf einmal und wendet mir grinsend den Kopf zu.

Ertappt lasse ich die Finger senken. »Woher ...?«

»Die Spiegelung im Fenster.« Er deutet auf die Glasscheibe etwas unterhalb seiner Hüfte. Mist.

»Also ob ... ich habe mir lediglich ... du könntest herunterfallen«, stottere ich und würde meinen Kopf am liebsten gegen eine Strebe der Leiter knallen lassen. Was ist nur los mit mir?

»Keine Sorge, ich stehe ganz gut.«

»Was tust du da überhaupt?«

Noah hebt ein dunkles Knäuel so, dass ich einen Blick darauf werfen kann. »Lichterketten?«

»Ja, Phil hat mich gebeten, sie anzubringen.«

»Heute?«

»Hast du damit ein Problem?«, fragt er und ich höre das Grinsen in seiner Stimme. Ich hasse ihn. Na ja, ein bisschen zumindest.

»Du hast bei unserem Treffen im Pub gar nicht erwähnt, dass du zu Mister Applecott willst.«

Noah zuckt die Achseln. »Hätte ich gewusst, dass es dich interessiert ...«

»Bist du hier, um mir die Tour zu vermasseln?«, unterbreche ich ihn. Ich brauche Antworten, will endlich verstehen, wieso er verhindern will, dass ich das Gemälde finde.

»Dir die Tour vermasseln? Ach, du meinst wegen des Bildes? Wieso sollte ich?«

»Gute Frage, das wüsste ich auch gern.«

Langsam kommt Noah die Leiter runter, lässt die Lichterkette dabei aber auf der Ablage liegen. »Das bildest du dir ein, Lily. Immerhin warst du diejenige, die in mein Atelier geschneit ist und um Hilfe gebeten hat.«

Stimmt. Trotzdem kommt es mir komisch vor, dass er plötzlich überall auftaucht, wo das Gemälde sein könnte.

»Hast du mit Mister Applecott bereits darüber gesprochen?«, frage ich und Noah schüttelt den Kopf.

»Wieso sollte ich.«

Ich seufze, ignoriere seinen Kommentar und gehe zur Tür. Nachdem ich angeklopft habe, öffne ich sie und trete ein. »Mr Applecott? Lily Kingsley, hier. Erinnern Sie sich an mich? Ich war in Ihrer Klasse.«

Aus dem Raum rechts von mir dringen laute Stimmen in den Flur. Zögerlich folge ich ihnen und finde mich im Wohnzimmer wieder. Die alte Couch hat bereits bessere Tage gesehen, trotzdem passt sie in das wohnliche kleine Haus, macht den Charme dieses Zuhauses aus. Der Fernseher verstummt, sobald Mr Applecott auf mich aufmerksam wird.

»Lily Kingsley? Dich habe ich seit einer Ewigkeit nicht mehr gesehen. Wie geht es dir?«, fragt Mr Applecott und hievt sich von seinem Platz hoch. Sein Haar ist mittlerweile komplett ergraut, dennoch hat er kaum etwas von seinem Charisma verloren, ganz im Gegenteil. Er lächelt mir entgegen und erinnert mich damit an seine Frage.

»Danke, mir geht es wunderbar«, lüge ich ihn an und setze ein Lächeln auf. »Entschuldigen Sie die Störung.«

»Quatsch, du störst keineswegs. Setz dich zu mir. Willst du einen Tee? Oder ... ach so ... du bist hier, um Noah zu helfen?«

Ich winke ab. »Nein, eigentlich suche ich ein Gemälde.«

»Ein Gemälde? Das klingt nach einem Gespräch für eine Tasse Tee.« Langsam geht er aus dem Wohnzimmer und ich höre die Eingangstür. Oh nein. »Noah, komm rein, ich mache Tee. Du kannst danach weiterarbeiten.«

»Gleich«, ruft Noah und ich sehe durchs Fenster, dass er weiterhin damit beschäftigt ist, das Knäuel zu entwirren. Bald wird ihm die Geduld ausgehen, davon hatte er nie viel.

»Setz dich schon mal, Liebes.« Mr Applecott streckt den Kopf ins Wohnzimmer und deutet auf das Sofa. Danach verschwindet er. Ich tue wie mir geheißen, wähle allerdings einen Sessel rechts der Couch.

»Puh, ganz schön kalt draußen«, meint Noah als er das Zimmer betritt. Er reibt seine Hände aneinander, steckt sie schließlich in die Taschen seiner dünnen Jeansjacke. Zwar trägt er darunter einen dicken Hoodie, dennoch ist es kein Wunder, dass er friert.

»Das nennt man Winter, Noah. Vielleicht solltest du dich dicker einpacken.«

Mit jedem Schritt, den er mir näher kommt, spüre ich die Kälte, die er mitbringt und vergrabe meine eigenen Finger unter den Oberschenkeln. Anstatt Platz zu nehmen, stellt Noah sich vor den Kamin in der Ecke hinter mir.

»Warte, ich nehme dir das ab«, sagt er plötzlich und ich drehe mich zu ihm, doch er hat seinen Blick Richtung Eingang gerichtet. Dort kommt Mr Applecott zurück, in den Händen ein großes Tablett mit Tee.

»Du sollst dein Bein schonen«, meint Noah und ich sehe erst jetzt, dass Mr Applecott einen Fuß leicht nachzieht. Er dreht sich zur Seite, behält das Tablett dabei fest im Griff.

»Geht schon, ich bin kein alter Mann.« Etwas Tee schwappt über den Rand der Kanne und ich verkneife mir das Grinsen. Der Fernseher läuft weiter tonlos im Hintergrund, während Mr Applecott den Tee serviert. »Milch und Zucker?«

Ich nicke, greife nach meiner Tasse. »Danke.«

»Gern. Dich führt ein Gemälde her?« Sein Blick wandert zu Noah, der an seinem Tee nippt. Gepeinigt verzieht er das Gesicht, als er sich die Zunge verbrennt. Anstatt zu warten oder zu pusten, trinkt er erneut einen Schluck und zuckt dann zusammen. Ich grinse. Wie eine kleine Katze, die immer wieder gegen die Wand rennt.

»Genau«, antworte ich und offenbare dann in kurzen Sätzen den Grund meines Besuchs. Mr Applecott hört aufmerksam zu und nickt einige Male.

»Stimmt, ich hatte das Gemälde.« Seine Worte zerstören meine Hoffnung. »Allerdings hat deine Nan dich angeschwindelt, Noah. Sie hat es tatsächlich verschenkt. Und dasselbe habe ich getan. Im Jahr darauf habe ich mich an das besondere Geschenk deiner Nan erinnert und wollte ebenfalls jemandem diese Art von Freude beschweren. Deswegen habe ich es weitergegeben.«

Ich seufze. All die Dinge, von denen ich dachte, ich würde sie mit Leichtigkeit stemmen, haben sich als viel komplizierter herausgestellt. Wieso kann also diese eine Sache nicht viel leichter sein? Als ausgleichende Gerechtigkeit sozusagen. Pustekuchen, das Schicksal hasst mich wirklich.

»Wem hast du es weitergegeben, Phil?«, fragt Noah und stellt seine Tasse auf dem Tisch ab. Ich hingegen umklammere meine fest, warte gespannt auf die Antwort des alten Mannes.

»Beatrice.«

»Beatrice?« Ein Name, der mit keinerlei Erinnerung verbunden ist. O Gott, sollte das Gemälde außerhalb unserer Kleinstadt verschenkt worden sein, stehen die Chancen, dass ich es finde, gleich null.

Noah verschränkt die Arme vor der Brust, sieht einige Sekunden zu mir. »Sie ist erst vor einigen Jahren in die Stadt gezogen, hat das alte Peerwick-Anwesen gekauft.«

Dankbar nicke ich. »Dann weiß ich Bescheid.« Immerhin ein Lichtblick. Solange die Spuren weiterführen, gibt es Hoffnung. Mein Smartphone klingelt und ich habe ein Deja-vu. Allerdings steht dieses Mal nicht der Name meiner Mutter auf dem Display, sondern es handelt sich um eine mir unbekannte Nummer. »Ein Moment, bitte«, entschuldige ich mich, stehe auf und gehe hinaus in den Flur. Dann nehme ich den Anruf entgegen. »Hallo?«

»Lily Kingsley? Hier ist Sandy von Sweet & Delicious. Wir hatten zugesagt, die Whiskykekse und das restliche Gebäck für Ihre Weihnachtsfeier zu liefern.« Die Stimme der jungen Frau ist höflich und ich bin erleichtert, keine weitere Katastrophe vor mir zu haben. Trotzdem setze ich mich auf die zweite Treppenstufe und lehne den Kopf gegen die Wand. Keine Ahnung, ob es das kalte Wetter oder die frostige Stimmung von meiner Mutter ist, die mich derart schlaucht.

»Schön von Ihnen zu hören. Wurde der Whisky bereits zu Ihnen geliefert? Ich hatte extra einen Expressversand angeordnet.«

In der Leitung raschelt es. »Ja, der kam heute an, vielen Dank. Allerdings habe ich schlechte Neuigkeiten. Meine Mutter hat sich den Arm gebrochen und zusammen mit dem Umstand, dass eine weitere Bäckerin gekündigt hat, werde ich die Masse an Gebäck und Keksen kaum stemmen können. Es tut mir wirklich leid. Wir haben die letzten Tage hin und her überlegt, aber in dieser Besetzung schaffen wir maximal die Hälfte der vorgesehenen Events. Deswegen gehe ich gerade die Liste durch und sage der Reihe nach ab. Da sie als letztes dazugekommen sind ...«

»Verstehe«, murmle ich vollkommen perplex, obwohl ich am liebsten explodieren würde. Das kann nur ein schlechter Scherz sein. Nicht einmal das Schicksal wäre derart sadistisch. Wie kann bei einem einzigen Event so unfassbar viel schiefgehen? Wobei, eigentlich ist es das normale Planungschaos. Bloß habe ich dieses Mal ein sehr kurzes Zeitfenster und arbeite mit lauter neuen Menschen und Unternehmen zusammen. In London würde die Sache anders aussehen. Dort könnte ich auf ein umfassendes Portfolio an zuverlässigen Partnern zurückgreifen. Nun ja, Pech gehabt.

Die Frau in der Leitung räuspert sich. »Es tut mir wirklich leid. Da wir bisher auch noch keinen Vertrag unterschrieben haben ...«

Sie lässt den Satz in der Luft hängen, doch mir ist klar, worauf sie hinaus will. Obwohl es mündliche Absprachen gab, auf die ich sie festnageln könnte, seufze ich lediglich. »Danke für den Anruf«, sage ich und lege dann einfach auf. Mir fehlt die Kraft höflich zu sein. Stattdessen würde ich viel lieber explodieren und diesen Mist an den Nagel hängen. Gerade wünsche ich mich in mein Bett zurück. Oder in meine Kindheit, in der es mein größtes Problem war, mich abends vom Anwesen zu schleichen, um noch mehr Zeit mit meinen Freunden zu verbringen. Wie schnell wollte ich damals erwachsen werden? Nur um mich jetzt verzweifelt dahin zurückzusehnen. Das Leben ist verrückt. Ständig jagt man etwas nach und sobald man es erreicht hat, geht es weiter zum nächsten Ziel. Ich brauche eine Pause von diesem Wahnsinn. Dabei ist bald Weihnachten. Mein liebstes Fest. Sobald ich den ersten Keksduft rieche, die ersten Weihnachtslieder höre, die weißen Flocken fallen sehe, schlägt mein Herz normalerweise in einem anderen Takt. Nur dieses Jahr versteckt sich diese magische Stimmung vor mir.

»Hilfst du mir?« Noah steht auf einmal vor mir, durchbricht meine Gedanken und bewahrt mich so davor, darin zu versinken.

Verwirrt lege ich die Stirn in Falten. »Wobei?«

»Der Weihnachtsbeleuchtung.« Er deutet nach draußen zur Leiter. Das Knäuel liegt weiterhin auf der Ablage ganz oben. »Meine Geduld ist langsam am Ende.«

Ich lächle, verdränge die Nachricht der Bäckerei und stehe auf. Den Kopf in den Sand zu stecken hat mich bisher nie weiter gebracht. »Klar. Mal sehen, ob ich flinkere Hände habe.«

»Hey, meine Hände sind ganz wunderbar. Mein Kopf ist derjenige, der zu ungeduldig ist«, meint Noah und ich muss grinsen. »Habe ich mich gerade selbst beleidigt?«

»Scheint so«, meine ich und folge ihm nach draußen. Kalter Wind umhüllt uns und ich ziehe meinen Schal enger um den Hals.

Die dünne Schneeschicht ist verschwunden, dafür war es zu warm die letzten Tage. Hoffentlich ändert sich das bis Weihnachten. Allerdings kann ich es mir kaum vorstellen.

Noah steigt erneut auf die Leiter und ich stelle meinen Fuß auf die unterste Sprosse, um der Konstruktion

Halt zu geben. Auf einen Krankenhausbesuch kann ich getrost verzichten.

»Weitere Probleme?«, fragt er. Von oben reicht er mir das Knäuel Weihnachtsbeleuchtung und ich nehme es entgegen.

»Ja.« Mehr sage ich nicht, dazu fehlt mir die mentale Kapazität. Manchmal hilft es, über Dinge zu sprechen. Gerade ist keiner dieser Momente. Dafür bin ich zu sauer. Zu sauer auf das Schicksal, das ganz offensichtlich gegen mich ist. Zu sauer auf meine Mum, die alles komplizierter macht. Und zu sauer auf mich, weil ich sauer bin. Macht das Sinn? Keineswegs, das ist ja das Problem. Ich schnaube.

»Merke schon, kein guter Zeitpunkt.« Noah sieht zu mir runter und lächelt sanft. Vielleicht habe ich mich deswegen in ihn verliebt. Weil er mich immer verstanden hat. Waren wir mal unterschiedlicher Meinung – was oft vorkam – haben wir dennoch versucht, uns in den anderen hineinzuversetzen, haben die Gefühle stets ernst genommen und über alles offen gesprochen. Das fehlt mir. Denn aus meiner Kindheit kenne ich es anders. Noahs Art, Dinge direkt anzugehen, Konflikte anzusprechen, bevor sie für Chaos sorgen, war neu für mich. Sie hat mich angezogen, wie eine Blume die Biene. In seinen Armen gab es nur Sicherheit für mich. Dennoch musste ich ihm irgendwann den Rücken kehren. Wir waren einfach zu jung für die Liebe, die wir füreinander empfunden haben. Deswegen wundert es mich, dass er mir dieses Mal offensichtlich verschweigt, warum er versucht, das Gemälde vor mir zu bekommen. Wir haben uns in den letzten Jahren offensichtlich doch verändert, sind andere Menschen geworden.

Noah steigt die Leiter hinunter. Sein wartender Blick streift mich und ich erinnere mich an die Lichter in meiner Hand.

»Sind das alle?«, frage ich. »Die reichen niemals fürs ganze Haus.« Zweifelnd mustere ich das Dach. Allein diese Seite ist zu lang für die Lichterkette. Oder soll sie lediglich über dem Eingang hängen?

Noah schüttelt den Kopf. »Im Flur stehen drei volle Kisten.« Na, das wird spannend. Dann sind wir heute Abend immer noch damit beschäftigt, die Deko anzubringen. »Es gibt auch einen leuchtenden Schneemann und ein Gespann aus Weihnachtsschlitten und Rentieren.«

»Zum Zusammenbauen?« Ich sehe bereits die ganze Woche an mir vorbeiziehen. Das kann ewig dauern.

Zum Glück schüttelt Noah den Kopf. »Nein, wir müssen es nur aufstellen und mit dem Strom verbinden.«

»Na dann lass uns loslegen«, bestimme ich. Es gibt so viele To-Dos auf meiner Liste. Dieses kann ich wenigstens abarbeiten, ohne eine Katastrophe zu erwarten. Solange Noah und ich uns nicht an den Kragen gehen, sollte ich bald zurück nachhause können, um endlich die restlichen Probleme lösen zu können.

Während ich die Lichterkette entwirre, schleift Noah den Schneemann aus dem Flur und in den Garten. »Was meinst du?«

»Weiter nach vorne«, dirigiere ich. »Dann kann der Schlitten da hin.« Ich deute in die Ecke des Gartens, die zur Straße zeigt. »Das Gespann wird ein richtiger Blickfang.«

»Vielleicht sollte ich mich daneben stellen, um die Blicke auf uns zu ziehen«, sagt Noah und posiert übertrieben. In dem Versuch mein Lachen zu verbergen, presse ich die Lippen fest zusammen. Doch Noah wechselt die Pose, als wäre er einem trashigen Film über Models entsprungen. Mit ihm zu lachen, war immer leicht. Na ja, zumindest bis ich ihm das Herz gebrochen habe.

»Darf ich dich dann mit Lichtern umwickeln? Wer soll dich sonst bei Nacht sehen?«, frage ich unschuldig und hebe das Knäuel in meinen Händen hoch.

»Ich bin so heiß, ich leuchte von selbst.« Einen Augenblick ist es still, dann brechen wir beide in Gelächter aus. »O mein Gott, der war wirklich schlecht. Selbst für meine Verhältnisse.«

»Stimmt.«

»Wie weit bist du?«, fragt er und kommt zurück zu mir. Mittlerweile habe ich ein gutes Stück der Lichterkette entwirrt und Noah greift nach dem Teil, der auf dem Boden liegt. Vorsichtig wickelt er das Kabel auf, sodass er damit später die Leiter hinaufsteigen kann. Geduldig wartet er, bis ich den Rest gelöst habe.

»Wie kommst du mit der Planung voran?«

Seufzend zucke ich mit den Schultern. »Schlecht. Aber es wird. Am Anfang scheint es immer ein großes Chaos zu sein, bis sich der Nebel irgendwann lichtet und der Horizont dahinter sichtbar wird. Außerdem gibt es kaum eine Party, bei der alles glatt läuft.« Ruhiger als ich wirklich bin, zucke ich die Schultern.

»Probleme zu lösen, war schon immer dein Ding, Lily. Vielleicht hast du es deswegen so lange mit mir ausgehalten.«

»Wie bitte?«, frage ich, doch Noah winkt ab. Statt zu antworten nimmt er mir die Lichterkette aus den Händen. Dabei berühren sich unsere Finger für den Bruchteil einer Sekunde. Wärme strömt durch meine Haut, hinterlässt ein leichtes Kribbeln und ich schaue Noah in die Augen. Auf einmal kämpfen sich all die Gefühle an die Oberfläche, die ich längst überwunden glaubte. Verwirrt schüttle ich den Kopf, vertreibe den Gedanken und unterbreche den Blickkontakt. Ein tiefer Atemzug hilft mir, mich zurück auf den Boden der Tatsachen zu bringen. Noah geht einen Schritt zurück und erklimmt die Leiter. Oben angekommen, befestigt er die Deko an der Dachrinne. Ich beobachte ihn dabei, achte genau auf seine Handgriffe, um rechtzeitig zu erahnen, ob er aus dem Gleichgewicht kommt. Vielleicht konzentriere ich mich auch derart auf seine Bewegungen, damit meine Gedanken nicht zu der Berührung zurückkehren.

»Du kannst bereits die nächste Lichterkette holen«, weist Noah mich an. Ungern lasse ich ihn allein, allerdings scheint mir sein Stand recht sicher, daher folge ich seiner Anweisung. Im Inneren beuge ich mich über den Karton und greife nach dem nächsten Knäuel. Zum Glück ist es weniger verknotet als das vorherige.

Noah und ich harmonieren gut. Immer wieder steigt er herunter und wir schieben die Leiter weiter. Stück für Stück arbeiten wir uns auf diese Art um das kleine Haus herum. Dabei schweigen wir die meiste Zeit, wissen, was der andere braucht, ohne es auszusprechen. Die Aufgabe, die nichts mit der Weihnachtsfeier meiner Mutter zu tun hat, tut mir gut, denn so können sich meine Gedanken auf etwas anderes fokussieren.

Frierend reibe ich meine Handflächen aneinander. Mittlerweile sitzt mir die Kälte in den Gliedern. Für einen heißen Tee würde ich töten. In dem Moment steigt Noah die Leiter hinab. Ich gehe aus dem Weg und warte bis er wieder festen Boden unter den Füßen hat.

»Fehlt noch etwas?«, frage ich und blicke zum Dach hinauf.

In dem Moment landet eine Schneeflocke auf meiner Wange. Ich hebe den Blick in den Himmel und Noah tut es mir gleich. Dann schließt er die Augen, genießt die kalten Flocken auf seiner Haut. Ein Lächeln stiehlt sich auf seine Lippen und bringt das Grübchen in seiner rechten Wange hervor. Selbst durch den Bart erkenne ich es. Vielleicht erahne ich es auch mehr, als dass ich es sehe, weil es mir genauso vertraut scheint, wie mein Herzschlag. Intuitiv hebe ich die Hand, lege sie an seine Wange. Sanft streiche ich ihm über den Bartansatz und fühle seine Wärme unter meinen Fingerspitzen.

Er öffnet die Augen, bleibt jedoch stumm. Ohne darüber nachzudenken, trete ich näher, bis uns kaum mehr einige Zentimeter trennen. Sein Atem schlägt mir kalt entgegen, während sein herber Geruch nach Duschgel in meine Nase steigt. In Noahs Augen stehen so viele Gefühlsregungen und ich fühle jede einzelne davon selbst. Vorfreude, Hoffnung, Zuversicht, Furcht ... Eine wilde Achterbahnfahrt. Bevor ich mir zu viele Gedanken darüber machen kann, legt Noah seine Hand auf meine und schmiegt die Wange an meine Haut. Die Berührung bringt mein Herz beinahe zum Explodieren und die Kälte verschwindet aus meinen Gliedern, wird ersetzt durch eine Wärme, die ich längst vergessen glaubte.

Ich schließe die Lider und lehne meine Stirn gegen Noahs Kinn, verliere mich im Moment. Sicherheit legt sich um mich, wie eine schützende Mauer, die mich vor der Außenwelt abschirmt. Noah entfernt sich einen Augenblick, dann spüre ich seine Lippen auf meinem Haar. Langsam sucht er sich einen Weg über meine Nase zu meiner Wange und meinem Kinn, bis er endlich meine Lippen erreicht. Ich seufze zufrieden. Dann höre ich die Haustür, die sich öffnet und erschrecke beinahe zu Tode.

»Wollt ihr etwas Tee ... oh.« Mr Applecott streckt seinen Kopf nach draußen. Scheiße. Spätestens morgen weiß ganz Coverporth, dass ich Noah Bright geküsst habe ... wunderbar.

Bist du bescheuert, Lily? Was zur Hölle hast du dir dabei gedacht? Nichts, genau das war ja das Problem. Mein Hirn hatte sich verabschiedet und meinen Emotionen die Führung übergeben. Oder besser gesagt, meiner nostalgischen Ader, die in der Vergangenheit feststeckt. Genau das war der Kuss nämlich – eine Erinnerung an eine vergangene Zeit. Nicht mehr, nicht weniger. Oder? Oder ... vielleicht ... gedankenverloren streiche ich mir über die Wange, berühre die Stelle, die kurz zuvor von Noahs Lippen bedeckt wurde.

Scheiße. Ich reiße die Augen auf, versuche meinen Herzschlag, der sich automatisch beschleunigt hat und mich zur Flucht antreibt, zu beruhigen. Vergebens. Mir fehlt die Luft zu atmen.

»Wir sind fertig, oder?«, frage ich atemlos und gehe bereits rückwärts, ohne eine Antwort abzuwarten. »Es war schön, Sie wiederzusehen, Mr Applecott. Danke für die Hilfe ... und den Tee ... und ... danke.« Längst drehen sich meine Gedanken um etwas ganz anderes: Noah hat mich geküsst. Und ich habe mich danach verzehrt, habe mir gewünscht, der Moment würde nie enden, weil ich ihn vermisst habe. Weil ich mich in den letzten Jahren stets nach seinen Berührungen gesehnt habe.

Scheiße.

Verfluchter Mist.

Wie konnte ich diese Tatsache so lange erfolgreich verdrängen?

Kapitel 8

Vergangenheit, Gegenwart, Zukunft ... alles eins

Schnell drehe ich mich um und stürme aus dem Garten. Mein Auto lasse ich stehen, stattdessen gibt es nur einen Ort, an den es mich jetzt zieht – das Meer. Im Angesicht der Wellen habe ich immer eine Lösung gefunden, wusste stets, was ich tun sollte. Während ich die kleine Straße bis zum Ende gehe, zerrt der Wind an meiner dicken Jacke und ich schlinge die Arme eng um mich, vergrabe die Hände in den Ärmeln. Winzige Schneeflocken fallen vom Himmel.

Innerhalb weniger Minuten habe ich den kurzen Weg hinter mich gebracht und gehe einen schmalen Trampelpfad zum Wasser entlang. Die Wellen peitschen gegen den Sand und bilden kleine Schaumkrönchen. In meinen Ohren vermischt sich ihr Rauschen mit dem meines Blutes zu einer Masse und übertönt meine eignen Gedanken. Dadurch kann sich mein Hirn einen Augenblick entspannen. Ich starre in die Ferne, genieße das Gefühl von absoluter und grenzenloser Freiheit. Hier gibt es nichts, das unmöglich ist.

Dann übermannt mich die Realität. Die platzende Weihnachtsfeier, die Geldsorgen und vor allem die verdrängten Gefühle zu Noah kehren zurück. Plötzlich fehlt mir die Luft. Meine Lunge zieht sich zusammen, weigert sich, ihren Dienst zu tun. Ich lege mir eine Hand auf die Brust und versuche, mich zu beruhigen. Eine Panikattacke ist wirklich das Letzte, das ich in dieser Situation brauchen kann. Langsam zähle ich die Wellen, die beinahe meine Schuhspitzen erreichen.

Eins.

Zwei.

Drei.

Bei der zwanzigsten Schaumkrone, die mich erreicht, merke ich, wie mein Herzschlag sich endlich beruhigt.

Es war nur ein Kuss. Ein Kuss, der die komplette Vergangenheit zurückgebracht hat. Genau. Es ist vergangen. Aber trotzdem hat mich die Beziehung zu Noah geprägt. Er hat den Wunsch in mir entfacht, die zu werden, die ich heute bin. Dafür werde ich ihm ewig dankbar sein, auch wenn wir in dem größten Streit auseinandergegangen sind, den Coverporth je gesehen hat. Gut, ich übertreibe, aber damals fühlte es sich wie ein halber Weltuntergang an. Natürlich lässt mich ein Kuss von dem Mann, der mich derart beeinflusst hat, nicht kalt. Alles andere wäre seltsam, oder?

Keine Ahnung.

Frustriert vergrabe ich mein Gesicht in den Händen. Für dieses Chaos habe ich keine Zeit. Ich muss eine Party organisieren, obwohl das Schicksal gegen mich ist und mir unfassbar viele Steine in den Weg legt.

Erneut streife ich mit den Fingern über die Stelle, die Noah mit seinen Lippen liebkost hat. Ein Lächeln schleicht sich auf mein Gesicht.

Halt!

Es hat einen Grund, wieso du Noah verlassen hast, Lily. Eure Vorstellungen von der Zukunft unterscheiden sich viel zu sehr. Damals wie heute. Nun ja, wenn ich ehrlich bin, habe ich keine Ahnung, wie Noah sich seine Zukunft vorstellt. Wobei sich auch mein Bild dahingehend sehr verändert hat. Früher war ich davon überzeugt, dass es nur einen Weg gibt, wie mein Leben laufen kann. Heute weiß ich, wie dumm das war. Innerhalb eines Jahres können sich Pläne komplett ändern. Gewollt oder ungewollt. Viel wichtiger ist es, dass man die richtigen Menschen an seiner Seite hat.

»Hey.« Ich drehe mich um. Einige Meter hinter mir steht Noah. Mittlerweile hat er sich eine Jacke übergezogen und mustert mich zerknirscht. Wird er sich für den Kuss entschuldigen? Will ich, dass er es tut? Ja. Nein. Keine Ahnung. Ich bereue seine Berührung nicht. Es ist eher das Gefühl, das seitdem in mir herrscht, auf das ich gut verzichten könnte.

»Geht's dir gut?«, fragt er und kommt näher. Mein erster Impuls bringt mich dazu zu lügen, zu behaupten, alles wäre wunderbar. Aber die Worte bleiben auf dem Weg von meinem Gehirn zu meinem Mund stecken.

»Eigentlich nicht«, gestehe ich daher. »Die Feier treibt mich an meine Grenzen.« Es ist die Wahrheit, allerdings nur die halbe. Denn Noahs Kuss bringt mich noch mehr aus dem Konzept. Er weckt Erinnerungen, von denen ich dachte, sie längst verloren zu haben. Gefühle, die ich für immer überwunden glaubte. Seit unserer Trennung war ich mit zwei Männern zusammen. Die Liebe, die ich für sie empfunden habe, war kein Vergleich zu dem, was Noahs Kuss in mir ausgelöst hat. Noah war meine erste große Liebe. Ich habe ihm mein Herz geschenkt und einen Teil davon nie wieder zurückbekommen. Bei Paul und Derek war das anders. Bisher dachte ich, es läge daran, dass ich erwachsen geworden bin. Dass der Filter der Jugend, der alles verstärkt, fehlt. Ich habe mich geirrt.

Noah kommt näher. Kaum zehn Zentimeter von mir entfernt bleibt er stehen. Mein Herzschlag beschleunigt sich, während ich mich automatisch ein Stück nach vorne lehne.

»Wieso hast du mich damals verlassen?«, fragt er und bringt mich damit auf den Boden der Tatsachen zurück. Zwischen uns öffnet sich ein tiefer Graben, der mir beinahe unmöglich zu überwinden scheint. Ich habe Noah verletzt. Das ist mir klar. Und ich schäme mich dafür.

»Es schien mir die einzige Lösung«, gestehe ich und senke den Blick. Jede weitere Erklärung gleicht einer Rechtfertigung, dabei ist es etwas anderes, das Noah verdient – eine Entschuldigung. »Es tut mir leid. Das hätte ich bereits sagen sollen als wir uns vor einigen Tagen das erste Mal wiedergesehen haben. Es tut mir leid, dass ich dich verletzt habe. Dass ich uns beide verletzt habe.«

»Wieso? Wieso konntest du nicht mit mir reden?«

Ich erinnere mich an unsere letzte Weihnachtsfeier. Wir hatten in dem Jahr unseren Schulabschluss gemacht und ich war gerade in Oxford angenommen worden. Die Aufnahme habe ich ihm verschwiegen, denn ich wusste, dass er mich zurückhalten würde. Sein Traum war simpel. Heiraten, ein Haus kaufen und eine Familie gründen. An dem Ort, an dem auch wir aufgewachsen sind. Ich verstand seinen Wunsch. Noah hat seine Eltern früh verloren, deswegen sehnte er sich nach einer eigenen Familie. Kinder, die er umsorgen und lieben konnte. Leider war das meilenweit von dem entfernt, was ich wollte.

»Du hättest mich zurückgehalten«, murmle ich.

»Nein.« Seine Antwort kommt zu schnell, wir wissen beide, dass es eine Lüge ist. »Doch«, murmelt er schließlich. »Das hätte ich. Weil ich mir ein Leben ohne dich nie vorstellen konnte.«

»Hätte ich mit dir darüber gesprochen, hätten wir stundenlang diskutiert. Vielleicht sogar Tage. Wir hätten Dinge gesagt, die uns noch mehr verletzt hätten.«

»Da dachtest du, mir das Herz zu brechen, wäre der einfachere Weg«, sagt er lachend.

Ich stimme mit ein, allerdings liegt keine Freude darin. »Das dachte ich.«

»Wirklich?«

Nickend drehe ich mich wieder dem Meer zu. Scham erfüllt mich. »Wirklich, Noah. Ich hatte eine Entscheidung getroffen ... Meine Eltern haben mir bereits ins Gewissen geredet ... Mir war klar, dass ich beginnen würde, dich genauso zu hassen, wenn auch du versuchen würdest, mir meinen Traum auszureden.« Erneut lache ich. »Niemand wollte, dass ich nach Oxford gehe. Skurril, oder? Andere Familien hätten sich gefreut. Nein, meine Eltern hatten Angst, dass ich meine Drohung wahr mache und dem Unternehmen den Rücken kehre. Deswegen versuchten sie mir Oxford unter allen

Umständen auszureden. Dass sie mich dadurch noch antrieben, mein Zuhause zu verlassen, kam ihnen nie in den Sinn.« Ich seufze. Die Erinnerung bringt so viele negative Gefühle mit sich, die mir Kopfschmerzen bereiten.

»Verstehe«, meint Noah auf einmal neben mir. Unsere Oberarme berühren sich und ich bilde mir ein, seine Wärme durch den dicken Stoff der Jacke zu spüren.

»Ehrlich?« Sein Verständnis überrascht mich. Denn heute erscheint mir meine Entscheidung von damals übereilt. Vielleicht wäre es wirklich anders gekommen, hätte ich Noah einfach die Wahrheit gesagt.

»Du hast dich richtig entschieden«, sagt Noah und ich wende ihm überrascht den Kopf zu. Bevor ich etwas erwidern kann, fährt er schnell fort. »Damals dachte ich, unsere Liebe wäre eine Lüge. Wie hättest du mich sonst verlassen können, während mein Leben dadurch in Scherben zerbrach. Ich hatte nicht kapiert, dass du mich nie aus einem Mangel an Liebe verlassen hast. Du hast dich selbst gewählt. Hast dich über uns gestellt, weil du wusstest, dass es in der Version, die du gerne sein wolltest, keinen Platz für uns gab.«

Seine Worte lassen mich sprachlos zurück. Er wendet mir ebenfalls das Gesicht zu. Ein Grinsen umspielt seine Lippen. »Vor einigen Tagen, als du plötzlich im Atelier standest, war ich so unfassbar wütend. All die Worte, die ich dir damals gerne an den Kopf geschmissen hätte, waren zurück. Einen Augenblick lang war ich der Noah, den du verlassen hattest. Der Junge, der seine Emotionen nie im Griff hatte. Der glaubte, dass sich die ganze Welt nur um ihn drehte.«

»Hat sich das geändert?«, frage ich lachend.

»Nein, was glaubst du? Die Sonne trägt weiterhin mein Gesicht, wie bei den Teletubbies.« Er schlingt die Arme enger um sich. »Seit damals hat sich alles verändert und gleichzeitig nichts. Wir waren wirklich jung, wir waren andere Menschen.«

»Ist die Wut jetzt verpufft? Wenn es dir hilft, kannst du mich anschreien. Verdient hätte ich es.«

Noah prustet los. »Das Gespräch hat auf jeden Fall geholfen, hätten wir früher tun sollen.«

»Stimmt, aber dir aus dem Weg zu gehen, war einfacher.«

Die Wellen rauschen, dennoch meine ich, Noahs schnauben dazwischen wahrzunehmen. »Vielleicht sollten wir aufhören, den einfachen Weg zu gehen.«

Während ich meine Gedanken sortiere, vermischt sich das Klingeln meines Smartphones mit den Geräuschen des Meeres. Ich ziehe es aus meiner Hosentasche, werfe einen Blick aufs Display und seufze. Dann stecke ich es zurück.

»Deine Mum?«

»Ja. Die nächste Katastrophe wartet wohl auf mich«, sage ich trocken. Allerdings brauche ich noch ein paar Minuten, um mich zu sammeln. Danach werde ich sie zurückrufen.

»Läuft die Planung der Party so schlecht?«

Der Wind zieht an meiner Jacke. »Schlecht ist die Untertreibung des Jahrtausends. Es spielt sowieso keine Rolle. Bis ich das Gemälde gefunden habe, ist Weihnachten vorbei ... ohne wird meine Mum aber unzufrieden sein.«

»Ist sie das nicht immer?«, entgegnet Noah und bringt mich damit zum Lachen.

»Punkt für dich.« Entmutigt streiche ich mir übers Gesicht. »Die Sache macht mich wahnsinnig. Mir ist klar, dass die Beschaffung des Bildes nur eine Farce ist ... dennoch.«

»Wie meinst du das?«

Ich wende mich ihm zu. Meine vor der Brust verschränkten Arme, berühren seinen Ellbogen. »Sie muss gewusst haben, dass das Gemälde verschwunden ist. Dadurch stellte sie mir eine unlösbare Aufgabe. Genau das ist ihr Ziel – mich scheitern sehen.«

»Wieso sollte sie das tun?«

Verwirrt zucke ich mit den Schultern. »Sollte ich sie jemals durchschauen, bist du der erste, der's erfährt.«

»Hör mal, Lily ...«

In dem Moment klingelt mein Handy erneut. Mum wird nicht locker lassen ...

»Einen Augenblick«, sage ich zu Noah und zeige ihm, wer mich anruft. Dann nehme ich das Gespräch entgegen. »Hey.«

»Lily?«

Nein, mein böser Zwilling Mily. Ich verdrehe die Augen über mich selbst. Aus irgendeinem Grund bin ich genervt von meiner Mum, bevor sie überhaupt etwas sagen kann. »Ja, ich bin dran. Alles okay?« Nervös fahre ich mir über die Stirn. Die Kälte ist auf einmal verschwunden, trotzdem vergrabe ich meine Hand in der Jackentasche und balle sie zur Faust.

»Natürlich. Aber Lisa hat erwähnt, dass es Probleme mit dem Catering gab. Da wollte ich wissen, ob alles glatt läuft.«

Ich schlucke. »Ganz wunderbar. Das Problem ist längst gelöst. Mach dir keine Sorgen, die Dinge laufen wie am Schnürchen.« Die Lüge ist viel zu leicht über meine Lippen gekommen. Vielleicht, weil ich das bereits mein halbes Leben tue – meine Mum anlügen.

Ich sehe vor meinem geistigen Auge, wie sie nickt. Dabei bleibt ihr Gesicht starr, zeigt keinerlei Regung. Lediglich ihr Mundwinkel zuckt. »Gut. Abendessen um sieben.«

Aufgelegt.

Ein hysterisches Lachen kämpft sich meinen Hals nach oben und dringt an die Oberfläche, vermischt sich mit dem Rauschen des Meers. Bevor ich mich Noah erneut zuwende, schließe ich einige Sekunden die Augen und spüre, wie die Schneeflocken kalt auf meiner Haut landen.

»Soll ich gehen?«, fragt Noah, doch ich schüttle den Kopf. Zusammen blicken wir aufs Meer. Bewundern die Wellen, die sich in immer gleichen und doch komplett verschiedenen Abständen auf uns zu bewegen.

»Nein, ich bin es nur leid.«

»Deine Mum? Die Party? Weihnachten? Du musst schon präziser werden, bei all den Dingen, die dir gerade auf die Nerven gehen«, zieht Noah mich auf und ich strecke ihm die Zunge raus. Selbst wenn wir sechzig sind, wird sich das niemals ändern, egal wie kindisch es sein mag. Manchmal hat Noah es eben verdient.

»Die Lügerei.«

Er nickt, verschränkt seine Arme vor der Brust. »Wieso hast du überhaupt gelogen? Fällt es dir immer noch schwer, Schwäche einzugestehen?« Erneut ziert ein Lächeln seine Lippen und ich boxe ihn gegen den Oberarm.

»Weil es schon immer so war. Dabei hasse ich es so sehr. Lügen sind die Pest. Einmal damit angefangen … es gibt kein Ende, oder? Du warst seit meiner Jugend der einzige Mensch, der mich nie angelogen hat. Selbst wenn es weh tat, warst du stets ehrlich. Deswegen habe ich mich in dich verliebt. Du warst alles, was ich mir so sehr von meiner eigenen Familie wünschte.« Verlegen streiche ich mir eine Strähne aus dem Gesicht, als mir klar wird, was ich gerade gesagt habe und wie sehr meine Worte nach einer Liebeserklärung klingen. »Ich liebe meine Familie … na ja, mal mehr mal weniger … aber irgendwie leben wir nebeneinander her. Ich gehe stets den einfachen Weg, verschweige Dinge.« Erst in dem Moment wird mir bewusst, wie wahr meine Erklärung ist und wie sehr mich die Situation belastet. Hinter meiner Mum, meinem Dad, meinem Bruder stecken Menschen. Lebende Wesen mit Ängsten, Zielen und Wünschen. Ich kenne kaum einen davon.

»Weil du Angst hast.« Noahs Stimme bringt mich dazu, zu ihm aufzusehen. Mein Blick trifft auf seinen. Einige Sekunden herrscht völlige Stille zwischen uns und ich warte drauf, dass er fortfährt. Doch stattdessen schweigt er. Vielleicht ist es besser, denn ich bin unsicher, ob ich eine Erklärung wirklich ertragen hätte.

Deswegen lächle ich lediglich und drehe mein Gesicht erneut dem Meer zu. »Ich sollte …«

»Brauchst du …«, beginnt Noah gleichzeitig und wir stoppen lachend.

Mit der Hand bedeute ich ihm fortzufahren.

»Vorhin habe ich zufällig mitbekommen, dass du Probleme hast. Brauchst du Hilfe?«

Die Verneinung liegt mir bereits auf der Zunge, doch es wäre eine weitere Lüge. Dabei habe ich gerade behauptet, kaum etwas mehr zu hassen. Vielleicht sollte ich bei mir selbst beginnen und mit gutem Beispiel vorangehen. »Die Konditorin ist abgesprungen. Dabei will meine Mum unbedingt Kekse, die nach unserem Whisky schmecken. Wo bekomme ich so kurzfristig jemanden her, der auf meine Sonderwünsche eingeht?«

»Na aus Coverporth.«

»Wie bitte?«

Noah grinst. »Wir haben eine der besten Bäckerinnen der Welt bei uns.« Skeptisch hebe ich die Augenbraue. »Na komm, ich stell sie dir vor.«

»Du hilfst mir wirklich oder ist das eine Finte?«, frage ich verblüfft und folge Noah, der sich bereits von mir entfernt.

»Wie bitte?«

Verwundert schüttle ich den Kopf. Wieso hat er sich umentschieden? Hat er doch vor kurzer Zeit noch versucht, das Gemälde vor mir zu finden, um mich scheitern zu sehen. Hat sich etwas an seinem Plan geändert? »Also Waffenstillstand?«

»Was soll das bedeuten?« Noah dreht sich zu mir um. Wir haben mittlerweile die Straße erreicht.

»Zuerst hast du mir verheimlicht, dass das Gemälde bei deiner Nan ist, dann bist du dort einfach aufgetaucht und jetzt hier. Du versuchst, mir die Tour zu vermasseln.«

Noah grinst. »Würde ich mich derart auffällig verhalten, wenn es wirklich so wäre?«

»Keine Ahnung«, entgegne ich und zucke die Schultern. Seine Antwort ist keine direkte Verneinung. Deswegen strecke ich ihm den kleinen Finger entgegen. »Waffenstillstand. Lass uns stattdessen zusammen suchen.« Bin ich verrückt? Habe ich Noah gerade vorgeschlagen, gemeinsam nach dem Bild zu suchen? Jetzt habe ich komplett den Verstand verloren. Entweder werden wir uns die ganze Zeit in den Haaren liegen oder er wird mich von meiner Aufgabe ablenken. Beides kann ich momentan nicht brauchen. Noah zieht die Augenbrauen nach oben. Gerade als ich meinen Finger zurückziehen will, verschränkt er seinen damit und grinst.

»Waffenstillstand.«

»Dann willst du das Gemälde doch finden?«

Er löst unsere Finger und dreht sich von mir weg. »Keine Ahnung, wovon du sprichst.«

Lachend gehe ich ihm hinterher. Noah und ich sind Freunde. Das waren wir seit unserer Kindheit. Dieses Mal werde ich ihm nicht das Herz brechen, deswegen muss ich mich zurückhalten, egal welches Chaos dieser Kuss in mir angerichtet hat. Sobald Weihnachten vorbei ist, verschwinde ich nach London.

Kapitel 9

Immer noch wir — nur mit mehr Falten

**14 Tage bis Weihnachten,
Gemütszustand: verzweifelt – jetzt hilft nur noch
der Buschfunk – ich bin verloren**

Ich blicke die Straße entlang. Dabei trete ich unruhig von einem Bein aufs andere. Meine Finger sind trotz Handschuhen eiskalt. Der Winter ist vollkommen in Coverporth angekommen. Rechts und links am Wegesrand liegen wenige Zentimeter Schnee. Spätestens in einigen Tagen wird er zu Matsch geschmolzen sein, denn wir haben nur selten weiße Weihnachten. Bitterkalte Weihnachten, ja. Aber meist leider ohne Schnee.

Frierend bewege ich mich, versuche meine Muskeln zu lockern und zu wärmen. Bis zur Weihnachtsfeier bleiben lediglich zwei Wochen. Dank der Hilfe von Lisa und Noah steht das Catering und auch für die süßen Speisen ist gesorgt. Der Barkeeper hat zugesagt, ein Baum ist organisiert und ich habe mich bereits um neue Deko gekümmert. Nur das Gemälde fehlt weiterhin. Wobei ich bisher kaum Zeit hatte, mich darum zu kümmern. Deswegen habe ich mich heute mit Noah verabredet, um die nächste Adresse abzuklappern. Seit unserem Waffenstillstand haben wir uns einige Male zufällig im Pub gesehen, sogar miteinander gegessen. Dank unserem Gespräch am Meer ist der Knoten zwischen uns geplatzt. Endlich können wir die Vergangenheit das sein lassen, was sie längst ist – vergangen. Die Wut und die Enttäuschung sind verpufft. Statt in alten Erinnerungen festzuhängen und uns zu fragen, was hätte sein können, konzentrieren wir uns auf das einzig Wichtige: unsere Freundschaft. Denn allem voran waren wir beste Freunde. Es traf mich doppelt, nicht nur den Mann zu verlieren, den ich liebte, sondern auch den engsten Freund, den ich jemals hatte.

Noah biegt in die Gasse ein und ein Lächeln schleicht sich auf meine Lippen. Sofort spanne ich meine Gesichtsmuskeln an.

Freundschaft, Lily. Du willst dich auf die Freundschaft zu Noah konzentrieren. Natürlich, was auch sonst? Das Kribbeln in meinem Bauch rührt lediglich daher, dass ich mich freue, endlich wieder jemand Normalem zu begegnen. Denn je näher Weihnachten rückt, desto mehr dreht meine Familie durch. Meine Mutter ist davon überzeugt, dass das Fest eine Katastrophe wird. Mein Vater hingegen ist vollkommen mit der Tatsache beschäftigt, zu ignorieren, dass ich nach dem Fest wieder nach London verschwinden werde. Statt zu akzeptieren, dass ich nichts mit dem Whisky zu tun haben will – von seinem Konsum abgesehen –, integriert er mich in Prozesse und macht mich mit Partnern bekannt. Sobald ich das Haus betrete, will meine Mutter entweder etwas zur Organisation der Party wissen, oder mein Vater versucht mich von den Vorzügen des Whiskybusiness zu überzeugen. Ziemlich anstrengend.

»Hey«, begrüßt mich Noah und steht unbeholfen vor mir.

»Hey. Geht's dir gut?«

Er blickt auf. »Ja, und dir?«

»Danke«, antworte ich nickend.

»War das jetzt eine Lüge aus Gewohnheit?«

Überrascht ziehe ich die Nase hoch. »Vielleicht.« Ehrlich gesagt, habe ich gar nicht über die Antwort nachgedacht. Sie kam mir über die Lippen, ohne einen Gedanken daran verschwendet zu haben. »Die Party stresst mich.«

»Verständlich. Ich glaube, dein Job wäre mir generell zu anstrengend«, meint Noah. Er reibt seine Finger aneinander. Auch mir kriecht die Kälte in die letzten Ritzen. Deswegen deute ich aufs Haus.

»Sollen wir?«

Noah nickt. »Ja.«

»Eigentlich liebe ich es, Eventplanerin zu sein«, gestehe ich. »Die Organisation macht mir Spaß, genauso wie die Gespräche mit Partnern. Wenn ich am Ende die glücklichen oder zufriedenen Gesichter meiner Kunden sehe, war es jede Minute des Stresses wert. Dieses Mal ist es anders.«

Noah öffnet das Gartentor für mich. »Wieso?«

»Schwierig zu erklären. Es hängt einfach viel davon ab. Nicht nur der Haussegen ... schwer zu beschreiben.« Ich warte, bis Noah das Tor verschlossen hat und sich mir zuwendet. »Außerdem habe ich das Gefühl, auf rohen Eiern zu gehen. Entscheidungen, die ich London innerhalb von Sekunden getroffen habe, fallen mir hier unglaublich schwer. Eigentlich ist es meine Stärke, meine Kunden einzuschätzen und zu wissen, was sie sich wünschen, bevor sie es selbst tun. Nur bei meiner Mutter ... da versage ich kläglich.«

»Das kann aber auch deine größte Stärke sein«, meint Noah und ich lache freudlos.

»Zu versagen?«

Ernst nickt er. »Es ist die perfekte Ausgangslage. Wenn du nichts richtig machen kannst ... was willst du dann verlieren?«

»Woooow«, sage ich und ziehe das Wort in die Länge. »Das ist wirklich aufmunternd.«

Noah grinst verlegen. »Hätte es sein sollen. Stattdessen war es ziemlich deprimierend, oder?«

»Ein bisschen«, bestätige ich, boxe ihm gegen den Oberarm. »Danke, dass du es versucht hast.«

»Bis zum nächsten Mal übe ich«, verspricht er und zwinkert mir zu.

»Ich verlasse mich darauf.« Meine Haut kribbelt trotz der Kälte, die auf einmal verschwunden ist. Deswegen wende ich mich ab und mustere das kleine Haus, um meine Gedanken abzulenken. Das Cottage ist mit Schnee überzogen. In den Fenstern hängen bunte Kugeln, auf dem Dach sind bereits Lichter angebracht. Hier ist die Weihnachtsstimmung eindeutig angekommen.

Einen Moment schließe ich die Lider, dann gehe ich die letzten Schritte zur Haustür und klopfe. Es bleibt still. Daher hämmere ich etwas lauter gegen das Holz.

Noah lehnt sich zur Seite und späht durch das kleine Fenster. Fröstelnd trete ich zurück.

»Lass uns später wiederkommen«, sage ich. In dem Augenblick geht die Tür schwungvoll auf. Aus dem Inneren blickt uns eine kleine Frau entgegen. Das Haar steht wild von ihrem Kopf ab, auf den Wangen liegt eine Schicht Mehl.

»Wer stört?«, fragt sie unfreundlich und mustert mich abschätzig.

Ich setze mein schönstes Zahnpastalächeln auf. »Hallo, ich bin Lily Kingsley und auf der Suche nach einem Gemälde von I.L.N. Mr Applecott hat uns hierher geschickt, weil er Ihnen das Kunstwerk vor einigen Jahren zu Weihnachten geschenkt hat. Erinnern Sie sich vielleicht daran?« Die Worte kommen mir viel zu schnell über die Lippen, zeugen von meiner Nervosität.

Verwirrt verzieht Beatrice das Gesicht. »Was? Ah, ach so.« Sie nimmt sich kabellose Kopfhörer aus den Ohren und lächelt verlegen. »Entschuldigung. Was haben Sie gesagt?«

Erneut wiederhole ich das Gesagte, achte dieses Mal allerdings darauf zum einen langsamer zu sprechen und zum anderen auch Noah vorzustellen.

»Ein Gemälde?« Beatrice legt sich eine Hand auf die Wange. An ihren Fingern erkenne ich Teigreste. »Von Phil?«

»Genau, es handelt sich um das Weihnachtsgemälde von I.L.N.«, erkläre ich und hoffe damit ihre Erinnerungen wachzurütteln. Allerdings schwindet meine Hoffnung, denn würde das Gemälde wirklich irgendwo in diesem Haus hängen, wüsste Beatrice das, oder?

»Ach du große Güte«, entfährt es der Frau auf einmal und sie fährt herum. »Das Gebäck.« Schnellen Schrittes entfernt sie sich von der Eingangstür und durchquert den Flur. Am anderen Ende stößt sie mit dem Ellbogen eine Tür auf. »Kommt rein, Kinder, bevor die Kälte sich festsetzt.«

Ich blicke zu Noah, der lediglich mit den Schultern zuckt und mir bedeutet das Haus zu betreten. Im Inneren empfangen uns die Wärme eines heimeligen Zuhauses und der Geruch von Weihnachten.

Unsicher bleibe ich vor der Treppe, die in den ersten Stock führt, stehen und sehe mich um. Auf der Kommode neben mir reihen sich unzählige verschiedene Bilderrahmen aneinander. Von den Fotos lächeln mir glückliche Menschen entgegen. Mit Sicherheit Beatrices Familie. Über das Glas wurde Kunstschnee verteilt, sodass selbst die kleine Galerie einen weihnachtlichen Touch hat. Ich fühle mich direkt wohl in dem kleinen Haus und erwische mich bei dem Gedanken, dass ich gerne einziehen würde.

»Kommt ihr?«, ruft Beatrice aus dem Nebenraum.

Schnell streife ich mir die Schuhe von den Füßen und schlüpfe aus meiner Jacke. Dann folge ich Noah. Erst in der Küche nehme ich den leichten Geruch nach Angebranntem wahr.

»Jetzt sind mir die Kekse angebrannt«, verkündet Beatrice und ich gehe zu ihr, werfe einen Blick auf das Blech. Die Plätzchen in Form von Weihnachtsmännern sind viel zu dunkel und an den Ecken wirklich angebrannt.

Zerknirscht nehme ich einen in die Hand. »Das tut mir leid.«

»Wir helfen bei der nächsten Portion«, schlägt Noah vor und ich sehe ihn überrascht an. Er nimmt sich bereits eine Schürze vom Haken hinter der Tür und legt sie sich um den Kopf.

»Kannst du denn backen, Junge?«, fragt Beatrice.

Noah lacht. »Nein, aber ich kann Zutaten zusammenmischen und kneten. Solange Sie mir sagen, was zu tun ist ... sollte es klappen.«

Aus irgendeinem Grund ist die Situation total absurd und lässt mich sprachlos zurück. Unfähig, mich zu bewegen, stehe ich mitten in der Küche. Einige Sekunden wirkt es beinahe als wären wir alle eingefroren, hätten vergessen, wie man ein Mensch ist. Dann erwacht Beatrice aus ihrer Starre.

»Da drüben liegt das Rezept. Zutaten abwiegen und zusammen in der großen Schüssel vermengen.«

Noah nickt, folgt der Anweisung. Während Beatrice die Plätzchen auf einen Teller legt, gehe ich zu Noah. Über seine Schulter spähe ich auf das Rezept.

»Weiche von den Plätzchen«, meint er lachend und ich ziehe mich ertappt zurück. Backen ist keine meiner Stärken. Jedes Mal, wenn ich es versuche, geht es gründlich schief. Nicht mal einen Geburtstagskuchen bekomme ich hin. Deswegen greife ich jedes Mal auf Backmischungen zurück. »Sprich mit Beatrice, solange ich den Teig vorbereite«, schlägt er vor.

»Wahrscheinlich besser so.« Ich drehe mich um und schlendere zu Beatrice. Sie platziert gerade das letzte Plätzchen auf einem Teller.

»Möchtest du?«, fragt sie und ich greife zu, will keinesfalls unhöflich wirken.

»Danke.« Die angebrannte Stelle breche ich ab und beiße dann in den Keks. Zimtgeschmack breitet sich auf meiner Zunge aus, überdeckt beinahe alle anderen Komponenten. »Lecker.«

Beatrice nickt zufrieden. »Altes Familienrezept.«

Manchmal wünsche ich mir solche Traditionen in meiner Familie. Allerdings haben wir nie zusammen gebacken oder irgendetwas Ähnliches von Generation zu Generation weitergegeben. Meine Großeltern sehe ich höchstens einmal im Jahr. Bei den Begegnungen haben wir uns aber eigentlich kaum etwas zu erzählen. Es geht eher darum, sich gegenseitig zu versichern, dass der andere noch lebt.

»Um auf das Gemälde zurückzukommen«, sage ich, nachdem ich den Bissen heruntergeschluckt habe. »Es geht um das Weihnachtsbild von I.L.N.« Ich krame mein Smartphone aus der Hosentasche und rufe das Foto auf. Beatrice wirft einen Blick auf den Bildschirm. Einige Sekunden überlegt sie, dann schüttelt sie den Kopf. »Und Phil ist sich sicher? Ehrlich, mir fehlt jegliche Erinnerung daran. Wie viele Jahre soll es her sein?«

Hilflos zucke ich die Schultern. »Maximal fünf Jahre.«

Erneut überlegt Beatrice, dabei schließt sie die Lider, während ich den Keks in meinen Fingern nervös zerbrösle. »Nein, meine Liebe, tut mir leid.«

»Sind Sie sich sicher? Vielleicht hängt es irgendwo im Haus ...« »Ohne mein Wissen?« Beatrice hat die Stirn zweifelnd in Falten gelegt. Mir ist selbst bewusst, wie dumm meine Idee ist, allerdings greife ich nach jedem Strohhalm. »Schau dich gern um. Aber ich bin mir sicher, du wirst hier nicht fündig.«

Wenn Beatrice recht behält, dann verläuft sich die Spur. Nochmal zurück zu Mr Applecott? Eine Möglichkeit, allerdings habe ich die Befürchtung, wirklich in einer Sackgasse zu stehen. Und dann? Wie soll es weitergehen?

Deswegen entschuldige ich mich und gehe durch die Tür in den Flur. Irgendwie kommt es mir zwar falsch vor, durch das Haus einer Fremden zu gehen und mich dabei genau umzusehen. Gleichzeitig treibt mich die Furcht vor dem Versagen an.

Nach zehn Minuten kehre ich in die Küche zurück. Noah steht mittlerweile über den Tisch gebeugt. Vor ihm liegt ein Teigklumpen, den er mit dem Nudelholz bearbeitet. Als ich neben ihn trete, blickt er auf.

»Was gefunden?«

Traurig schüttle ich den Kopf. »Es ist nicht hier. Zumindest hängt es nirgends an der Wand.« Auf einmal ist es mir peinlich, Beatrices Worte in Frage gestellt zu haben. Sie hat eine Entschuldigung verdient. »Wo ist Beatrice?«

Noah zuckt mit den Schultern. »Sie hat mir weitere Anweisungen gegeben und ist dann verschwunden. Wahrscheinlich kommt sie gleich zurück. Brauchst du was?«

»Nein, aber ich sollte mit entschuldigen. Ich war ziemlich unfreundlich.« Meine Stimme ist belegt. Die Neuigkeit legt sich auf mein Gemüt wie eine dunkle Wolke. Plötzlich hält Noah seine flache Hand, mit einem kleinen Mehlberg drauf, direkt vor mein Gesicht. Verwirrt mustere ich ihn, hebe fragend die Brauen. Dann bewegt er den Oberkörper nach vorne, sodass wir uns direkt gegenüber sind und er mir in die Augen sehen kann, zwischen uns seine Hand. Er legt das Kinn an seine Handfläche und pustet. Schnell schließe ich die Lider, reiße aber gleichzeitig den Mund vor Überraschung auf. Ein Kreischen entfährt mir, während mich das Mehl trifft. Ich atme eine große Ladung ein, huste und beuge mich automatisch nach vorne. Überrumpelt blinzle ich.

»Was zur Hölle ...«, murmle ich und streiche mir das Mehl von den Wangen und der Nase. Selbst an meinen Wimpern erkenne ich weiße Partikel.

Noah prustet und ich richte mich auf. »Ernsthaft? Ernsthaft, Noah?«, sage ich, muss dabei aber meine Mundwinkel anspannen, um das Lachen zu unterdrücken.

»Sorry, aber ... du ... « Er bekommt kein Wort hervor, weil er derart heftig lacht. Sein kompletter Oberkörper wird durchgeschüttelt und er fasst sich an die Brust.

»Wie alt bist du? Fünf?«

Er hebt den Blick. »Höchstens.« In seinen Pupillen glitzert der Schalk und bevor ich den Mund erneut öffnen kann, greift er nach einer weiteren Ladung Mehl.

»Wag es ...« Zu spät. Zum zweiten Mal trifft mich eine weiße Wolke. Dieses Mal reagiere ich schneller, halte die Luft an und versuche mich wegzudrehen. Danach stürze ich mich auf Noah. Ich schlinge meine Arme um seinen Hals, drücke ihn nach unten und wuschle ihm durchs Haar. Er wehrt sich, ist aber weiterhin so sehr mit Lachen beschäftigt, dass ich leichtes Spiel habe. Deswegen greife ich selbst nach dem Mehl und drücke es ihm ins Gesicht. Langsam verteile ich es. Noah schlägt jetzt mit den Armen um sich und versucht, mich zu packen. Aber ich bin vorbereitet und weiche aus, nehme seine Hände und halte sie hinter seinem Rücken fest.

»Das hast du verdient«, sage ich lachend. Sein Kopf schwebt dabei gefährlich nahe an der Tischplatte, daher drehe ich uns ein bisschen. Leider ist Noah stärker als ich, befreit sich und packt mich. Er schlingt mir von hinten die Arme um den Körper, hält mich gefangen. Kreischend winde ich mich.

»Was ist denn hier los?« Wir halten inne, heben den Blick. In der Tür steht Beatrice, die uns grinsend mustert. »Das Mehl gehört in den Teig, nicht auf eure Wangen.«

»Ach sooo, wusste doch, dass wir etwas falsch gemacht haben«, murmle ich verlegen und löse mich von Noah.

Beatrice kommt zu uns. »Wie weit ist der Teig?«

»Fertig, ich rolle ihn gerade aus«, meint Noah und ich bringe Abstand zwischen uns. Auf seiner Stirn klebt Mehl. Nur mit Mühe unterdrücke ich das Grinsen und wische mir stattdessen mit meinem Ärmel über mein Kinn, entferne die letzten Spuren des Kampfes.

»Gut gemacht.« Beatrice legt Noah lobend eine Hand auf die Schulter. »Danke für die Hilfe. Würdest du mir noch einen Gefallen tun? Solange Lily und ich die Plätzchen ausstechen, könntest du draußen vor der Tür den Mistelzweig aufhängen?«

Noah nickt. »Natürlich, zeigen Sie mir einfach, wo er hin soll.« Bevor ich mich versehe, halte ich das Nudelholz in der Hand. »Dabei kannst du wohl kaum großen Schaden anrichten.«

»Ist das eine Challenge?«, frage ich grinsend und zwinkere Noah zu. Um ihm zu beweisen, dass er sich

keine Sorgen machen braucht und ich es schaffe, einen
Teig fertig auszurollen, fahre ich mit dem Nudelholz
über die weiche Masse. Währenddessen verschwinden
die beiden im Flur. Gerade als ich fertig bin, kommt
Beatrice zurück und hat eine kleine Schachtel in der
Hand. Nachdem sie diese neben mich abgestellt hat,
nimmt sie den Deckel ab. Im Inneren liegen unzählige
Ausstecher.

»Such dir einen aus«, sagt sie und schiebt die Schachtel zu mir. Zwischen Weihnachtsmännern, Sternen
und Rentieren finde ich einen Schneemann. Er erinnert mich an das letzte Weihnachten, das ich mit Noah
verbracht habe. Deswegen wähle ich ihn. Beatrice hat
sich den Weihnachtsmann ausgesucht und zusammen
bearbeiten wir den Teig, stechen kleine Figuren aus
und legen sie schließlich aufs Blech.

»Es tut mir leid, wie ich vorhin mit Ihnen gesprochen
habe«, entschuldige ich mich und schiebe das Blech in
den vorgeheizten Ofen. »Dieses Gemälde spielt eine
wichtige Rolle, deswegen habe ich es etwas übertrieben.«

»Schon in Ordnung«, entgegnet sie. »Schließlich habt
ihr mir geholfen. Mittlerweile bin ich schlecht auf den
Beinen und hätte nicht nochmal in der Küche stehen
können, um einen weiteren Teig zuzubereiten.«

»Danke für Ihr Verständnis. Können Sie sich wirklich
nicht erinnern?« Ein letzter Versuch. In mir schlum-
mert weiterhin Hoffnung. Der Funke züngelt, will
wachsen und sich ausbreiten. Doch ihm wird immer
wieder die Luft genommen, sodass er lediglich leicht
glimmt.

Beatrice schüttelt den Kopf. »Nein, vielleicht verwechselt Phil etwas. Weißt du was, wir rufen ihn zusammen an.« Bevor ich insistieren kann, ist Beatrice auf dem Weg zum Telefon. Sie nimmt den Hörer von der Station und drückt einige Tasten. Dann klingelt es laut durch die Küche. Nach dem dritten Tuten, nimmt Mr Applecott ab.

»Phil, hier ist Beatrice.«

Leider bleibt das Telefonat ergebnislos und endet in einem Streit der beiden. Sowohl Mr Applecott als auch Beatrice sind von ihrem Standpunkt überzeugt. Leider stimmen ihre Realitäten nicht überein und somit befinde ich mich in einer Sackgasse. Verfluchter Mist.

»Tut mir leid, Liebes«, sagt Beatrice und streicht mir beruhigend über den Rücken. Sie schiebt mir den Teller mit den angebrannten Keksen entgegen. »Iss, das hilft.«

Davon werden meine Probleme zwar auch nicht kleiner, aber immerhin habe ich einen Keks. Daher greife ich zu und beiße herzhaft hinein. »Danke.«

»Schon gut.«

Zusammen putzen wir die Küche, wobei ich Beatrice irgendwann bitte, sich zu setzen, weil ihre Mobilität wirklich eingeschränkt ist. Sie ist etwas wackelig auf den Beinen und ich fürchte, dass sie mir umkippt, wenn ich sie das Mehl vom Boden wischen lasse. Zumal es unfair wäre, sie etwas wegwischen zu lassen, das Noah und ich verursacht haben. Beim Gedanken an unsere kindische Mehlschlacht, schleicht sich ein Grinsen auf meine Lippen. Allerdings wird es sogleich überschattet von der Tatsache, nun im Dunkeln zu tappen, was das Gemälde betrifft. Beatrice war unser letzter Hinweis.

Enttäuscht verlasse ich die Küche, nachdem ich die letzten Spuren beseitigt und mich von Beatrice verabschiedet habe. Im Flur lehne ich mich kurz gegen die Wand. Scheiße. Was ein Mist. Heute Morgen habe ich mir nichts sehnlicher gewünscht als ein Ende dieser Schnitzeljagd. Jetzt, wo der letzte Hinweis eine Sackgasse war, finde ich diesen Gedanken lächerlich. Ich hätte präziser sein müssen, mir einen guten Ausgang wünschen sollen. Stattdessen stehe ich nun bei null. Frustriert reibe ich mir über die Stirn.

Gut, Krone richten und weiter geht's. Die Zeit ist zu kurz für Selbstmitleid. Sobald ich dieses Weihnachtsfest hinter mich gebracht habe, werde ich mir einen langen Urlaub gönnen.

Durch das kleine Fenster in der Eingangstür, sehe ich Noahs Schatten. Wie bei Mr Applecott trägt er auch dieses Mal keine Jacke, sondern hat die Ärmel seines Hoodies bis zu den Ellbogen hochgeschoben. Konzentriert blickt er nach oben und versucht, den Mistelzweig zu befestigen.

Die Tür quietscht als ich sie öffne, trotzdem räuspere ich mich, um mich bemerkbar zu machen. Ihn zu erschrecken und von der Leiter fallen zu sehen, fehlt mir gerade noch. Bei seinem Anblick habe ich ein Deja-vu und muss unweigerlich an unseren Kuss denken. Ein Wunder, das bisher keiner im Dorf darüber spricht und meine Mutter mich nicht längst in meine Schranken gewiesen hat. Sie hielt Noah nie für eine gute Wahl. Er trägt nichts dazu bei, unser Unternehmen zu sichern, ganz im Gegenteil, denn er hatte ebenfalls keine Ambitionen ins Familiengeschäft einzusteigen. Selbst als mein Vater ihm einen Job angeboten hat, lehnte Noah ab. Möglicherweise haben wir uns genau vor dem einen Menschen in Coverporth geküsst, der ein Geheimnis für sich behalten kann und seine Nase von den Belangen anderer Leute fernhält.

Noah dreht sich mir zu und sobald sein Blick den meinen trifft, erinnert sich auch mein Körper an den Kuss. Hitze steigt in mir auf, pocht in heißen Wellen durch meine Adern und sammelt sich in meiner Mitte. Viel zu schnell widmet Noah sich wieder dem Mistelbusch in seiner Hand. Mit Hilfe einer roten Schnur versucht er ihn an dem kleinen Vordach zu befestigen. Allerdings ist es schwierig über dem eigenen Kopf einen Knoten zu binden. Vor allem mit kalten Fingern. Immer wieder rutscht Noah die Schnur aus der Hand.

»Geht's?«, frage ich überflüssigerweise, um mich von dem Gedanken an Noahs Lippen auf meinen abzulenken. Wir wollten Freunde sein! Für mehr habe ich momentan gar keine Kapazität.

Noah schnaubt. »Wonach sieht es aus?«

»Als würdest du kläglich versagen.«

»Hundert Punkte, allerdings war dein Taktgefühl schon mal besser.«

Ich lache und trete einen Schritt zur Seite, um besser beobachten zu können, was er tut. »Versuch's andersrum. Schleife unterhalb des Balkens.«

»Dafür reicht die Schnur nicht«, meint er.

»Längen abzuschätzen ist nicht dein Ding, was?«

»Was?«, echot Noah ungläubig.

Ich zwinkere ihm zu, bevor mein Hirn realisiert, was ich gerade gesagt habe und sich dafür schämen kann. »Hast mich schon verstanden«, füge ich stattdessen hinzu und genieße die Leichtigkeit zwischen Noah und mir. »Du hast jetzt zwei Möglichkeiten. Entweder versuchst du bis in alle Ewigkeit diesen Knoten zu binden und erfrierst qualvoll oder du schneidest ein längeres Stück Schnur ab.« Dabei nehme ich bereits die Rolle mit dem roten Garn in die Hand. »Hier.«

Noah schüttelt den Kopf. »Das wäre verschwendet. Ich schaffe das.« Sein Kopf ist bereits rot, weil er sich die ganze Zeit strecken muss, um den Balken überhaupt zu erreichen. Keine Ahnung, wie lange es gut geht, bevor er das Gleichgewicht verliert. Deswegen trenne ich selbst ein Stück ab und lege meine Hand dann an Noahs Hüfte. Wie erwartet hält er inne, schaut mich an. Seine Arme sinken nach unten und ich kann nach dem Busch greifen. Schnell befreie ich ihn von der zu kurzen Schnur, um schließlich die längere zu befestigen. Dann fasse ich mein Haar zusammen und binde es mit dem Garn zu einem Zopf mit Schleife. »Hier, schau. Ich habe eine viel bessere Verwendung dafür.«

Erneut schüttelt Noah den Kopf, doch dieses Mal liegt ein Lächeln auf seinen Lippen. »Steht dir, Minnie Mouse.«

»Danke«, entgegne ich und posiere wie ein Supermodel.

Tatsächlich schafft Noah es dank des längeren Stücks, den Busch endlich zu befestigen und steigt schließlich die Leiter hinab. Zusammen blicken wir hinauf. Unweigerlich steigt Nervosität in mir auf. Obwohl ich weiterhin die Mistel anstarre, spüre ich Noah neben mir. Sein Oberarm berührt meinen ganz sanft und stößt bei jedem Atemzug leicht gegen den dicken Pulli, den ich trage. Von der Stelle aus zieht sich eine

Gänsehaut über meinen Körper, sendet kleine Stromstöße bis in meine Zehenspitzen.

Nur Freunde, Lily. Nur Freunde. Oder hast du vergessen, wie es letztes Mal zwischen euch geendet ist? Willst du ihn erneut verlieren? Jetzt, nachdem ihr euch gerade wieder annähert? Allerdings sind wir dieses Mal erwachsen, haben uns weiterentwickelt. Vielleicht würde es gut gehen? Wenn ich es nicht wage, werde ich es nie erfahren. Trotzdem bleibt ein letzter Rest Furcht.

»Eigentlich merkwürdig, wenn man darüber nachdenkt, dass die Mistel ein Parasit ist, oder?« Verwirrt blinzle ich. Habe ich das gerade wirklich gesagt? Gut, jetzt habe ich wohl endgültig den Verstand verloren. Ich schiebe es einfach auf den Stress. Meine Mutter glücklich zu machen und nebenher noch eine komplette Weihnachtsfeier zu organisieren ... darüber kann man schon mal den Verstand verlieren, nicht?

Noah wendet mir das Gesicht zu. »Wie?«

»Die Mistel«, erkläre ich und deute nach oben. »Sie ist ein Parasit, dockt sich an Bäume an und lebt von deren Nährstoffen. Absurd, dass wir gerade die Mistel auserkoren haben, um uns an Weihnachten darunter zu küssen.« Was rede ich eigentlich? Schnell presse ich die Lippen zusammen, bevor ich noch mehr zum Thema Parasiten beitragen kann.

»Lernt man das in der Eventplanerinnenschule?«, fragt Noah lachend?

»Das würde ich eher als Allgemeinwissen deklarieren.«

»Wirklich? Dann besitze ich davon wohl so viel, wie du Taktgefühl.«

Empört haue ich ihm gegen den Oberarm. »Hey.«

»Nicht zu verwechseln mit deinen mangelnden Back-
künsten.«

Ich plustere die Wangen auf. »Kann nicht jeder so perfekt sein, wie du.«

»Du findest, ich bin perfekt?« Noahs Stimme ist auf
einmal leise geworden. Er blickt mir direkt in die Augen, nimmt mich damit gefangen und lässt mich sogar
vergessen, dass er sich in der Sekunde zuvor noch lus-
tig über mich gemacht hat.

»Nicht perfekt perfekt. Nur perfekt halt irgendwie ...«,
murmle ich. Ist mir eine Sicherung durchgebrannt?
Das muss es sein, woher sonst kommt die verbale
Grütze?

Noah dreht sich mir komplett zu und steht nun derart
dicht, dass sich unsere Nasenspitzen beinahe berühren.
»Perfekt halt irgendwie? Kann ich das auf meine Visi-
tenkarten schreiben?«

»Macht sich sicher gut«, antworte ich und gehe einen
Schritt zurück. Allerdings spüre ich bereits die Wand in
meinem Rücken. Anstatt mir den Freiraum zu lassen,
überbrückt Noah das kleine Stück zwischen uns und
legt seine Hand in meinen Nacken. In meinem Magen
überschlagen sich die Gefühle, mein Hirn hat längst
den Dienst quittiert und mich meiner selbst überlassen.
Danke auch.

Noahs herber Geruch nach Duschgel steigt mir in die
Nase und erinnert mich an alte Zeiten. Mit dem Daumen fährt er die Muskeln in meinem Hals entlang und
bringt mich zum Erschaudern. Automatisch schließe
ich die Lider, genieße das Gefühl seiner Finger auf meiner Haut. Mein ganzes Sein ist angespannt, kann es
kaum erwarten, was folgen wird. Doch ich werde

enttäuscht, warte vergeblich auf Noahs Lippen auf meinen. Deswegen öffne ich die Augen. Noah mustert mich aufmerksam. Ohne länger zu warten, packe ich ihn am Hoodie und ziehe ihn zu mir. Unsere Lippen treffen aufeinander, lassen die Hormone in mir glücklich aufseufzen, während sich meine Lunge endlich wieder richtig entfalten kann. In diesem Kuss entlädt sich all der Frust der letzten Tage, aber auch die aufgestauten Emotionen, die ich nach der Trennung von Noah nie richtig verarbeitet habe.

Ich vergrabe die Hand in seinem Haar, halte ihn fest. Seine Finger finden den Weg zu meinem Gesicht und streichen mir sanft über die Wange, dann das Kinn und schließlich wieder den Nacken. Jede Stelle, die er berührt, kribbelt, will ihn noch näher spüren.

Unsere Nasen stoßen gegeneinander und ich lächle an seinen Lippen, fahre mit der Zunge über die raue Haut. Gleichzeitig drücke ich mich gegen ihn, bekomme nicht genug von seiner Wärme, von dem Gefühl angekommen zu sein. Mein Hirn schweigt endlich, fühlt lediglich.

»Ich habe dich vermisst«, murmelt Noah bevor er den Kuss intensiviert. Mit seinen Worten nimmt mein Verstand seine Arbeit wieder auf. Leider. Was tun wir hier? Wo soll das Ganze hinführen? Wir haben zwei Leben, die kaum zueinander passen. Noah lebt hier, ich in London. Zwar sind wir mittlerweile erwachsen, dennoch ist im Grunde alles beim Alten. Wir haben lediglich mehr Falten.

Noah küsst meinen Mundwinkel, massiert mir den Nacken und ich schließe erneut genießerisch die

Augen. Spielt es eine Rolle? Ist die Zukunft in diesem Moment von Bedeutung?

»Warte.« Die Worte kommen unerwarteter Weise aus Noahs Mund und ich halte inne. Abwartend schaue ich ihn an. Seine Augen huschen wild hin und her, während seine Lippen zu einer dünnen Linie zusammengepresst sind. »Es gibt da ...«

»Schon gut«, sage ich viel zu schnell und unterbreche ihn. Irgendwie ertrage ich es nicht, dass dieses kurze Abenteuer ein Ende gefunden haben soll, obwohl ich selbst darüber nachgedacht habe. Wenn Noah es hier und jetzt beendet, wird die Stimmung zwischen uns womöglich seltsam. Das muss ich verhindern. »Schon gut, es war eine dumme Idee.«

Noah schüttelt den Kopf. »Es gibt etwas, das wir ...«

»Nein, bitte«, flehe ich. Keine Ahnung, wieso es mir so wichtig ist, ihn zum Schweigen zu bringen. Vielleicht ist es die Angst, erneut einen Fehler zu begehen. Erneut jemanden zu verlieren, weil ich etwas glaube zu wissen ... »Wir haben uns zu etwas verleiten lassen«, erkläre ich daher. »Das ist absurd, Noah. Eigentlich kennen wir uns kaum. Es ist lediglich die Vergangenheit, die uns dazu getrieben hat.« Wem versuche ich damit etwas vorzumachen? Ihm? Mir? Uns beiden? Egal wie viel Zeit vergangen ist, die Verbindung, die wir früher hatten, besteht weiterhin. Aber würde sie dieses Mal reichen? Und ist der Preis, den wir zahlen müssten, nicht zu groß? Erneut den Schmerz zu durchleiden, den unsere erste Trennung ausgelöst hat ... Obwohl ich die Beziehung beendet habe, war es eine der schwersten Entscheidungen meines Lebens. Monatelang konnte ich kaum schlafen, habe wenig gegessen und in den seltsamsten Momenten Tränen vergossen.

Meine Gedanken sind wirr. Sie springen wie Pingpongbälle hin und her, spiegeln meine Gefühlslage wider. Will ich diesen Kuss? Ja. Nein. Doch. Natürlich, allerdings hätte er Konsequenzen, die ich momentan nicht abschätzen kann. Es könnte gut gehen. Noah und ich könnten endlich einen gemeinsamen Weg einschlagen. Oder alles geht schief und dann habe ich neben der Weihnachtsfeier auch noch ein Dorf voller Tratschweiber. Bei meinem Glück findet meine Mutter vorher raus, dass sich zwischen Noah und mir etwas anbahnt ... dabei liegt sie mir sowieso schon vierundzwanzig Stunden am Tag in den Ohren, was die Weihnachtsfeier betrifft. Auf mehr Diskussionspotenzial kann ich getrost verzichten.

Wobei das bereits viel zu weit geht. Immerhin haben wir uns lediglich geküsst. Es ist beinahe utopisch von mir an eine Zukunft mit Noah zu denken. Dafür ist es viel zu früh. Allerdings bin ich die Marke Mensch, die Dinge so lange durchdenkt, bis sie im Gehirn zu Brei verarbeitet worden sind. Alle möglichen Wege – so absurd sie auch sein mögen – vorher in Gedanken abgespielt zu haben, hilft mir. Wobei, eigentlich löst es viel mehr Probleme aus, da ich mir den Kopf über Dinge zerbreche, die niemals geschehen werden. Aber das Gehirn ist der größte Gegner, oder? Man kommt nie dagegen an.

»Lily«, flüstert Noah.

»Freunde. Bitte, lass uns Freunde sein.« Sobald Weihnachten vorbei ist, habe ich Kapazitäten, um mich mit der Zukunft zu beschäftigen.

»Waren wir jemals keine Freunde?« Noahs Antwort überrascht mich.

»Du nennst den Zustand, in dem wir die letzten Jahre verbracht haben, Freundschaft?«

Noah nickt. »Ja, denn egal wie die Stimmung war, mein größter Wunsch war es, dass du glücklich bist. Das tun Freunde, oder ging es dir anders?«

Erneut verblüffen mich seine Worte, dennoch hat er recht. Es gab keinen Moment, in dem ich Noah etwas Böses wollte. Ganz im Gegenteil, obwohl ich ihn verletzt habe, habe ich gehofft, es wäre die richtige Entscheidung – für uns beide. Daher schüttle ich den Kopf.

»Siehst du?«, sagt er. »Freunde, wie immer.«

Eine Mischung aus Erleichterung und Traurigkeit legt sich über mich. Auf der einen Seite freue ich mich, dass wir endlich darüber gesprochen haben, wie wir zueinander stehen. Dass Noah die Situation derart locker sieht. Gleichzeitig erfüllt mich ein bitterer Beigeschmack, den ich kaum greifen kann.

Noah tritt zurück und sofort weht frischer Wind um uns, nimmt die letzten Spuren dessen mit sich, was gerade zwischen uns gewesen ist. »Das war wohl eine Sackgasse«, stellt er fest und ich blicke verwirrt zu ihm auf. Er macht eine kreisende Bewegung mit seiner Hand, die das Haus und Beatrice einfasst. Ah, er meint das Gemälde.

»Ja, scheint so.« Frustriert fahre ich mir übers Gesicht, bin aber froh über den Themenwechsel. Auch wenn die Situation hoffnungslos aussieht. Bisher gab es jedes Mal einen weiteren Hinweis, dem ich folgen konnte. Nun hat das ein Ende. Beatrice fehlt jegliche Erinnerung an das Gemälde. Natürlich könnten wir eine

Anzeige schalten oder im Internet Annoncen platzieren. Die Zeit jedoch spielt gegen mich. Wie hoch ist die Wahrscheinlichkeit, dass bis Weihnachten tatsächlich jemand auf die Anzeigen reagiert? Momentan sind die Menschen im Stress. Jeder ist mit den Vorbereitungen des eigenen Festes beschäftigt.

»Eventuell hilft der Buschfunk«, schlägt Noah vor.

Ich zucke lediglich mit den Schultern. »Vielleicht.«

»Die strickenden Ladys wissen alles.« Noah legt mir eine Hand auf die Schulter, drückt sie aufmunternd. »Wieso sollten sie ausgerechnet hierbei eine Ausnahme machen?«

»Weil es nicht um Klatsch und Tratsch geht, sondern um ein Gemälde.«

»Du hast recht«, meint Noah und lehnt sich gegen die Wand neben mir. Erneut berühren sich unsere Oberarme. Die Geste spendet mir Trost. »Einen Versuch ist es dennoch wert.«

Kapitel 10

Das Licht am Ende des Tunnels hat einen Herzschlag

11 Tage bis Weihnachten, Gemütszustand: Nicht mal ein Snickers könnte die Stimmung heben

Am Ende der Woche bin ich keinen Schritt weiter. Das Einzige, dessen ich mir sicher sein kann: Weihnachten steht kurz vor der Tür und von dem Gemälde fehlt weiterhin jede Spur. Immerhin läuft der Rest gut. Keine weiteren Pannen bisher. Ich sollte auf Holz klopfen ... Mit der Faust tippe ich mir einige Male gegen den Kopf. Das sollte reichen.

Ein letzter Blick in den Spiegel, dann verlasse ich mein Zimmer. Durch den Flur und das Treppenhaus gehe ich in den Vorgarten und steige in meinen Wagen. Draußen liegt mittlerweile eine dicke Schicht Schnee. Dieses Jahr sind wir wirklich damit gesegnet, im Normalfall schneit es eigentlich nur wenige Tage und die weiße Masse verschwindet schnell wieder. Immerhin das Wetter scheint auf meiner Seite, denn ich liebe Schnee. Er gibt mir ein Gefühl von Ruhe und Geborgenheit. Ähnlich wie Regen. Früher saß ich bei Unwetter immer am Strand, habe den Tropfen gelauscht, wenn sie auf die unruhige Wasseroberfläche geprasselt sind.

Vor dem Pub parke ich. Erneut überprüfe ich mein Make-up im Spiegel, trage frischen Lipgloss auf. Dann greife ich nach meiner Handtasche und steige aus dem Wagen.

Der Pub ist gut gefüllt. Stimmengewirr empfängt mich, Hitze schlägt mir entgegen. Scheinbar ist das halbe Dorf heute auf den Beinen und hat beschlossen, hier zu Abend zu essen. Ich wende den Kopf nach links. Ein Glück, auch die Sessel sind besetzt. Mein letzter Strohhalm.

Schwitzend ziehe ich mir die Mütze vom Kopf und entledige mich meines Schals. Außerdem schlüpfe ich aus meiner Jacke. Bereits nach einigen Sekunden bereue ich es, einen dicken Pulli angezogen zu haben.

»Lily«, begrüßt Mike mich. Er legt seine Arme um mich und zieht mich in eine Umarmung. Seine Schürze ist wie immer von großen Flecken gezeichnet. »Schön, dich zu sehen. Hast du Hunger? Ich mach dir erstmal einen Tee. Setz dich doch zu mir an die Theke.«

Ich löse mich lachend von ihm. »Danke! Habe extra das Abendessen geschwänzt für deine Krabbensalatsandwiches.« Mir läuft bereits jetzt das Wasser im Mund zusammen. Seit meiner Kindheit liebe ich Mikes Essen, aber vor allem die Meeresspezialitäten sind durch heimischen Fisch und Schalentiere besonders gut.

»Richtige Entscheidung.« Er zieht mich mit sich und schiebt mich auf einen Hocker direkt an der Bar.

Während ich meine Jacke, Schal und Mütze zu meinen Füßen verstaue, brüht er mir einen Tee auf. Eigentlich ist es mir dafür zu warm, aber wie könnte ich zu einer Tasse Earl Grey nein sagen?

»Dauert knapp eine Viertelstunde«, informiert Mike mich und verschwindet in die Küche.

Ich nutze die Gelegenheit und steuere die Sesselecke an. »Ladys, Gentleman«, begrüße ich die Runde mit einem Nicken. »Wie geht es Ihnen?«

»Können nicht klagen«, sagt Miss Harding. Sie schiebt ihre Brille zurecht und mustert mich über den Rand der Gläser. »Was ist mit dir, Liebes?«

»Danke, darf ich mich eine Weile zu Ihnen setzen?« Ich deute auf den freien Stuhl am Nebentisch.

Doch Mr Dimple erhebt sich. »Bitte, setz dich, ich bin sowieso auf dem Sprung.«

»Keine Umstände«, sage ich und winke ab, aber er besteht darauf.

»Außerdem habe ich etwas für dich.« Aus seiner Tasche kramt er ein gestricktes Stirnband hervor. »Das ist unser Dankeschön, weil du dich umhören wolltest, wegen der Geschenke.«

Gerührt nehme ich ihm das bunte Stirnband ab. Eine große Schleife prangt in seiner Mitte und ich fahre sanft über den weichen Stoff. »Wirklich, das habe ich gern gemacht. Tatsächlich habe ich jetzt die Bestätigung von einigen Londoner Geschäften, die sich beteiligen wollen. Ich habe ihnen die Adresse von Woodley Hall gegeben. Sobald etwas ankommt, werde ich es zu Ihnen bringen.«

»Du bist ein Schatz«, sagt Miss Harding, lehnt sich nach vorne und drückt meine Hand. »Damit hast du uns wirklich einen großen Gefallen getan.«

»Sehr gern.« Ich ziehe mir das Stirnband über den Kopf, rücke die Schleife zurecht und mustere mich in der Spiegelung des Fensters. »Es ist wunderschön, danke Mr Dimple.«

»Paul, bitte nenne mich Paul.«

Lächelnd setze ich mich auf seinen Platz, während Paul sich verabschiedet und den Pub verlässt. Die Ladys unterhalten sich über den neusten Klatsch. Einige Minuten lausche ich ihnen, lasse mich von ihren Stimmen treiben und genieße die Ruhe in mir.

»Hey Minnie.«

Ich hebe den Blick. Noah steht neben Miss Hardings Sessel, hat sich mit dem Ellbogen auf die Rückenlehne gestützt.

»Hast du eine größere Schleife gefunden?«, fragt er und ich hebe verwirrt die Brauen. Er deutet auf meinen Kopf. Das Stirnband, richtig.

»Ein Geschenk. Gefällt es dir?«

Er nickt, kommt zu mir und geht neben mir in die Knie, sodass wir beinahe auf Augenhöhe sind. »Steht dir.«

»Danke«, entgegne ich und senke verlegen den Blick.

»Hast du schon etwas herausgefunden?«

Kopfschüttelnd sehe ich zu den Ladys um uns herum. Sie bemühen sich, möglichst gleichgültig ihrer Arbeit nachzugehen, doch ihr Gespräch ist verstummt. Jedes Wort, das wir sprechen, wird später Teil des Klatschs sein.

»Was brauchst du denn, Liebes?« Miss Harding legt ihr Strickzeug beiseite und schenkt uns ihre ungeteilte Aufmerksamkeit.

»Eigentlich bin ich hier, um Sie etwas zu fragen.«

»Raus damit. Wir werden nicht jünger.«

Kurz schildere ich die Lage, zeige das Foto von I.L.N.s Gemälde und warte schließlich auf die Reaktion.

Miss Harding mustert das Smartphone in ihren Händen. »I.L.N. ist eine bekannte Größe in der Gegend. Letztes Jahr waren Mary und ich zusammen bei seiner Ausstellung in Newquay. Sein Stil ist wirklich unverwechselbar. Die Kombination aus Wasserfarben und Kohle ... sogar meine Enkelin, die Kunst studiert, schwärmt von ihm.«

»Acrylfarben«, murmelt Noah und Miss Harding wendet ihm den Kopf zu. »Es sind Acrylfarben, keine Wasserfarben.«

Überrascht verzieht Miss Harding den Mund, offensichtlich widerspricht ihr nur selten jemand, selbst wenn sie falsch liegt. »Warst du ebenfalls bei seiner Ausstellung, oder bist du ein Fan?«

Noah presst die Lippen zusammen, als ihm bewusst wird, dass er möglicherweise zu viel gesagt und Ians Geheimnis gefährdet hat. Deswegen springe ich ein.

»Das habe ich bei meiner Recherche herausgefunden. Noah hilft mir bei der Suche.«

Miss Harding nickt. »Das Weihnachtsgemälde habe ich bisher nie gesehen.« Sie legt die Hand auf ihre Wange. Ihr Blick geht dabei an die Decke. »Auch auf der Ausstellung hat es gefehlt. Zumindest erinnere ich mich nicht daran.«

»Nein, es ist im Privatbesitz«, wiederhole ich, was ich einige Minuten zuvor bereits erwähnt hatte. »Mr Applecott beschwört, es Beatrice weitergeschenkt zu haben, allerdings verläuft sich dort die Spur. Deswegen hatte ich auf Sie gehofft, erinnern Sie sich es irgendwo gesehen zu haben? Sie kennen beinahe jeden im Dorf, haben guten Kontakt zu den Bewohnern ... vielleicht ...«

Als ich die Worte ausspreche wird mir erneut bewusst, wie unwahrscheinlich es ist, dass die Runde das Gemälde tatsächlich kennt und gesehen hat. Trotzdem trifft es mich, als ich der Reihe nach in die Gesichter der Ladys schaue und sie den Kopf schütteln.

»Tut mir leid, Lily«, sagt Miss Harding und legt mir die Hand auf den Oberschenkel.

»Schon in Ordnung.« Meine Stimme ist leise, nur ein Flüstern, denn die Hoffnungslosigkeit legt sich um mich. Nun ist es wirklich zu Ende. Es gibt keinen Anhaltspunkt mehr, dem ich folgen könnte.

Noah beugt sich zu mir. »Vielleicht finde ich etwas über meine Kontakte heraus. Sollte das Gemälde irgendwann bei einem Händler eingeschätzt worden sein, müsste ich das herausbekommen.«

»Echt?«

»Ja. Die Chance ist gering, vor allem, wenn es weiterhin in Privatbesitz ist. Aber heutzutage lässt beinahe jeder seinen Besitz schätzen. Vor allem, wenn es vererbt wurde ...« Noah zuckt mit den Schultern. »Es ist eine Möglichkeit.«

Ohne darüber nachzudenken, ziehe ich Noah zu mir und umarme ihn. Er ist das Licht, dass ich gerade am Ende meines Tunnels brauche. »Danke.«

»Es ist lediglich ein Versuch, Lily ... Erhoff dir ...« Bevor er den Satz beenden kann, wische ich seine Bedenken weg.

»Schon verstanden. Allerdings ist Aufgeben keine Alternative, Noah. Deswegen müssen wir weiter nach vorne. Wenn das der einzige Weg ist, dann gehe ich ihn, egal wie schlecht meine Erfolgschancen stehen.«

»Gut, sobald ich etwas rausgefunden habe, melde ich mich. Kann aber einige Tage dauern. Momentan sind die Menschen im Weihnachtsstress.«

Ich lache. »Was? Echt? Weihnachtsstress? Davon merke ich gar nichts.«

»Tut mir leid, ich muss jetzt weiter«, sagt Noah grinsend und erhebt sich. »Sehen wir uns in den nächsten Tagen?«

»Klar.« Sofort wird mir warm, Hitze steigt in meine Wangen und ich bereue es endgültig den dicken Pulli zu tragen. Wobei, wahrscheinlich könnte ich im Bikini hier sitzen und würde unter Noahs Blick dennoch verbrennen.

»Schleifen stehen dir wirklich.« Damit dreht Noah sich um und verschwindet, lässt mich mit klopfendem Herzen zurück.

Nur Freunde. Nur Freunde. Nur. Freunde. Gut, wem versuche ich etwas vorzumachen? Egal wie oft ich es mir einrede, die Gefühle für Noah sind nie verschwunden, ich habe sie lediglich verdrängt. Nun kehren sie mit voller Wucht an die Oberfläche zurück und lassen mir keine ruhige Minute.

»Ihr seid ein süßes Paar.« Miss Harding lehnt sich weit über die Lehne ihres Sessels zu mir und ich nicke.

Dann zucke ich zusammen, realisiere, was ich getan habe.

»Da ist nichts zwischen uns«, stelle ich klar und lege die Stirn in Falten. Das Lächeln auf meinen Lippen ist so falsch wie die Brüste meiner Mutter.

»Erzähl uns keine Märchen, Kind. Wir sind alt, nicht blind.« Nun liegt die Aufmerksamkeit der Ladys komplett auf mir. Unruhig rutsche ich auf meinem Sessel hin und her. Gerüchte sind das letzte, das ich gerade brauche. Sie könnten das feine Band, das Noah und ich knüpfen, zerstören.

»Habt ihr euch schon geküsst?«, fragt Mrs Purpleplum. Neugierig reibt sie sich übers Kinn und ich presse die Lippen zusammen, hoffe die Hitze verschwindet von meinen Wangen.

Miss Harding lacht und reckt die Faust in die Höhe. »Das macht zwanzig Pfund für mich, Dorothea.«

»Zwanzig Pfund?«, wiederhole ich verwirrt, während Mrs Purpleplum seufzt.

»Sie hat es nicht bestätigt.«

»Der Ausdruck auf ihrem Gesicht spricht wohl für sich, oder?«, entgegnet Miss Harding und streckt ihre Hand aus.

Erneut seufzt Mrs Purpleplum und greift in ihre Handtasche. »Nächstes Mal wette ich gegen dich, Schätzchen.«

»Sie haben darauf gewettet, wann wir uns küssen«, entfährt es mir. Soll ich lachen oder weinen? Der Grat ist schmal, deswegen entscheide ich mich für keins von beidem, sondern lasse meinen Kopf schockiert gegen die Lehne sinken. »Sie haben wirklich darauf gewettet. Unfassbar.«

»Lediglich eine kleine Wette unter Freunden, kein Schwerverbrechen«, sagt Miss Harding und steckt sich die zwanzig Pfund in ihre Hosentasche.

Enttäuscht nimmt Mrs Purpleplum ihr Strickzeug wieder auf. »Wer hätte gedacht, dass ihr derart schnell seid? Die Jugend von heute ...«

»Das sagt die Richtige. Du hast deinen Mann nach wenigen Monaten bereits geheiratet«, entgegnet Miss Harding.

»Andere Zeiten, andere Sitten. Aber zur Entschädigung könntest du uns wenigstens erzählen, was passiert ist. Wir sind neugierig.«

Miss Harding nickt. »Oder lügst du uns weiterhin an?«

»Wann habe ich gelogen?«, frage ich aufgebracht.

»*Da ist nichts zwischen uns.*« Mrs Purpleplum äfft mich nach und ich schnappe nach Luft.

»Das ... also ... mir fehlen die Worte.« Ich breche in Gelächter aus. »Sie beide sind wirklich besonders.«

»Besonders liebreizend und besonders wundervoll«, meint Miss Harding und sieht zu ihrer Freundin, die ihr zustimmt.

»Du hast besonders gutaussehend vergessen.«

»Sollte man in unserem Alter noch von Schönheit sprechen?«

Mrs Purpleplum verzieht den Mund. »Unbedingt.«

»Das wolltest du sagen, Lily, oder?«

Ich lache. »Ja, natürlich. Was sonst?«

»Weißt du, Liebes, wir haben direkt nach eurem ersten Besuch im Pub darauf gewettet. Die Anziehung zwischen euch ist beinahe sichtbar. Jeder im Pub konnte sie spüren.«

»Jeder?«, murmle ich und sehe mich um. Keiner scheint uns Aufmerksamkeit zu schenken. Jedenfalls nicht offensichtlich. Allerdings kenne ich dieses Dorf, bin hier großgeworden und weiß, wie schnell sich Gerüchte verbreiten. In meiner Schulzeit habe ich das ein oder andere Mal damit gekämpft. Ein weiterer Grund, warum ich so schnell wie möglich in die Großstadt wollte. Ein anonymes Leben ohne Gerede. Jetzt frage ich mich, ob das wirklich besser ist. Gerade bin ich ziemlich zufrieden, obwohl ich mitten in einem Pub sitze und über einen Kuss spreche, von dem ich selbst erst einmal herausfinden muss, was er zu bedeuten hat.

»Jeder, Liebes«, stimmt Mrs Purpleplum zu. Sie betrachtet mich mit einem Ausdruck, den ich nicht deuten kann. Sorge? Neugier? Mitgefühl? Irgendwas dazwischen? Ist das überhaupt möglich? Dann hält sie inne. »Noah ist einer von den Guten, Lily.«

»Natürlich«, entgegne ich überrumpelt.

Auch Miss Harding nickt. »Obwohl er mittlerweile in Newquay wohnt, kommt er seine Nan jede Woche besuchen. Er hilft uns bei kleinen Aufgaben, geht für Mr Applecott einkaufen. Pass gut auf ihn auf, ja?«

»Ich glaube er kann selbst auf sich aufpassen«, sage ich. Denn eigentlich war er stets derjenige, der auf mich geachtet hat. Dank ihm wusste ich, dass ich meine Träume verwirklichen muss. Dass ich stark genug bin, den Schritt zu wagen und meine Heimatstadt zu verlassen. Auch in den ständigen Streitereien mit meiner Mum, hat er mir jedes Mal den Rücken gestärkt, gab mir das Gefühl, jemanden zu haben auf den ich mich verlassen konnte.

Hinter der Bar winkt Mike. Er hält einen Teller in die Höhe und ich erkenne mein Krabbensandwich.

Ich erhebe mich. »Entschuldigt mich Ladys, mein Essen wartet. Danke für die Hilfe.« Bevor ich den Sesselkreis jedoch verlasse, drehe ich mich nochmal zu ihnen um. »Keine Wetten mehr auf Noah und mich.«

»Gönnst du uns gar keinen Spaß?«, meint Mrs Purpleplum und verzieht das Gesicht schmollend.

Einen Moment beiße ich die Zähne zusammen, um das Lachen zu unterdrücken. Ihr Anblick ist zu komisch. Anstatt zu antworten schüttle ich lediglich den Kopf, dann gehe ich davon und setze mich auf meinen Platz an der Bar. Nachdenklich stecke ich mir eine Pommes in den Mund. Ist die Anziehung zwischen Noah und mir wirklich spürbar? Für mich auf jeden Fall, aber auch für die anderen in unserer Umgebung?

Es war eine dumme Idee, Noah zu bitten lediglich mit mir befreundet zu sein. Was habe ich mir dabei gedacht? Kaum etwas, denn es war eine Kurzschlussreaktion, weil ich Angst vor seiner Reaktion hatte. Eine Abfuhr von ihm wäre zuviel gewesen, obwohl ich sie verdient hätte, nachdem ich ihn auf derart schäbige Art verletzt habe.

Die Vergangenheit ist unveränderbar. Daran lässt sich nicht mehr rütteln. Bei der Gegenwart sieht es jedoch anders aus. Sie liegt in meiner Hand, genau wie die Zukunft. Deswegen sollte ich endlich einen Schlussstrich unter das setzen, was gewesen ist und mich um das kümmern, was sein könnte. Allein bei dem Gedanken, Noahs Lippen abermals auf meinen zu spüren, dreht mein Magen durch, während sich Hitze in meiner Mitte sammelt.

Vielleicht ist es an der Zeit mutig zu sein ... etwas zu riskieren.

Kapitel 11

Ein Schritt nach vorne, hundert wieder zurück ... so lange, bis ich mit dem Rücken an der Wand stehe

**6 Tage bis Weihnachten,
Gemütszustand: Minus unendlich**

Der Duft nach Kaffee durchzieht die Eingangshalle. Meine Schritte beschleunigen sich automatisch und mein Magen knurrt. Nachdem der Wecker heute Morgen geklingelt hat, wollte ich nur noch fünf Minuten liegen bleiben. Daraus wurden schließlich zwei Stunden und nun befürchte ich, das Frühstück verpasst zu haben. Könnte schlimmer sein, so begegne ich Mum wenigstens erst mit vollem Magen.

Die letzten Tage bin ich ihr erfolgreich aus dem Weg gegangen, denn obwohl bei der Organisation der Party endlich alles gut läuft, gibt es von dem Gemälde weiterhin keine Spur. Gleichzeitig bleiben neue Aufträge aus. Mrs Freshman hat wirklich ganze Arbeit geleistet und meinen Ruf für die nächste Zeit zerstört. In London wird mich wohl keiner, der etwas auf sich hält, engagieren. Daher brauche ich das Geld zur Überbrückung dringend. Allerdings ist das Auftreiben des Gemäldes ein wichtiger Part. Da ich mir bereits genug Gedanken darüber mache, habe ich es vermieden Mum zu begegnen, da sie mit Sicherheit danach fragen wird. Sie lässt keine Gelegenheit aus, um mir zu zeigen, was sie von meiner eigenen Firma hält – nämlich nichts.

Als ich das Esszimmer betrete, würde ich am liebsten wieder rückwärts rausgehen, denn am großen Tisch sitzt meine Mutter. Vor ihr der Laptop und einige Ordner mit Papieren. Sie blickt auf, bevor ich den Rückzug antreten kann und verhindert meine Flucht.

»Guten Morgen. Oder eher guten Mittag«, sagt sie, während die Missbilligung auf ihrem Gesicht kaum zu übersehen ist.

»Morgen.« Meine Stimme ist kaum ein Flüstern. Mit gesenktem Blick gehe ich zu dem Platz ihr gegenüber und setze mich. Vielleicht vergisst sie meine Anwesenheit, wenn ich mich still verhalte.

Mila betritt den Raum, als hätte sie die ganze Zeit hinter der Tür gewartet, dass ich komme. »Möchtest du etwas frühstücken oder aufs Mittagessen warten?«

»Frühstück«, antworte ich schnell, denn mein Magen rebelliert bereits. Ich presse mir die Hand auf den Bauch. »Eier und Speck wären wunderbar. Und Kaffee.«

»Alles klar.« Mila lächelt, geht zu der kleinen Anrichte links von mir und holt ein Glas Orangensaft aus dem

Kühlschrank, der darin versteckt ist. »Der Rest kommt gleich.«

»Keine Eile«, entgegne ich höflich und wünsche mir, sie würde bleiben, damit ich kein Gespräch mit meiner Mum beginnen müsste.

Als hätte sie meine Gedanken gehört, klappt Mum den Laptop zu. »Hast du gut geschlafen?«

»Ja, danke.« Weiterhin weiche ich ihrem Blick aus, mustere das kleine Blumenbouquet vor mir. Unter der Tischplatte spiele ich mit meinen Fingern. Wieso bin ich derart nervös? Wahrscheinlich, weil ich die vergangenen Tage verdrängt habe, dass die Feier kurz bevorsteht und das Gemälde weiterhin verschollen ist. Stattdessen habe ich mir nur die guten Dinge vor Augen gehalten. Habe letzte Gespräche mit dem Catering und dem Streichquartett, das spielen wird, geführt. Obwohl es am Anfang schlecht aussah, habe ich es hinbekommen. Zwar mit Hilfe, aber das schmälert meinen Erfolg nicht. Wenn Mum mich nun nach dem Verbleib des Gemäldes fragt ... bricht das Lügenkonstrukt in meinem Hirn, das ich aufgebaut habe, um bei Verstand zu bleiben, ein.

Mila kommt mit meinem Kaffee zurück. Sie stellt eine große Tasse vor mir ab und ich trinke direkt einen Schluck, um mich zu entspannen.

»Warst du gestern Abend aus?«, fragt Mum und greift ebenfalls nach ihrer Tasse.

Ich schüttle den Kopf. »Nein, ich habe mit meiner Kollegin telefoniert und bin früh zu Bett.«

»Verstehe. Hilft sie dir bei der Organisation unserer Weihnachtsfeier?«

»Ja, auch, aber gerade kümmert sie sich verstärkt um Werbung, damit wir neue Aufträge an Land ziehen«, gebe ich zu. Dabei verschweige ich, dass ich Jenny gestern endlich die Wahrheit erzählt habe. Sie weiß nun, wie es um *Lilyvents* steht. Sollten wir die nächsten Wochen keine Aufträge an Land ziehen ... nicht daran denken, Lily.

»Habt ihr annonciert? Werbung in Magazinen geschaltet, dem Internet? Ich könnte ...« Die Worte sprudeln über Mums Lippen und ich bin dankbar, dass Mila in dem Moment den Raum betritt. Sie reicht mir einen prall gefüllten Teller und der Geruch nach gebratenem Speck lässt mir das Wasser im Mund zusammenlaufen.

»Danke Mum, das ist wirklich lieb, aber wir haben es im Griff«, lüge ich. Das Letzte, das ich in dieser Situation gebrauchen kann, ist meine Mutter, die ihre Fäden um meine Firma spinnt.

»Bist du sicher? Dein Vater und ich, wir könnten euch sicher helfen, wenn du zurück ...«

Ja, genau ... *wenn* ... nein, das will ich nicht. »Mum«, unterbreche ich sie und lege meine Gabel zur Seite. »Sollte ich Hilfe brauchen, melde ich mich.«

Mum lacht freudlos auf. »Deswegen musstest du dich erst betrinken und einen Deal mit mir eingehen? Weil du so gut um Hilfe bitten kannst?«

Einen Moment fehlt mir vor Überraschung die Luft zum Atmen. Im Normalfall schweigen wir die Wahrheit tot und lassen sie lediglich durch Seitenhiebe raus. Anscheinend will meine Mum heute damit brechen.

»Das ist wohl kaum meine Schuld«, murmle ich. Wer gibt mir denn ständig das Gefühl alles falsch zu machen? Schein ist mehr wert als Sein, deswegen bin ich damals geflüchtet. Deswegen will ich mir mein eigenes Leben aufbauen, ohne von meinen Eltern und der Firma abhängig zu sein.

»Dieser Stolz wird dich vielleicht *Lilyvents* kosten. Ist es das wirklich wert?« Mum tritt nach, es reicht ihr nicht, dass ich bereits am Boden liege. Mir ist mittlerweile der Appetit vergangen.

»Wie bitte?«, entfährt es mir empört. »Was soll das bedeuten? Wie du weißt, bin ich auf deinen Deal eingegangen, habe die Hilfe also angenommen.«

»Das nennst du Hilfe annehmen? Es ist genau wie damals, du bist nur nach London gegangen, um mich zu treffen.«

Mir war klar, dass das Thema irgendwann nochmal aufkommen würde. Allerdings hatte ich gehofft, es würde erst nach Weihnachten soweit sein. Frustriert seufze ich. »Du meinst das wirklich ernst, oder?«

»Natürlich. Oder willst du mir widersprechen?«

»Ja, denn deine Behauptung macht überhaupt keinen Sinn. Wieso hätte ich nach London gehen und *Lilyvents* gründen sollen, um dir eins auszuwischen? Das hätte ich auch viel einfacher haben können ... mit Drogen ... oder Alkohol. Wozu die Mühe in Stanford? Wozu der Businessplan für die Bank und Sponsoren? Und mal ehrlich, wieso sollte ich überhaupt irgendetwas tun, nur um dich zu verletzen?«

Mum mustert mich einige Herzschläge. »Weil du wusstest, dass es genau das ist, was ich auf keinen Fall für dich wollte. Wir haben eine Firma aufgebaut, damit dein Bruder und du es einmal leichter habt. Damit ihr weniger hart arbeiten müsst ... und du trittst dieses Business mit Füßen.«

»Bitte?«, entfährt es mir. »Das ist lächerlich. Lächerlich und absurd. Ich trete nichts mit Füßen, habe lediglich einen anderen Weg für mich gewählt.«

»Wirklich?«

»Wirklich. Es war mein Traum in die Stadt zu ziehen, ein selbstbestimmtes Leben zu führen. War es ein Bonus weit weg von dir zu sein? Hundertprozent.« Bereits als die Worte meinen Mund verlassen, bereue ich es. Zwar entsprechen sie der Wahrheit, dennoch verletzen sie meine Mum.

Ohne eine weitere Erwiderung steht sie auf und verlässt das Esszimmer. Frustriert rutsche ich auf meinem Stuhl etwas tiefer und lege den Kopf in den Nacken. Verdammter Mist. Wäre ich lieber im Bett geblieben. Können Mum und ich jemals ein Gespräch führen, bei dem wir uns nicht an die Gurgel gehen? Unwahrscheinlich. Wieso artet es jedes Mal aus? Wieso müssen wir uns dauernd Vorwürfe an den Kopf werfen? Vielleicht, weil wir uns gegenseitig ständig enttäuschen. Unsere Vorstellung von einem guten Leben gehen derart weit auseinander, dass wir niemals auf einem gemeinsamen Nenner kommen.

»Sie hat Angst davor, dich erneut zu verlieren.« Ich lege den Kopf weiter in den Nacken uns sehe Lisa verkehrt herum hinter mir stehen. Mit vor der Brust verschränkten Armen lehnt sie gegen den Türrahmen.

»Hast du gelauscht?«, frage ich, während Lisa zu mir an den Tisch tritt und ich mich wieder aufrecht hinsetze.

»Iss, bevor es kalt wird.«

»Mir ist der Appetit vergangen«, entgegne ich, nehme aber dennoch die Gabel in die Hand und stochere lustlos durch meine Bohnen.

Lisa reicht mir eine Scheibe Toast, die ich entgegennehme. Beim ersten Biss kommt der Hunger auf einmal zurück und ich verteile Butter auf dem Brot.

»Ihr würdet weniger streiten, wenn du öfter zu Besuch kommen würdest«, sagt Lisa und ich halte inne.

Mit vollem Mund starre ich sie an. »Das ist ein Widerspruch in sich.«

»Was glaubst du, warum sie unbedingt will, dass du in die Firma einsteigst?«

Ich zucke mit den Schultern. »Um jeden meiner Schritte bestimmen zu können.«

»Du wärst hier, vor Ort.«

»Dir ist klar, dass das in beide Richtungen geht, oder? Würde sie mich sehen wollen, müsste sie lediglich ins Auto steigen und nach London fahren.« Lisas Worte ergeben keinen Sinn. Wieso sollte Mum mich dauernd anmotzen und jedes Detail an mir kritisieren, wenn sie mich eigentlich vermisst?

»Es geht darum dich hier zu haben, Lily.«

»Sie hat mich nie unterstützt. Nicht, wenn es um meine Träume ging, sondern nur, wenn ich das getan habe, was sie wollte«, entgegne ich und beiße ein Stück Speck ab. Mittlerweile ist das Essen kalt, trotzdem verschlinge ich es.

»Wer hat dir die Wohnung während des Studiums finanziert?«

Ich plustere die Wangen auf. »Das war keine Nächstenliebe, sondern ein Tauschgeschäft. Dafür musste ich ein Wochenende im Monat in der Destillerie aushelfen.«

Lisa macht eine Handbewegung, die mir wohl sagen soll, dass ich mir damit selbst die Antwort gegeben habe. »Schau.«

»Nichts schau ... es macht dennoch keinen Sinn. Wieso streiten wir dauernd?«

»Die Frage solltest du dir selbst stellen, Lily.«

Ich seufze und schiebe mir den letzten Speckstreifen in den Mund. Satt lege ich mein Besteck auf den Teller, trinke meinen Kaffee leer. Als Mila mein Geschirr abräumt, bitte ich sie um eine Tasse Tee.

Lisas Worte drehen sich in meinem Kopf, genau, wie die meiner Mutter. Bin ich wirklich nach London, weil ich genau wusste, dass Mum es hassen würde? Nein. Vielleicht ein bisschen. Mit Sicherheit hat es meine Entscheidung beeinflusst, dass meine Eltern mich seit meiner Jugend in eine Richtung gedrängt haben. Denn ab dem Zeitpunkt wollte ich genau das Gegenteil davon, was bedeutete dieses Dorf zu verlassen und ohne die Hilfe meiner Eltern zu überleben. Durch ihr Eingreifen haben sie aus mir gemacht, was ich bin. Ihre Versuche mich in das Familiengeschäft zu involvieren haben mich angespornt meinen eigenen Weg zu gehen. Wahrscheinlich hätte ich es sonst nie geschafft, bereits in meinem Alter zu wissen, was ich möchte und eine eigene Firma zu gründen. Zugegeben, *Lilyvents* läuft momentan mehr schlecht als recht, allerdings ist das Mrs Freshmans Verschulden, die schlechte Publicity macht und Gerüchte verbreitet.

»Wow«, entfährt es mir bei der Erkenntnis, dass sowohl in den Behauptungen meiner Mum als auch in

Lisas etwas Wahres dran sein könnte. Der Gedanke schockiert mich. Habe ich meine eigenen Entscheidungen getroffen oder war ich wirklich die ganze Zeit davon getrieben das zu tun, was meinen Eltern missfallen würde?

Lisa verzieht den Mund wissend. »Die Erkenntnis wiegt schwer, was?«

»Um das zu verarbeiten, brauch ich wohl ein paar Jahre«, witzle ich. Außerdem bin ich mir weiterhin unsicher, wie ich mit der Information umgehen soll. Macht es die ganzen Streitereien besser? Nein. Aber vielleicht kann ich mich nächstes Mal etwas besser in Mum hineinversetzen und versuchen sie zu verstehen.

Mila bringt eine Kanne voll Tee. Nachdem ich etwas Milch in meine Tasse geschüttet habe, folgt der Earl Grey. Nachdenklich rühre ich in der dunklen Flüssigkeit herum, lege schließlich den Löffel zur Seite und trinke einen Schluck. »Leider muss ich zugeben, dass ich es meinen Eltern auch nie leicht gemacht habe. Das Gen Dinge zu tun, das den anderen auf die Palme bringt, liegt wohl in der Familie.«

Lisa lacht. »Wie in keiner anderen.«

»Darin könnten wir Weltmeister werden, was?« Seit ich mich erinnere, haben wir nichts anderes getan. Selbst Kleinigkeiten arten in Diskussionen aus. Deswegen stehe ich jeder Unterhaltung in diesem Haus auch skeptisch gegenüber, immer dazu bereit, meine Meinung zu vertreten, komme was wolle. Eigentlich keine schlechte Eigenschaft. Allerdings sind wir in diesem Muster gefangen, können keine normale Unterhaltung mehr führen. Wahrscheinlich ist es an der Zeit diesen Kreislauf endlich zu durchbrechen. Wir sind eine

Familie und ich bin mir sicher, dass wir nur das Beste für den anderen im Sinn haben. Selbst wenn unsere Meinungen, was genau das ist, auseinandergehen. Allerdings muss ich auch gestehen, in den letzten Jahren immer weniger zugehört zu haben. Mir fehlte zusehends die Kraft, um Diskussionen zu führen. Deswegen bin ich ihnen und damit meiner Familie aus dem Weg gegangen.

Beim nächsten Mal werde ich mir Zeit nehmen, hinter die Fassade schauen und versuchen dem Kreislauf ein Ende zu setzen. Einer muss ja damit anfangen. Allerdings muss das bis nach Weihnachten warten, denn vorher habe ich ein Fest zu organisieren und ein Gemälde zu finden.

»Danke«, sage ich zu Lisa und proste ihr mit meiner Tasse zu.

Sie lächelt. »Jederzeit.«

»Keiner kennt uns so gut, wie du. Du bist hier aufgewachsen, bist wie eine Schwester ... kannst du nicht die Destillerie mit meinem Bruder zusammen übernehmen?«

»Wer weiß«, entgegnet Lisa und ich hebe neugierig die Augenbrauen, doch sie zuckt nur mit den Schultern, erhebt sich und lässt mich allein zurück.

Ein Blick auf mein Smartphone verrät mir, dass es bereits weit nach Mittag ist. Außerdem schlägt mir das Datum entgegen – 18.12. Nur noch sechs Tage bis Weihnachten. Im Kopf gehe ich die Liste mit To-dos durch, die ich bis Heiligabend erledigen muss. Zum Glück hält sie sich in Grenzen. Nach den ersten Startschwierigkeiten läuft die Sache nun endlich. Daher habe ich heute einen Termin mit Maggie vereinbart, um die letzten

Details zu besprechen und die Whiskykekse in Form unseres Firmenlogos zu probieren. Damit habe ich beinahe alle Punkte auf der Liste meiner Mum abgearbeitet. Ein paar haben mich mehr Nerven gekostet, andere waren am Ende schnell erledigt. Wer hätte das vor einigen Wochen gedacht? Ich nicht. Wirklich nicht. Innerlich habe ich felsenfest damit gerechnet, zu scheitern.

Fehlt nur noch das Gemälde. Was das betrifft, tappe ich weiterhin im Dunkeln. Die letzten Tage habe ich mich vollkommen auf die Eventplanung konzentriert, daher habe ich nichts von Noah gehört. Allein beim Gedanken an ihn, stiehlt sich ein Lächeln auf mein Gesicht. Verdammter Mist.

Dem Lächeln habe ich es wohl zu verdanken, dass ich am späten Nachmittag vor Noahs Haus stehe. Was genau ich hier mache? Keine Ahnung. Auf dem Rückweg von Maggie kam mir plötzlich der Gedanke, direkt beim Noah vorbeizufahren, um herauszufinden, ob er bereits Neuigkeiten hat. Natürlich hätte ich das mit einem Anruf tun können ... doch ich vermeide den Gedanken, warum ich mich dafür entschieden haben, lieber persönlich vorbeizuschauen.

Ich verstaue meine Handtasche im Kofferraum, schnappe mir lediglich mein Handy und renne durch den Vorgarten direkt zur Tür. Der Schnee ist mittlerweile komplett verschwunden, verdrängt von dem Regen der letzten Tage. Auch heute nieselt es leicht, während gleichzeitig die Sonne durch die Wolken bricht und den Eindruck erweckt, es könnte ein schöner Nachmittag werden. Nachdem ich mein neues Stirnband mit der großen Schleife zurechtgerückt habe, klopfe ich an, da die Klingel weiterhin stumm ist.

Hinter der Tür bleibt es still. Ich höre weder Schritte noch eine Aufforderung einzutreten. Deswegen klopfe ich erneut. Nichts. Mist, ich hätte doch vorher kurz anrufen sollen. Nun bin ich umsonst rausgefahren. Einen letzten Versuch wagend, hämmere ich mit der Hand gegen das Holz und beuge mich zur Seite, um durchs Fenster ins Innere spähen zu können. Die Küche liegt verlassen vor mir, dennoch erkenne ich zwei Tassen, die auf der Anrichte stehen. Außerdem leuchtet das Licht des Wasserkochers. Mit Sicherheit übertönt er mein Klopfen. Gleichzeitig bedeutet es, dass auf jeden Fall jemand zuhause sein muss. Daher gehe ich ums Haus und steuere die große Glasfront zur Terrasse an. Eine der Türen steht offen. Während ganz Cornwall in weihnachtlichen Farben erblüht und beinahe vor Deko untergeht, suche ich hier vergeblich nach einem Zeichen, das darauf hindeutet, Heiligabend stünde bevor. Das Atelier und Noahs Wohnung sehen heute genauso aus, wie die anderen 364 Tage im Jahr. Früher hat Noah Weihnachten auch geliebt. Ob es daran liegt, dass wir in dieser Zeit Schluss gemacht haben? Wohl kaum.

Ich streife mir die Schuhe von den Füßen und betrete den großen Raum. Weder von Noah noch von Ian eine Spur. Allerdings ist auch der Wasserkocher verstummt.

»Hallo?« Die Frage gleicht mehr einem schüchternen Flüstern als einem Rufen. Irgendwie ist es mir plötzlich unangenehm, einfach hereingeplatzt zu sein. Es wäre klüger den Rückzug anzutreten und erneut an der Eingangstür zu klopfen.

Sei nicht albern, Lily. Jetzt bist du bereits hier. Außerdem bist du kein Einbrecher, sondern eine Freundin. Richtig, eine Freundin!

Nervös schiebe ich meine Hände in die Hosentaschen und gehe Richtung Küche, um mich bemerkbar zu machen.

»Du und Lily also?« Ians Stimme dringt zu mir und ich halte automatisch inne, sobald ich meinen Namen höre.

Noah gibt ein undefinierbares Geräusch von sich. Vorsichtig spähe ich um die Ecke. Die beiden stehen mit dem Rücken zu mir, lehnen gegen die Anrichte.

»Beim letzten Kuss hat sie mir deutlich zu verstehen gegeben, dass wir nur Freunde sind«, entgegnet Noah und ich lege die Stirn gegen die Wand, sodass ich die Szene dennoch mit einem Auge im Blick habe.

»Und was willst du?«

Noah zuckt mit den Schultern. »Schwer zu sagen. Die Trennung damals war schlimm.«

»Weiß ich, immerhin war ich derjenige, der dich vom Boden aufgekratzt hat.«

»Stimmt, wie könnte ich das jemals vergessen«, meint Noah lachend.

»Das werde ich niemals zulassen. Du stehst bis an dein Lebensende in meiner Schuld. Schließlich habe ich deine negative Energie umgewandelt und dich berühmt gemacht.«

Noah schnaubt. »Berühmt gemacht? Du hast mein Leid ausgenutzt.«

»Künstler sind so theatralisch.« Ians Lachen hallt durch die Küche und meine Muskeln spannen sich an. Künstler? Ich verstehe nur Bahnhof. »Hast du das Missverständnis bereits aufgeklärt?«

»Nein«, murmelt Noah. »Zwei Mal habe ich's versucht ... jedes Mal hat Lily mich unterbrochen und dann war die Gelegenheit verstrichen.«

»Missverständnis?«, frage ich, trete in die Küche und gebe mich zu erkennen. Es wäre falsch weiterhin zu lauschen.

Die beiden Männer drehen sich um und Noah mustert mich verwirrt. »Lily?«

Ach ja, ich sollte erklären, wie ich reingekommen bin. »Die Terrassentür stand offen. Nachdem ich mehrmals geklopft habe, bin ich ums Haus gegangen ... tut mir leid, dass ich einfach reinplatze.«

Ian lächelt. »Kein Problem. Du kommst genau im richtigen Moment. Ich wollte sowieso noch einige Dinge im Büro umräumen.« Damit verlässt er die Küche und lässt mich mit Noah zurück.

»Möchtest du einen Tee?« Noah hebt die Tasse in seiner Hand, doch ich schüttle den Kopf. »Was machst du hier?«

»Du wolltest dich melden, falls du etwas zum Gemälde herausfindest. Ich war zufällig in der Gegend und dachte ...« Meine Gedanken kreisen weiterhin um das, was ich gerade gehört habe. »Missverständnis, Noah? Was hat das zu bedeuten?«

Noah mustert mich einige Herzschläge, während sich in meinem Kopf die Gedanken drehen. Schließlich kommt er auf mich zu, legt mir eine Hand an den Oberarm und führt mich in das kleine Wohnzimmer. Dort nehmen wir auf dem Sofa Platz.

»Lily, ich bin I.L.N. nicht Ian. Erinnerst du dich an den Tag vor einigen Wochen, als du das erste Mal wieder vor meiner Tür standest?«, fragt Noah und ich nicke sprachlos. »Erinnerst du dich auch daran, was du gesagt hast? *Was habe ich dem Universum getan? Hätte es schlimmer kommen können?* Du wolltest unbedingt, dass die Adresse falsch ist, weil du dir kaum etwas Schlimmeres vorstellen konntest, als dass ich der Künstler bin, den du suchst. Nach so vielen Jahren, waren das die ersten Worte, die ich von dir gehört habe. Ich war wütend ... das ist keine Entschuldigung, aber ich habe einfach überreagiert und plötzlich hast du die Dinge falsch kombiniert, hast Ian zu I.L.N. gemacht. Deine Erleichterung war dann wie ein Tritt in den Magen, deswegen fiel es mir erstmal leicht, dich in dem Glauben zu lassen. Außerdem dachte ich ...« Noah hält inne, blickt auf den Boden.

»Du dachtest ...«, sage ich, damit er weiterspricht. In meinem Inneren herrscht vollkommene Leere. Jede Emotion ist verklungen, da ist weder Wut noch Enttäuschung oder etwas Ähnliches.

»Ich dachte, du würdest sowieso bald verschwinden und die Wahrheit nie herausfinden.« Unruhig wackelt Noah mit seinem Fuß, derweil versuche ich weiterhin herauszufinden, was ich von der Sache halte. »Am Strand, nachdem wir bei meiner Nan waren, wollte ich dir die Wahrheit erzählen. Doch du hast dich darüber beschwert, dass überall um dich herum nur Lügen wären und du sie satt hast. Plötzlich hat mich der Mut verlassen. Genauso wie bei Mr Applecott.«

Ich erinnere mich. Beide Male wollte Noah etwas mit mir besprechen, doch einmal hat uns das Klingeln meines Handys unterbrochen und beim anderen Mal hatte ich Angst vor einer Abfuhr. Niemals hätte ich gedacht, dass er I.L.N. ist.

»Es tut mir leid, dass ich dir etwas vorgemacht habe«, meint Noah und sieht mich zerknirscht an.

Tatsächlich verstehe ich ihn. Die Situation hat ihn zu der Lüge gebracht und bevor er sich versehen hat, war er in ihren Fäden gefangen, wie eine Fliege im Netz. »Schon vergessen«, sage ich daher, obwohl die Sache einen bitteren Beigeschmack behält. Irgendetwas stört mich.

»Wenn du dachtest, dass ich sowieso wieder abhauen würde, wieso bist du mir dann zu deiner Nan und später zu Mr Applecott gefolgt? Es wäre besser für dein Geheimnis gewesen, wenn wir uns nicht nochmal begegnet wären, oder?« Das Detail verwirrt mich, denn es macht keinen Sinn. Wieso sollte Noah riskieren, dass ich hinter seine Lüge komme und eventuell sogar jemandem erzähle, dass er I.L.N. ist? Mit seiner ständigen Anwesenheit hat er eine Menge riskiert.

Erneut senkt er den Blick und mir ist sofort klar, dass es noch mehr gibt. Doch anstatt das Ganze aufzuklären, schweigt Noah und ich zähle eins und eins zusammen. Ich hatte recht. Ich hatte wirklich recht. Anstatt mir zu helfen, hat er versucht, das Gemälde vor mir zu finden. Nun breitet sich Enttäuschung in mir aus. »Du hast mich sabotiert.«

»Nein.«

Verwirrt lege ich die Stirn in Falten. »Nein? Dann willst du das Gemälde nicht vor mir finden?«

Erneut schweigt Noah und beantwortet meine Frage damit.

»Keine Erklärung?« Die Lippen fest zusammengepresst, mustert Noah mich. Seine Pupillen wandern von links nach rechts, zeugen von seiner Nervosität.

»Deswegen hast du dich bisher nicht gemeldet, oder? Du hast das Gemälde gefunden, du weißt, wo es ist, und willst es unbedingt vor mir finden.« Ich lache freudlos auf. »Obwohl du weißt, wie viel es mir bedeutet und was für mich auf dem Spiel steht. Ist dieses Gemälde für dich derart wichtig?« Plötzlich kommt mir ein schlimmer Gedanken. Ich will ihn am liebsten wegschieben, aber er setzt sich fest. Hat Noah mir von Anfang an etwas vorgemacht? Habe ich alles falsch eingeschätzt? Hat er meine Gefühle und die Situation genutzt, um das Gemälde zu finden? Unmöglich. Das ist absurd. Oder?

»Dann gehe ich jetzt«, sage ich und stehe auf. Fürs erste müssen sich unsere Wege hier trennen. Würde ich bleiben, kämen meine wirren Gedanken womöglich über meine Lippen und das Ganze würde mit Sicherheit in einem Streit enden. Dafür fehlt mir momentan die mentale Kapazität. »Ich werde das Gemälde finden, Noah. Auch wenn du gegen mich bist.« Die letzten Worte tun weh und mir wird klar, wie viel mir das neue Band, das sich zwischen Noah und mir in den letzten Tagen geknüpft hat wirklich bedeutet. Wie viel die Küsse und die Erinnerungen ausgelöst haben. Ich beiße mir fest auf die Innenseite meiner Wange, um die Tränen zu unterdrücken. Denn Heulen ist wirklich das letzte, das ich brauche.

Noah steht ebenfalls auf und streckt die Hand nach mir aus. Auf halber Strecke hält er inne, ballt die Finger zur Faust. »Wir stehen auf derselben Seite, Lily.«

»Wirklich?«, entgegne ich ungläubig.

»Wirklich.«

Momentan bin ich vor allem eins – verwirrt. Was soll das Ganze? Wieso hilft Noah mir bei der Organisation des Events, wenn er genau weiß, dass ich scheitere, weil er das Gemälde vor mir in seinen Besitz bringen will. Das ergibt einfach keinen Sinn.

Nun legt Noah seine Hand doch an meine Wange. Automatisch lehne ich mich dagegen, denn ich will, dass wir dieses Problem aus dem Weg schaffen, dass wir endlich über die wichtigen Dinge sprechen können. Nämlich uns. Doch vorher brauche ich eine Erklärung.

»Vertraust du mir?«, fragt Noah und ich kann ihn lediglich zweifelnd anstarren. Die Antwort ist kompliziert, kaum in ein Wort oder einen Satz zu packen. »Vertrau mir, Lily. Die Dinge werden sich aufklären.«

»Tut mir leid«, murmle ich daher, löse mich von ihm und gehe rückwärts. Sobald ich an der Couch vorbei bin, drehe ich mich um. Schnellen Schrittes verlasse ich das Atelier, erst im Auto atme ich tief durch. Ich lege den Kopf ans Lenkrad und schließe die Lider.

Wie konnte innerhalb weniger Stunden so viel schiefgehen? Natürlich vertraue ich Noah, das habe ich seit unserer Jugend. Trotzdem verheimlicht er etwas Wichtiges vor mir, das mich meine Firma kosten könnte. Warum? Die Frage dreht sich immer wieder in meinem Kopf. Jedes Mal, wenn ich glaube der Antwort näher zu sein, gibt es eine Kleinigkeit, die nicht passt. Wieso hat Noah mir mit Maggie geholfen, die nun die Backwaren für die Feier liefert, wenn er mir schaden will? War es nur ein Vorwand, um mich von dem Gemälde abzulenken? Immerhin hat er auch gesagt, er würde weiter in seinen Unterlagen suchen und sich bei mir melden. Was offensichtlich eine Lüge war.

Das Chaos in meinem Kopf ist groß, dabei muss ich mich nun komplett auf die Suche konzentrieren. Es gibt keinerlei Hinweise, an denen ich mich entlanghangeln kann. Vielleicht sollte ich nochmal zu Beatrice fahren? Oder Mr Applecott? Nur was soll das bringen? Beides ist eine Sackgasse.

Verfluchter Mist.

Bis Weihnachten bleiben nur wenige Tage, selbst mit Noahs Hilfe wäre es … allein der Gedanke an ihn schmerzt. Der Abstand zueinander tut uns vielleicht gut. Bis Heiligabend werde ich Noah aus meinem Kopf verbannen. Danach ist der schlimmste Stress vergangen, ich weiß, wie es mit *Lilyvents* weitergeht und eventuell hat Noah bis dahin beschlossen, mit mir zu sprechen. Eigentlich ist das gar nicht seine Art. Früher hat er Probleme direkt angesprochen. Das war der Grund, wieso ich ihm mein Herz geöffnet habe. Was hat sich seitdem geändert? Wieso hat er nun das Gefühl, etwas vor mir verschweigen zu müssen? Plötzlich wird mir klar, dass genau dieser Umstand mich am meisten verletzt. Deswegen verdränge ich das, was gerade passiert ist, schiebe es in den letzten Winkel meines Hirns.

Erstmal muss ich hier weg. Zuhause kann ich mir einen neuen Plan überlegen. Genau wie Lisa gesagt hat. Ein Schritt nach dem anderen. Ich starte den Motor, drehe die Musik laut auf und singe die Weihnachtslider aus vollem Halse mit. Als ich das Auto hinter dem Haus parke, schmerzen meine Stimmbänder. Allerdings war es das wert, denn es hat mich entspannt.

Kaum habe ich das Anwesen betreten, hallt mir die Stimme meiner Mutter entgegen. Kurz überlege ich direkt umzudrehen und einfach bis Weihnachten im Auto zu wohnen. Dann schüttle ich den Kopf, atme tief durch und gehe meiner Mum entgegen.

»Ist was passiert?«, frage ich in der Eingangshalle. Vor der Eingangstür steht ein Dutzend große Kisten. In ihrer Mitte entdecke ich meine Mum.

»Der nette Mann von der Post weigert sich, die Kisten direkt in dein Zimmer zu tragen«, sagt meine Mum. Dabei betont sie das Wort nett, sodass uns allen klar ist, dass sie eigentlich das Gegenteil meint. Trotzdem lächelt der Postbote milde. Offensichtlich gerät er öfter mit meiner Mutter aneinander.

»Es tut mir leid, aber es sind zu viele. Wenn ich die ganzen Pakete einen Stock höher trage, verzögert sich meine Schicht«, erklärt er und ich winke ab.

Ich trete näher, werfe einen Blick auf die Label. Die Pakete sind an mich adressiert. Mit Sicherheit die Weihnachtsgeschenke für die Feier im Dorf. Zum Glück kamen sie rechtzeitig an. »Wie viele sind es noch?«, frage ich und spähe durch die Tür hinaus.

»Einige.«

Mum schnaubt. »Hast du dir deinen halben Hausstand liefern lassen?«

»Nein, es sind Weihnachtsgeschenke für Bedürftige«, entgegne ich und beginne bereits, die Pakete zur Seite zu schieben. Am besten rufe ich direkt Miss Harding an, um herauszufinden, wo die Pakete hin sollen. Sonst besteht die Gefahr, dass Mum durchdreht und dem Wahnsinn verfällt ... wobei, auch keine schlechte Alternative. Immerhin wäre ich dann eine Sorge los. Natürlich möchte ich das nicht, daher ziehe ich mein Handy aus der Hosentasche. Mist, ich habe Miss Harding nie nach ihrer Nummer gefragt. Sicher finde ich sie im Pub, ansonsten versuche ich es bei ihr Zuhause.

»Ich kümmere mich um die Pakete«, sage ich zu meiner Mum. »Geh zurück an die Arbeit. Vor dem Abendessen sind sie weg.« Ob ich das Versprechen halten kann? Fraglich, denn es sind wirklich viele Kisten und mein Auto ist definitiv zu klein, um alle auf einmal zu transportieren.

Anstatt zu widersprechen, nickt Mum lediglich. »Brauchst du Hilfe?« Die Frage überrascht mich und erinnert mich an Lisas Worte heute Morgen. Vielleicht hat sie recht. Vielleicht habe ich mich zu sehr darauf versteift, Mum als Gegner zu sehen.

Trotzdem winke ich ab. »Danke, das schaffe ich.«

Erneut stellt der Postbote eine Kiste in der Halle ab. Diesmal ist sie kleiner. Irgendwie bin ich froh, dass ich mich in den nächsten Stunden darauf konzentrieren kann. Die Kisten an ihren Bestimmungsort zu bringen und das Innere zu sortieren, sind eine gute Ablenkung. Deswegen stecke ich mir die Kopfhörer in die Ohren, sobald der Postbote und meine Mum verschwunden sind und öffne die erste Schachtel. Im Inneren liegen handgeschöpfte Seifen, Lippenbalsam und Cremes. Sie stammen von einem kleinen Londoner Geschäft, mit dem ich ab und zu zusammenarbeite. Die nächsten Pakete kommen von einer größeren Drogeriekette, die ich über einige Kontakte für unsere Sache gewinnen konnte. Tatsächlich ist einiges zusammengekommen. Die Ladys werden sich mit Sicherheit freuen.

Nachdem ich die Geschenke in Augenschein genommen und thematisch zugeordnet habe, verfrachte ich sie in mein Auto. Wie befürchtet, werde ich mehrmals fahren müssen.

Mittlerweile ist der Tag weit vorangeschritten und ich bezweifle, dass ich den Strickkreis an einem Freitagabend dort vorfinden werde. Erfahrungsgemäß ist der Pub viel zu voll und die Stimmung sehr ausgelassen. Deswegen verschiebe ich meinen Plan auf den nächsten Tag.

Kapitel 12

Weihnachtswunder oder Weihnachtshölle ... wo liegt der Unterschied?

**5 Tage bis Weihnachten,
Gemütszustand: der letzte Rest Hoffnung hat mich
verlassen**

»Lily«, begrüßt mich Miss Harding als ich am Samstagnachmittag in den Pub komme. Heute sitzt sie allein in ihrem Sessel. Auf dem Tisch vor ihr steht eine dampfende Tasse Tee. »Wie geht's dir, Liebes?«

Die Antwort auf diese Frage könnte die nächsten Stunden füllen, daher beschränke ich mich auf ein Lächeln. »Die Spenden sind eingetroffen.«

Miss Harding klopft in die Hände. »Großartig, hast du sie direkt mitgebracht?«

»Den ersten Teil«, entgegne ich und deute mit dem Daumen hinter mich. »Sind im Auto, mehr hat nicht reingepasst.«

Miss Harding erhebt sich, legt ihr Strickzeug zur Seite. »Den ersten Teil?« Sie geht an mir vorbei nach draußen und ich folge ihr. Mein Wagen platzt aus allen Nähten. Auf dem Beifahrersitz, der Rückbank und im Kofferraum stapeln sich die Kisten. Immerhin hat der Regen aufgehört und die Sonne bricht durch die Wolken.

»Ach du große Güte«, entfährt es Miss Harding. Sie schlägt die Hände vor den Mund. »Das übertrifft meine kühnsten Träume.« Sie dreht sich zu mir und fällt mir um den Hals. »Danke Lily. Das ist großartig.«

»Eigentlich habe ich kaum etwas getan, lediglich einige Anrufe getätigt und Gefallen eingefordert.«

Miss Harding drückt mich fest an sich. »Danke. Ich bin wirklich dankbar, dass du uns dieses Jahr geschickt wurdest. Unser kleines Weihnachtswunder.«

Ich lache, denn ehrlich gesagt, fühle ich mich kein bisschen wie ein Weihnachtswunder. Nicht nach dem, was gestern zwischen Noah und mir … Stopp. Verdrängen. Erst nach Heiligabend wieder daran denken. Tief durchatmend lehne ich mich in die Umarmung, bis Miss Harding sich von mir löst.

»Wo sollen die Kisten hin?«, frage ich und öffne das Auto.

»Im ersten Stock des Pubs gibt es einen Raum, den wir nutzen können. Am besten lagern wir die Sachen dort, dann können wir kleine Geschenke packen.« Miss Harding schaut sich um. »Alleine werden wir eine ganze Weile beschäftigt sein. Am besten frage ich Mike, ob er kurz helfen kann.«

»Gute Idee«, entgegne ich, doch Miss Harding ist bereits im Inneren verschwunden. Deswegen beginne ich damit, auszuladen und staple die Pakete neben dem Wagen.

»Meine Güte«, sagt Mike plötzlich hinter mir und nimmt mir eine Kiste ab. »Was ist da denn drin? Backsteine?«

Ich lache. »Nah dran.« Mit einem lauten Ächzen, das mit Sicherheit gespielt ist, dreht er sich von mir weg. Miss Harding bückt sich ebenfalls, aber ich fasse sie am Arm. »Die sind wirklich schwer. Hier sind leichtere.«

»Danke, Lily«, sagt sie und wuchtet sie auf ihre Unterarme. Auf dem Weg zur Tür hält sie inne, lässt Mike heraustreten. Wer ist er? Flash? Er schnappt sich eine weitere Kiste und geht Miss Harding hinterher.

Bevor sie zurück sind, habe ich die letzten Pakete aus dem Auto geschafft und schließe die Tür mit einem lauten Knall.

»Brauchst du Hilfe?«

Ich erstarre, ziehe die Schultern nach oben. Lass es Einbildung sein, bitte, lass die Worte nur in meinem Kopf sein. Langsam drehe ich mich um und schaue direkt in Noahs dunkle Augen. Scheiße, natürlich war es keine Einbildung. Das wäre zu schön gewesen.

Bevor ich ablehnen kann, kommen Miss Harding und Mike zurück. »Noah, welch glücklicher Zufall«, sagt Miss Harding.

Zufall? Ja.

Glücklich? Nein.

Allerdings behalte ich das für mich, beiße lediglich die Zähne aufeinander und versuche, das gestrige Gespräch auszublenden.

»Kannst du helfen, die Kisten in den ersten Stock zu tragen?«, bittet Miss Harding ihn und er nimmt sich nickend eine der größeren. Die Zentralverriegelung piept, als ich das Auto absperre, mir ebenfalls einen Karton schnappe und ohne ein Wort davonstiefle. Im oberen Stockwerk sehe ich mich um. Es gibt drei Türen, die alle offen stehen.

»Rechts«, informiert Noah mich, der dicht hinter mir ist.

Ich nicke, das Danke verliert sich irgendwo zwischen meinem Hirn und meinen Stimmbändern.

Der Raum ist klein. Zwei massive Tische nehmen beinahe die gesamte Fläche ein. Auf einen davon stelle ich das Paket, senke den Blick und gehe erneut hinunter. Das Spiel wiederhole ich dreimal, dann haben wir es geschafft und die gesamten Spenden verstaut.

»Danke«, meint Miss Harding lächelnd an Noah und Mike gerichtet, während ich weiterhin auf den Boden starre. Erst, als die beiden Männer verschwunden sind, wage ich es aufzusehen. Ich atme tief durch und mache mich direkt über den Inhalt einer der Kisten her.

»Sollen wir das Ganze direkt auspacken?«, frage ich, erhalte jedoch keine Antwort. Deswegen richte ich mich auf. Miss Hardings Blick liegt nachdenklich auf mir.

»Wo ist denn das Feuer hin?«

»Feuer?«, frage ich verwirrt.

»Zwischen dir und Noah.«

Ich zucke lediglich mit den Schultern, habe keine Kraft zu antworten. Allerdings lässt Miss Harding mich damit nicht durchkommen. »Ist etwas passiert? Habt ihr euch gestritten? Kaum ein Winter in Cornwall war derart eisig, wie die Stimmung zwischen euch. Dabei hat das vor einigen Tagen noch ganz anders ausgesehen.«

»Es ist kompliziert.«

»Natürlich ist es das. Es ist immer kompliziert. Die Frage ist nur, ob Noah es wert ist«, meint Miss Harding und ich lehne mich gegen einen der Tische, ziehe mich auf die Kante und bleibe sitzen.

»Ob er es wert ist?«

»Dir werden viele Menschen in deinem Leben begegnen. Manchmal ist es einfach, manchmal anstrengend. Für einige lohnt es sich über den eigenen Schatten zu springen, andere sind eine Lektion, die du lernen musst. Was soll Noah für dich sein?« Miss Harding zieht sich einen Stuhl heran und nimmt darauf Platz. »Jemand, der an deiner Seite geht? Der es wert ist dich selbst zu hinterfragen? Der dich antreibt, das Beste aus dir rauszuholen? Oder ziehst du einen Schlussstrich und lässt ihn endgültig hinter dir? Es liegt in deiner Hand. Das tut es immer.«

»Das klingt, als würden Sie aus Erfahrung sprechen.«

Miss Harding nickt. »In meinem Alter kein Wunder, oder? Auch ich habe viele Katastrophen in mein Leben gelassen. Meine verstorbene Partnerin war wahrscheinlich die größte. Und sie hat mein Leben zu einem wundervollen Drama gemacht. Mit Höhen und Tiefen. O ja, vielen Tiefen. Aber es war jede Sekunde wert.«

Auf ihren Lippen liegt ein Lächeln, während sie spricht, deswegen kann ich die Liebe, die sie bei den Worten empfindet, beinahe spüren.

»Und? Was wirst du tun, Lily?«

Verwirrt zucke ich mit den Schultern »Diese Entscheidung kann ich nicht allein treffen«, entgegne ich.

Denn es ist Noah, der mir etwas verschweigt. Wenn er mit mir reden würde, könnten wir eine Lösung finden.

»Nein, da hast du recht.« Schweigen breitet sich aus, die meine Gedanken komplett ausfüllen. Hätte ich anders reagieren sollen? Hätte ich Noah einfach vertrauen müssen? Wieso kann er mir nicht die Wahrheit sagen? Sie kann wohl kaum schlimmer sein als die Szenarien, die ich mir nun in meinem Kopf zusammenreime. Denn es kann nur eine Erklärung geben – Noah will mir schaden. Er will dieses Gemälde, vor mir, was unweigerlich dazu führt, dass ich den Deal mit meiner Mutter nie erfüllen kann. Dadurch verliere ich eventuell meine Firma. Das sind Tatsachen. Niemand kann sie anders interpretieren.

»So schlimm?«, fragt Miss Harding auf einmal und ich sehe überrascht zu ihr. »Du seufzt.«

»Oh«, entfährt es mir. »Ehrlich gesagt, frage ich mich, wo ich falsch abgebogen bin. Was ich hätte anders machen können.«

»Sich Sorgen zu machen und über Vergangenes zu grübeln, bringt nichts. Es hält dich nur zurück, denn am Ende kommt es, wie es kommt, ohne, dass du es ändern kannst. Geh der Zukunft mit offenen Armen entgegen und nimm sie, wie sie kommt, dann kannst du niemals falsch abbiegen, sondern bist stets auf dem richtigen Weg.« Ich wünschte, es würde reichen, mit den Fingern zu schnippen, um Dinge umsetzen zu können. Leider ist es komplizierter aus seinen Denkmustern auszubrechen. »Manche Antworten lassen auf sich warten. Du kannst morgen entscheiden, wie du mit der Situation umgehst. Oder übermorgen.« Miss Harding lehnt sich nach vorne und schaut in den ersten Karton.

»Obwohl die Zeit schnelllebiger geworden ist, ist es vollkommen in Ordnung innezuhalten und abzuwarten. Möglicherweise klärt sich alles von allein?«

Ich nicke nachdenklich. Noah ist tatsächlich I.L.N. Die Tatsache war bisher vollkommen in den Hintergrund gerückt. Trotz all der Lügen erfüllt diese Wahrheit mich mit Stolz. In unserer Schulzeit hat Noah lange damit gehadert, was er nach dem Abschluss machen will. Irgendwie fand er an den wenigsten Dingen wirklich Spaß. Zwar hat er schon seit seiner Kindheit gezeichnet, dennoch hatten wir die Malerei nie als Beruf auf dem Schirm. Es tut gut zu sehen, dass er glücklich ist. Wieso verbirgt er sich hinter einem Pseudonym? Wäre ich an seiner Stelle, würde ich der ganzen Welt erzählen wollen, dass die wunderbaren Werke von mir stammen. Deswegen habe ich meine Firma auch *Lilyvents* genannt.

»Wo bist du mit deinen Gedanken?«, fragt Miss Harding lachend und ich blinzle.

»Noah.« Die Wahrheit ist mir über die Lippen, bevor ich mich zurückhalten kann. Shit. Ich verdrehe die Augen über mich selbst, beuge mich schnell über den Karton neben mir und ziehe das erstbeste hervor, das mir in die Finger kommt. Trotzdem steigt mir Hitze in die Wangen.

»Da hast du deine Antwort.« Miss Harding ist aufgestanden. Während ich in meinen Gedanken festhing, hat sie bereits einige der Spenden ausgepackt.

»Antwort? Worauf?«

»Ob Noah es wert ist. Wenn er dir derart durch den Kopf geht, sodass du alles um dich herum vergisst ... hat er auf jeden Fall Einfluss auf dich.«

Miss Harding hat recht. Vielleicht hat das Chaos wenigstens etwas Gutes: Nun weiß ich mit Sicherheit, wie viel Noah mir bedeutet. Trotzdem kann ich das Ganze nicht einfach abhaken. Ich brauche dieses Gemälde. Außerdem ist es keine gute Basis, eine Beziehung zu beginnen, wenn Noah mir derart wichtige Dinge verschweigt. Wie sollen wir uns da in Zukunft vertrauen? Wie soll ich mich darauf verlassen können, dass wir miteinander kämpfen?

Genug! Gerade bin ich hier, um Miss Harding mit den Spenden zu helfen. Wenn ich allerdings so weitermache, ist sie fertig, während ich kein einziges Teil ausgepackt habe. Ein letztes Mal seufze ich tief, schließe einen Moment die Augen. Einen Schritt nach dem anderen. Zuerst Weihnachten. Sobald die Feiertage vorbei sind, befasse ich mich mit Noah. Wie oft habe ich mir das in den letzten Stunden vorgenommen? Tausend Male? Nichtsdestotrotz geistert Noah ständig durch meinen Schädel. Egal, wo ich bin, egal was ich tue ... er schafft es dauernd, sich in meine Gedanken zu mogeln.

Damit ist jetzt endgültig Schluss. Ich rufe den Musikplayer meines Smartphones auf und suche nach meiner Weihnachtsplaylist. Sobald die ersten Takte durch den kleinen Raum hallen, fühle ich mich besser. Obwohl mich dieses Weihnachtsfest viele Nerven gekostet hat, freue ich mich auf die Feier hier im Pub, die Miss Harding zusammen mit ihren Freunden organisiert. Denn genau dafür steht Weihnachten doch: Liebe, Freundschaft und Zusammenhalt. Von überall auf der Welt fahren die Menschen über Heiligabend nachhause. Besuchen ihre Eltern und Verwandten. Einmal im Jahr sieht man die ganze Familie, trifft sich mit alten

Freunden und erinnert sich an alte Zeiten. Deswegen habe ich diese Tage schon in meiner Kindheit geliebt.

Daran halte ich mich fest, an der Vorfreude auf Weihnachtspunsch, Gebäck und fröhliche Menschen.

Kapitel 13

Liebes Schicksal, das war keine Herausforderung, bitte ignoriere mich

Am frühen Nachmittag fahre ich zurück nach Hause. Miss Harding und ich haben kleine Geschenkpäckchen gepackt, mit denen wir mit Sicherheit das ganze Dorf versorgen können. Auf die Freude in den Gesichtern der Beschenkten freue ich mich bereits jetzt. Zum Glück dauert es nur noch wenige Tage bis Weihnachten. Leider muss ich vorher unsere Familienfirmenfeier hinter mich bringen.

Ich parke den Wagen hinter dem Haus, gehe dann allerdings um das Anwesen auf den Haupteingang zu, da ich sehen möchte, ob ich noch etwas an der Deko arbeiten muss. Unser Vorgarten ist in dezenten Farben geschmückt. In den Büschen und Bäumen, die die Auffahrt zieren, finden sich Weihnachtskugeln und Girlanden. Außerdem liegen auf der Wiese rechts und links von der Treppe leuchtende Bälle, die, sobald es dunkel wird, die Nacht erhellen. Für die Eingangstür habe ich einen Kranz aus bunten Kugeln besorgt, der das ganze Bild abrunden wird. Es ist genau das richtige Maß an Kitsch zwischen der sonst sehr eleganten Deko.

Ein Lächeln schleicht sich auf meine Lippen. Wer hätte gedacht, dass nach den anfänglichen Schwierigkeiten die Dinge derart gut laufen könnten? Wobei das Gemälde weiterhin fehlt. Aber was soll's? Wenn das Fest genauso gut läuft, wie ich mir das erhoffe, werde ich Mum vielleicht trotzdem von meinen Qualitäten überzeugen können, sodass sie über das fehlende Bild hinwegsieht. Immerhin habe ich die anderen Bedingungen ausnahmslos erfüllt. Es gibt eine große Eiskulptur, Whiskykekse und den ganzen anderen Quatsch. Wie heißt es so schön? Der Kunde ist König – vor allem, wenn es die eigene Mutter ist.

Was soll jetzt also noch schiefgehen? Erschrocken haue ich mir mit der flachen Hand gegen die Stirn. Hast du das gerade wirklich gedacht, Lily? Wie dumm kannst du sein? Liebes Schicksal, bitte, das war keine Herausforderung. Ignoriere mich einfach. Danke.

Vor der Tür halte ich inne und drehe mich um. In der Einfahrt steht ein schwarzer Kombi, der mir bekannt vorkommt. Ein ungutes Gefühl breitet sich in meinem Magen aus. Habe ich wirklich das Schicksal herausgefordert? Und liefert es derart schnell? Gut, jetzt werde ich paranoid. Sicher gehört das Auto einfach einem Angestellten … deswegen habe ich es auch schon einmal gesehen.

Trotzdem klopft mir mein Herz bis zum Hals als ich die Hand an die Türklinke lege. Innerlich wappne ich mich für das Schlimmste.

Dann öffne ich die Tür.

Stille.

Nichts.

Kein umgefallener Weihnachtsbaum inmitten von tausend Scherben des heruntergefallenen Weihnachtsschmucks. Kein Rauch, der aus der Küche dringt, weil jemand das Essen abgefackelt hat. Nicht mal das leiseste Geräusch ist zu hören. Beinahe kommt es mir zu still vor.

Erleichtert atme ich auf. Danke, Schicksal. Danke!

»Das ist doch irre.« Mums Stimme durchdringt die Eingangshalle wie ein Speer aus Eis. Verwirrt drehe ich den Kopf zur Galerie. Sie tritt gerade ans Geländer, umfasst es. Dabei hat sie den Blick angewandt.

»Wirklich?« Noah? Was macht Noah denn hier? Das Auto draußen gehört also ihm. Nun erinnere ich mich. Das letzte Mal habe ich den Wagen vor Mr Applecotts Haus gesehen.

»Natürlich. Der größte Unsinn, den ich seit langem gehört habe«, entgegnet Mum.

Mir ist unwohl dabei, die beiden zu belauschen, gleichzeitig sind meine Glieder erstarrt. Mein komplettes Gehirn ist im Schockzustand, kann sich lediglich aufs Atmen konzentrieren.

Noah lacht freudlos. »Für mich klingt es eher danach, als würde die Sache endlich Sinn ergeben.«

Nun tritt auch Noah näher ans Geländer und ich kann ihn sehen. Seine Schultern sind angespannt, die Hände hat er in den Taschen seines Hoodies vergraben. Das Bild ist seltsam, denn selbst als wir zusammen waren, hat Noah sich stets von diesem Haus ferngehalten. Was mit Sicherheit an der Abneigung meiner Mutter ihm gegenüber lag. Sobald Mum den Raum betreten und Noah erblickt hat, ist die Temperatur frostig geworden.

Mum geht einen Schritt auf Noah zu. Kaum eine Nasenspitze trennt die beiden nun. Sie hat die Stimme gesenkt, sodass mir ihre Worte verborgen bleiben. Auch Noahs Antwort ist zu leise. Ich erkenne lediglich, wie sich seine Lippen bewegen. Dann presst er sie wütend zusammen.

Worüber reden die beiden? Geht es um mich? Aber wieso sollte Noah dann zuerst zu meiner Mum gehen, anstatt mit mir zu reden? Oder ... nein, keine Ahnung. Ich tappe komplett im Dunkeln. Eigentlich hatte ich angenommen, die beiden hätten sich seit unserer Trennung nie wieder gesehen. Zumindest nicht freiwillig.

Mum geht rückwärts, dreht sich um. Mit der rechten Hand deutet sie zur Treppe. Ein unmissverständliches Zeichen, sie bittet Noah zu gehen. Anscheinend ist das Gespräch beendet. Bevor jemand mich entdecken kann, ziehe ich die Tür hinter mir ins Schloss und mache sie auf mich aufmerksam.

»Lily«, begrüßt Mum mich. »Wo warst du den ganzen Tag?«

Unschuldig lächle ich zur Galerie nach oben. »Im Pub, ich habe die Pakete weggebracht, wie du es wolltest.«

»Ach ja, die hatte ich ganz vergessen.«

Mein Blick wandert zu Noah. »Suchst du mich?«

»Nein«, sagt er und schüttelt den Kopf. Dabei geht er an meiner Mum vorbei, kommt die Treppen hinab und bleibt neben mir stehen. »Habe nur versucht, etwas zu klären.«

»Was zu klären?« Verwirrt lege ich die Stirn in Falten.

»Eine Bestellung«, wirft Mum ein. »Offensichtlich ist seine Whiskybestellung verschwunden. Noah vermutet, dass ich sie absichtlich unter den Tisch habe fallen lassen. Wie absurd.«

Erneut presst Noah die Lippen zusammen. Dann atmet er tief durch. »Das Weihnachtsgeschenk für meine Nan. Du erinnerst dich? Seit Jahren bestelle ich ihr eine Flasche von eurem Weihnachtswhisky vor. Dieses Jahr wurde ich wohl vergessen. Nun ist die komplette Charge ausverkauft.«

»Gibt's keine Reserven?«, frage ich und sehe zu meiner Mutter. Der Weihnachtswhisky ist eine besondere Spezialität und streng limitiert. Im Normalfall produzieren wir aber einige Flaschen mehr für den eigenen Verbrauch und verschenken sie auf der Weihnachtsfeier.

Mum schüttelt den Kopf. »Jede Flasche ist reserviert für einen Gast auf der Feier. Ich müsste die kompletten Listen durchgehen und schauen, ob jemand abgesagt hat, um herauszufinden, ob eine übrig ist. Weißt du, wie lange das dauert? Wie bereits gesagt, kann Noah nach der Party wiederkommen. Dann wissen wir mehr.«

»Das ist logischerweise zu spät. Da ist Weihnachten vorbei«, entgegnet Noah.

Ich drehe mich zu ihm. »Eigentlich kann ich mir kaum vorstellen, dass Mum deine Reservierung absichtlich verlegt hat. Wahrscheinlich ging es im Trubel einfach unter. Tut mir wahnsinnig leid. Weißt du, ich schaue einfach in die Liste ...«

Noah winkt ab, bevor ich meinen Satz beenden kann. »Ist schon okay, du kannst am wenigsten dafür und hast mit der Organisation genug zu tun. Vergessen wir's.« Er hebt den Blick zur Galerie, schüttelt unmerklich den Kopf und lächelt mich schließlich an. »Vielleicht ist das der Wink des Schicksals, dass die Zeit gekommen ist, um mit der Tradition zu brechen und etwas Neues zu versuchen.«

»Ehrlich, es macht mir keine Umstände ...«, sage ich erneut und versuche, den Konflikt zwischen Noah und meiner Mum zu lösen.

»Lass gut sein, Lily.« Noah legt mir die Hand auf die Schulter. »Können wir vielleicht nochmal über das sprechen, was gestern passiert ist?«

Automatisch schließe ich einen Herzschlag lang die Lider. Durch den Streit habe ich das Ganze total vergessen. Bin wohl besser im Verdrängen als gedacht. »Sagst du mir, was es mit der Sache auf sich hat? Die ganze Wahrheit?«

Noah sieht mir direkt in die Augen. Eine Falte gräbt sich in seine Stirn, während er leicht mit der Nase wackelt und die Muskeln in seinen Backen immer wieder kurz anspannt. Am liebsten würde ich das alles vergessen, meine Hand auf seine Wange legen, ihm mit dem Daumen über die Lippen fahren. Obwohl er mich angelogen hat, obwohl er etwas vor mir verbirgt, was derart wichtig ist, muss ich mir eingestehen, dass ich die Wärme in mir, die nur ein Blick von ihm auslöst, keine Sekunde länger ignorieren kann. Würde er mich heute erneut fragen, ob ich ihm vertraue, bräuchte ich keine fünf Sekunden, um zu bejahen. Ich vertraue ihm. Deswegen verstehe ich noch weniger, wieso er schweigt. Wieso er mich lieber anlügt.

Gespannt warte ich auf seine Antwort, doch er bleibt still. Statt etwas zu sagen, schaut er erneut an mir vorbei zu meiner Mum. Dann dreht er sich um und geht. Verwirrt blinzle ich. Was war das? Mein Herz klopft wild gegen meinen Brustkorb, sprengt beinahe meine Rippen. Als ich mich umdrehe, ist die Galerie leer. Trotzdem renne ich die Stufen hinauf.

»Mum?«, rufe ich. »Wo bist du?« Automatisch gehe ich durch den Flur in Richtung ihres Büros. Sie sitzt hinter ihrem großen Eichenholzschreibtisch. Vor ihr steht ihr Laptop, auf dessen Tastatur sie wild herumtippt.

Neben dem Tisch bleibe ich stehen und verschränke die Arme. »War es Absicht?«

Ohne aufzusehen, schüttelt sie den Kopf. »Wovon sprichst du?«

Befinde ich mich im falschen Film? Hat sie den kleinen Streit bereits vergessen? »Von Noah? Und dem Whisky.«

Nun schenkt sie mir doch ihre Aufmerksamkeit. »Nein.«

Nein? Das war's? Kein Wort mehr. Keine Erklärung?

»Kann ich die Liste haben?«, frage ich, anstatt weiter nachzubohren. Sie wird mir sowieso nichts sagen.

»Welche Liste?« Okay, langsam verliere ich die Geduld …

»Die Liste mit den Vorbestellungen des Whiskys und denen, die wir verschenken. Dann kann ich sie mit der Gästeliste abgleichen.«

Mum klappt den Laptop zu. »Nein.«

»Nein?«

»Bist du ein Papagei, Lily?« Ich zucke lediglich mit den Schultern. »Was machen wir, sollte jemand, der eigentlich abgesagt hat, doch kommen? Dann stehen wir blöd da. Außerdem hat Noah bereits eingelenkt. Es war ein Missverständnis.«

Bevor ich erneut antworten kann, klingelt mein Handy. Ich ziehe es aus der Tasche und sehe Miss Hardings Nummer auf dem Display. Nach unserer gemeinsamen Packaktion haben wir sie ausgetauscht, sollten weitere Spenden ankommen.

»Entschuldige mich«, sage ich zu meiner Mum und verlasse ihr Büro. »Hallo?«

»Lily?«

»Ja?«

»Tut mir leid, dass ich dich erneut belästige.«

Ich gehe über den Flur zu meinem Zimmer. »Kein Problem. Ist was passiert?«

»Ja, mein Neffe ist ein Schwachkopf. Jetzt bin ich auf der Suche nach einem neuen«, antwortet sie lachend und ich setze mich verwirrt auf mein Bett.

»Wie bitte?«

»Hast du übermorgen am Nachmittag Zeit?« Der plötzliche Themenwechsel verwirrt mich. Ob es Miss Harding gut geht? Irgendwie klingt sie ein bisschen wirr.

»Übermorgen?« Eigentlich sollte ich ein letztes Mal die wichtigsten Dinge vor der Party überprüfen. Allerdings bin ich damit so gut wie durch. Wahrscheinlich würde ich also sowieso den halben Tag damit verbringen mir Sorgen zu machen, dass in letzter Minute etwas schief geht. Da fällt mir ein letzter Termin ein. »Kommt drauf an, wann? Oder ginge auch der Tag danach?«

Miss Harding lacht fröhlich. Außerdem höre ich etwas, das wie ein Klatschen klingt. »Klar. Kannst du zum

Pub kommen? Eigentlich sollte Hugh – mein Neffe – morgen den Weihnachtsbaum für unsere Feier abholen. Nun hat er aber in letzter Minute abgesagt. Wir brauchen aber zwei Leute dafür, weil er für eine Person zu groß sein wird.« Ein Rauschen durchbricht ihre Erklärung und ich befürchte kurz, dass die Verbindung abgebrochen ist. Dann spricht sie weiter. »Wärst du so lieb und würdest helfen?«

Ich stehe auf und trete ans Fenster. Draußen ist es grau und irgendwie ist mir die Weihnachtsstimmung, die ich mir vorgenommen habe zu genießen, erneut abhandengekommen. Was könnte besser helfen als das Abholen eines Christbaums? »Klar, ich springe ein.«

Miss Harding atmet erleichtert auf. »Du bist ein Schatz.«

»Gerne. Mein Auto wird allerdings zu klein sein.« Zumal der Mietservice sich sicher freut, wenn er die ganzen Tannennadeln säubern darf ...

»Kein Problem, dafür habe ich gesorgt. Sei pünktlich um fünfzehn Uhr am Pub«, meint Miss Harding und räumt meine Bedenken damit aus.

»Super, ich werde da sein, Sie können sich darauf verlassen.«

Sie lacht. »Das weiß ich, deswegen habe ich direkt an dich gedacht.«

Wir verabschieden uns und ich lege mich einen Moment auf mein Bett. Ich muss heute dringend unsere Alkoholbestände checken und die Spirituosen für den Abend heraussuchen. Obwohl das Catering eigenes Barpersonal mitbringen wird, habe ich darauf bestanden, den Alkohol zu stellen. Meine Eltern haben einen feinen Geschmack, wenn es um edle Tropfen geht.

Deswegen wollte ich kein Risiko eingehen, sie genau in diesem Punkt zu enttäuschen. Außerdem ist unser Keller sowieso überfüllt. Es fällt mir schwer zu glauben, dass ich wirklich alle To-dos erledigt habe. Natürlich kommt es auf den Eventtag an, an dem noch genug schiefgehen kann. Aber bisher stehen die Zeichen gut. Bis auf das Gemälde. Davon fehlt weiterhin jede Spur. Zwar habe ich einige Kunsthändler kontaktiert, aber keiner konnte mir weiterhelfen. Das Gemälde wurde nie bei ihnen geschätzt oder vorgestellt. Irgendwie habe ich die Hoffnung verloren, was diesen Punkt betrifft. Plötzlich kommt mir Noah in den Sinn. Er ist gegangen, ohne etwas zu sagen.

Okay, diese Gedanken führen ins Leere. Deswegen muss ich mich beschäftigen, um nicht erneut von ihnen in die Tiefe gezogen zu werden. Ich hieve mich von meinem Bett hoch, stecke mir meine Kopfhörer in die Ohren und gehe in den Keller.

Kapitel 14

Überraschungen verstecken sich hinter jeder Ecke

2 Tage bis Weihnachten,
Gemütszustand: Error, exe has stopped

Noch ein Tag bis zur Weihnachtsfeier unserer Destillerie und zwei Tage zum gemeinnützigen Dorffest. Aus dem Radio dringt ein Weihnachtslied nach dem anderen zu mir. Mittlerweile fahre ich die Taktik, mich mit weihnachtlicher Stimmung zu überschütten, damit ich sie irgendwann fühle. Es wäre schade, wenn sie mir dieses Jahr wirklich abhanden gekommen wäre. Deswegen habe ich mir ein grünes Kleid mit aufgedruckten bunten Weihnachtkugeln angezogen, dazu eine glitzernde Strumpfhose und mein Stirnband mit der großen Schleife. Nun kann ich mit Sicherheit als Weihnachtsengel durchgehen. Und genau das bin ich heute. Ich helfe dabei, den Baum fürs kommende Fest zu besorgen. Wenn ich danach nicht in Weihnachtsstimmung bin, ist alles verloren, dann hilft wahrscheinlich nicht mal mehr der Weihnachtsmann höchstpersönlich.

Vor dem Pub parke ich den Wagen und steige aus. Da ich Miss Harding nirgends entdecke, ziehe ich mir meinen Mantel an und betrete das Lokal. Pünktlich auf die Minute schließe ich die Tür hinter mir. Im Schankraum halte ich inne und überlege einen Moment direkt wieder rückwärts rauszugehen. Da der Pub noch geschlossen ist, gibt es keine Gäste – bis auf die zwei Personen direkt an der Bar. Miss Harding dreht sich lächelnd zu mir um. Allerdings klebt mein Blick am Rücken des Mannes neben ihr. Bitte lass mich ihn verwechseln. Bitte, lass es nicht ... Noah dreht sich um. Scheiße. Nun gut, die Ruhe behalten, es besteht die Möglichkeit, dass er lediglich zufällig hier ist. Den ganzen Tag zusammen mit ihm ... davor graut es mir, denn wie sollen wir die heiklen Themen umschiffen, wenn wir allein im Wagen sitzen und einen Baum transportieren. Dabei müssen wir unweigerlich miteinander sprechen, was gerade eher schwierig ist.

»Lily«, begrüßt Miss Harding mich. »Nach dir könnten wir die Uhr stellen.«

Noah wirkt genauso überrascht wie ich. »Was ist mit Hugh?«, fragt er Miss Harding.

»Hat kurzfristig abgesagt. Netterweise springt Lily ein.«

Unruhig rutscht Noah auf seinem Sitz herum. Ihm ist die Situation ebenfalls unangenehm. Dabei wollte er vor einigen Tagen noch mit mir sprechen.

Miss Harding schaut von mir zu Noah. »Ist das ein Problem?« Ihr Ton ist eine Spur zu beiläufig. Hat sie das etwa geplant? Nein, das würde ... oder? Ihre

Mundwinkel zucken und plötzlich bin ich unsicher, ob das eine List von ihr ist oder wirklich Zufall. Es spielt allerdings keine Rolle. Wir werden den halben Tag zusammen verbringen. Hoffentlich gibt's am Ende keine Toten. Denn in einer Sache waren wir schon seit unserer Jugend gut – im Diskutieren.

»Kein Problem«, sage ich und sehe zu Noah. Er schüttelt lediglich den Kopf und vergräbt seine Hände in den Hosentaschen. Dabei zieht er die Schultern hoch.

Miss Harding klatscht in die Hände. »Super, du kennst den Weg zu Roger?« Sie sieht Noah an, der nickt. »Ihr müsst leider ein Stück rausfahren. Zur Entschädigung habe ich euch Punsch gemacht und Kekse gebacken. Die könnt ihr auf der Fahrt essen.« Miss Harding bückt sich und ich entdecke einen großen Korb.

»Ein paar Kekse? Das sieht eher nach einem ganzen Picknick aus«, sage ich überrascht.

Die alte Dame winkt ab. »Kleinigkeit.« In wenigen Schritten ist sie bei mir und reicht mir den Korb. Er ist schwerer als gedacht. Daher hebe ich das Tuch, mit dem er abgedeckt ist, und spähe hinein. »Kleinigkeit«, entfährt es mir. Neben einigen Tupperdosen, liegen auch noch zwei Thermoskannen und Tassen im Korb. »Das reicht für einen Wochenendtrip.«

»Nachdem ich einmal angefangen hatte, fiel es mir schwer, aufzuhören«, entgegnet sie lächelnd.

Noah ist aus seiner Starre erwacht. Mit einem unsicheren Lächeln kommt er auf mich zu. »Lass uns los, sonst wird es dunkel, bevor wir zurück sind.«

Wir verabschieden uns von Miss Harding und ich platziere den Korb im Fußraum. Er nimmt beinahe den gesamten Platz ein, deswegen drücke ich meine Waden gegen die Tür.

»Ist dir kalt? Du kannst deine Sitzheizung selbst über die Knöpfe hier regulieren«, erklärt Noah, während wir uns anschnallen. »Fühl dich frei, auch die Heizung und Lüftung einzustellen.«

»Erklärst du mich gerade zur Herrin der Knöpfe?«

Noah lacht. »Von mir aus.«

»Auch das Radio?«

»Du kannst dein Handy mit der Anlage verbinden, wenn du magst.«

»Woha, welche Macht«, entgegne ich mit bedeutungsschwangerer Stimme.

»Mit Macht kommt auch große Verantwortung, schließlich musst du etwas finden, das uns beiden gefällt«, meint Noah und startet den Motor. Er manövriert den großen Kombi aus der Parklücke.

Als wir auf die Hauptstraße biegen, ziehe ich mein Handy aus meiner Jackentasche, aktiviere Bluetooth und suche nach dem Auto. Nicht mal die Risse im Display können mich davon abhalten, gute Musik zu spielen. Sobald es verbunden ist, gehe ich meine Playlist durch. »Challenge accepted.«

Noah ist momentan kein Fan von Weihnachten, deswegen suche ich nach etwas anderem. Dabei beschränke ich mich auf neue Lieder, um zu vermeiden, dass erneut alte Erinnerungen geweckt werden. Gerade kann ich wirklich darauf verzichten, denn offensichtlich haben wir beide beschlossen, dem Thema Gemälde und der damit verbundenen Diskussion aus dem Weg zu gehen. Daher wähle ich etwas Unverfängliches und beginne mit den Imagine Dragons.

»Was sagst du dazu?«, meine ich. »Fangfrage. Ich glaube ich muss unsere Freundschaft beenden, wenn du sie nicht magst.«

Lachend wendet Noah mir den Kopf zu. »Praktisch, wenn du mir die Reaktion direkt mitlieferst. Auf die Art kann ich wenigstens nichts falsch machen.«

»Wie könntest du etwas gegen Imagine Dragons haben? Das ist unmöglich, oder?«

»Wir werden es nie erfahren, ich werde mich hüten, dir zu widersprechen.«

Ich boxe Noah gegen den Arm. »Das klingt, als wäre ich eine Furie, die dir die Seele aussaugt, solltest du ihr missfallen.«

»Furie ist zu viel gesagt ... bei deiner Größe, wärst du eher ein Gnom, der mich mit seiner Keule niederstreckt.«

»Hey«, beschwere ich mich. »Ganz schön diskriminierend. Ich wäre eine wunderschöne Rachegöttin.«

»Das wärst du«, bestätigt Noah leise. Seine Worte werden beinahe von der Musik verschluckt und ich bin unsicher, ob ich sie mir lediglich eingebildet habe. Um meine heißen Wangen zu verstecken, richte ich den Blick aus dem Fenster. Die Landschaft fliegt an uns vorbei. Wir haben das Dorf verlassen, folgen einer Landstraße Richtung Norden. Links von uns ist die Küste, rechts Wiesen und Felder. Mein Herz pocht mir bis zum Hals. Ich spüre Noahs Anwesenheit überdeutlich. Am liebsten würde ich seine Hand nehmen, meine Finger mit seinen verschränken und ihn bitten, mir endlich die Wahrheit zu sagen. Diese Ungewissheit ist alles, was noch zwischen uns steht. Ohne sie könnten wir uns endlich unseren Gefühlen stellen. Stattdessen befinden wir uns in der Schwebe. Keiner weiß, was er sagen, wie er sich verhalten soll.

Die Stille im Wagen schlägt mir aufs Gemüt. Denn obwohl Musik aus den Boxen dringt, spüre ich die Spannung zwischen uns. Ist es Anziehung? Ist es ein Widerhall der Vergangenheit? Keine Ahnung. Aber je länger ich darüber nachdenke, desto unwohler fühle ich mich, desto mehr möchte ich die Wahrheit wissen, desto wütender werde ich wieder. Wütend auf die Situation, darauf, wie die Dinge gerade laufen. Deswegen versuche ich fieberhaft ein Thema zu finden, das mich ablenkt.

»Seit wann ist Ian dein Manager?«, frage ich nach einigen Minuten.

Noah dreht die Lautstärke leiser. Gleichzeitig setzt Regen ein und prasselt hart gegen die Scheibe. »Fast sechs Jahre. Wir saßen gemeinsam in einer Vorlesung für Architektur.«

»Architektur?« Eigentlich weiß ich kaum etwas über Noah. Wie ist es ihm die letzten Jahre ergangen? Was hat er gemacht?

»Ja, ich habe ein Semester lang studiert. Mir war aber relativ schnell klar, dass ich lieber etwas anderes tun will. Ian studierte Kunst und hat lediglich aus Neugier meinen Kurs besucht. Dabei haben wir uns angefreundet. Nachdem er einige Kritzeleien gesehen hat, mit denen ich aus Langeweile meinen Block beschmierte, schleifte er mich zu Workshops. Danach wechselte ich mein Hauptfach.«

»Dann hast du Kunst studiert?«

»Genau«, entgegnet er und biegt ab. Die Straße wird unebener und dank des Regens ist es schwer, die

Schlaglöcher zu sehen und ihnen auszuweichen. Daher drosselt Noah das Tempo.

»Gefällt dir, was du tust?«

»Die Malerei?« Ich nicke. »Solange ich in meiner Blase bleibe, schon, ja.«

»Welche Blase?«

»Das ist schwer zu erklären.« Weil der Regen weiterhin heftig gegen die Scheiben schlägt, beuge ich mich näher zu Noah, um ihn zu verstehen. »Meine Arbeit besteht aus mehreren Phasen. Wenn ich eine Idee für ein Konzept und eine Serie habe, dann liebe ich, was ich tue. Dann setzt der Malprozess ein. Er ist durchzogen von Krisen. An einigen Tagen bin ich begeistert und total überzeugt von mir. An anderen halte ich mich für den größten Heuchler, ich weiß ja kaum was ich tue, wie kann ich da erwarten, dass jemand meine Bilder kauft. Dann, sobald das überstanden ist, kommt der Schritt in die Öffentlichkeit. Es werden Ausstellungen und Auktionen vereinbart. Mittlerweile habe ich mir dank Ians Arbeit einen Namen gemacht. Die Leute kennen meine Werke. Das führt unweigerlich dazu, dass sie glauben, sich eine Meinung über mein Können bilden zu können.« Noah drosselt das Tempo weiter, weicht einem Schlagloch aus. »Was auch völlig in Ordnung ist. Jeder hat einen anderen Geschmack und es wäre utopisch zu glauben, dass meine Kunstwerke jeden Menschen auf der Erde erreichen würden. Dass sie jeden Menschen genau das fühlen lässt, was ich beim Malen empfunden habe. Trotzdem ist es hart, von derart vielen Leuten kritisiert zu werden.« Die Schwere in seiner Stimme ist deutlich hörbar. »Anfangs hat sich niemand für meine Kunst interessiert. Kaum jemand wollte etwas kaufen und ich habe eigentlich lediglich neben der Arbeit in einem Museum gemalt. Selbst in der Zeit hat Ian meine Bilder fotografiert und online gestellt. Sogar eine kleine Ausstellung bei einem Kunsthändler hat er organisiert. Außer meiner Nan und einigen Arbeitskollegen ist kaum jemand gekommen. Ich war so stolz und gleichzeitig ... enttäuscht. Das ist albern, oder?«

»Überhaupt nicht«, entgegne ich. »Mir wäre es genauso gegangen. Du hast sicher hart für die Chance gearbeitet. So wenig Aufmerksamkeit zu bekommen ist anstrengend. Zumal Anerkennung deine Währung ist. Du willst mit deinen Werken Menschen erreichen. Willst sie etwas fühlen lassen. Sie sind eine Hälfte der Kunst. Wenn auf der anderen Seite niemand steht, der sie fühlt ... fehlt die Hälfte.«

Noah dreht sich zu mir, mustert mich einen Moment. »Wow, du hast gerade in Worte gefasst, was mir seit Jahren auf der Seele liegt.« Schnell wendet er sich wieder der Straße zu und konzentriert sich vollkommen auf den Weg. Nach einigen Minuten lässt der Regen endlich nach und die Sonne dringt sogar durch die Wolken. Ihre Strahlen treffen auf die Wiesen und Felder um uns herum, hinterlassen eine gespenstische Stimmung. »Eigentlich kann ich mich kaum beschweren«, murmelt Noah und nimmt das Thema wieder auf. »Da draußen gibt es so viele Künstler, egal ob Maler, Grafiker, Musiker oder Autoren, deren Arbeit noch weniger Aufmerksamkeit bekommt.«

»Na und? Deswegen darf es dich dennoch belasten. Nur weil andere ebenfalls Probleme haben, heißt das nicht, dass deine weniger wert sind.«

»Stimmt, trotzdem komme ich mir komisch vor, mich darüber auszulassen. Vor allem, weil ich auf der einen Seite kritisiere, dass ich enttäuscht bin, weil ich kein Van Gogh bin, und auf der anderen Seite fürchte ich jedes schlechte Wort über meine Bilder.«

»Ist vollkommen nachvollziehbar«, entgegne ich. »Jedes Mal, wenn ich einem Kunden mein Konzept für die Party vorschlage, geht es mir ähnlich. Ich schwebe bis zur Präsentation dauernd zwischen dem Stadium *das ist das Beste, das du jemals geplant hast* und *was für ein Mist, der Kunde sollte dich feuern*. Natürlich ist das kaum zu vergleichen ...«

»Doch, finde ich schon«, sagt Noah und unterbricht mich. »Du steckst ebenfalls viel Herzblut in deine Firma und die Organisation der Feste. Klar hast du da Angst zu versagen.«

»Hast du dich deshalb für ein Pseudonym entschieden? Niemand weiß, wer hinter I.L.N. steckt«, erkundige ich mich neugierig. Ich bin froh, dass die Stimmung zwischen uns entspannt ist, obwohl ich befürchtet habe, dass wir sofort wieder aneinandergeraten. Wir sind in dieser Situation zusammen gefangen und müssen das Beste daraus machen. Immerhin sind wir erwachsen. Zu streiten bringt uns wohl kaum weiter, im Gegenteil. Deswegen bin ich froh, dass wir uns trotz der Unstimmigkeiten normal unterhalten können. Bevor mein Hirn sich wieder Gedanken darüber machen kann, was Noah vor mir verbirgt, schiebe ich ihm einen Riegel vor. Verdrängen. Gerade ist der falsche Zeitpunkt. »Ist das zu persönlich?«, frage ich, nachdem es einige Momente still ist.

Noah seufzt. »Es war keine bewusste Entscheidung. Zumindest, was das Pseudonym anbelangt. Das erste Bild habe ich damit signiert. Weil ich sentimental war, habe ich es beibehalten.«

Wir biegen erneut ab. Nun besteht die Straße aus Schotter und wir werden ordentlich durchgeschüttelt. Ich schiebe meine Hände unter die Oberschenkel. Die Straßenverhältnisse machen mir Sorge. Aber Noah ist ein guter Fahrer. Er passt sein Tempo stets an die Umgebung an und ist konzentriert, selbst wenn er sich mit mir unterhält.

»Nach der ersten Ausstellung habe ich beschlossen, das nie zu wiederholen«, fährt er fort und ich bin froh, dass er mich damit von meinen Sorgen ablenkt. »Ian sei Dank, schaffte er es einige Monate später ein Bild gewinnbringend zu verkaufen. Der Sammler empfahl mich weiter und plötzlich gab es tatsächlich Interesse. Dieses Mal fragte eine Galerie bei mir an. Die Angst erneut zu versagen. Erneut allein in dem Raum zu stehen ...« Noah schüttelt den Kopf als würde ihn die Erinnerung plagen. »Allerdings hielt Ian die Ausstellung für wichtig, um meine Bekanntheit zu steigern. Daher beschlossen wir, das Ganze ohne mich aufzuziehen und aus der Künstlerfigur ein Geheimnis zu machen. Der mysteriöse I.L.N., den niemand je gesehen hat. Klingt besser als der Angsthase Noah, der Sorge hat, dass niemand seine Bilder mag, oder?« Noah lacht. »Außerdem konnte ich den ganzen Trubel so von meiner Nan und meinen Freunden fernhalten. Natürlich weiß der engere Kreis, wie ich meinen Lebensunterhalt bestreite, aber im Großen und Ganzen behalte ich die Tatsache, dass ich ein landesweit bekannter Künstler bin, lieber für mich. Die Menschen sehen einen anders, wenn sie denken, man hätte Einfluss.«

Das kenne ich zu gut. Meiner Familie gehört eine erfolgreiche Firma. Wir sind weit über Cornwalls Grenzen für unseren Whisky bekannt und meine Eltern achten seit meiner Geburt darauf, dass ich in den richtigen Kreisen wandle. Eine wahre Enttäuschung für uns beide, dass ich mich dort unwohl fühlte und meinen eigenen Weg gehe.

»Hast du es nie bereut?«, frage ich.

»Was?«

»Deine Identität verborgen zu haben.«

Noah zuckt mit den Schultern. »Bereut? Nein. Finde ich es manchmal schade und anstrengend? Ja, denn es hält mich auch davon ab Dinge zu tun, die ich liebe.«

»Zum Beispiel?«

»Ich hatte ein Angebot von der örtlichen Uni einen Kunstkurs zu unterrichten.«

»Wohaaa«, entfährt es mir. »Wie abgefahren. Wieso hast du abgelehnt? Niemand hätte erfahren müssen, wer du bist.«

»Das Risiko ist zu groß. Wir spielen dieses Spiel jetzt seit Jahren ... ich habe mich daran gewöhnt. Was ist, wenn die Leute von mir enttäuscht sind?«

Wir passieren ein kleines Dorf und endlich wird die Straße besser. Mittlerweile ist die Sonne komplett durch die Wolken gebrochen, hat den Regen endgültig verdrängt.

»Gleich sind wir am Ziel«, informiert mich Noah und ich nicke.

Obwohl ich Noahs Angst nachvollziehen kann, tut es mir leid. Er hat es verdient die Komplimente seiner

Fans zu hören. Zu sehen, wie die Gefühle, die seine Bilder auslösen beim Betrachter ankommen. Zu spüren, wie sehr ihn seine Fans verehren. Denn bei meiner Recherche habe ich einiges über ihn und seine Arbeit gelesen. Viele Menschen waren von Noahs Bildern ähnlich berührt, wie ich. Im Netz gibt es sogar eigene Fanseiten zu ihm.

»Eigentlich schade.«

»Was denn?«, fragt Noah und ich blicke zu ihm. Habe ich das laut ausgesprochen? Mein Gott, irgendwann muss ich meinen Mund in den Griff bekommen.

»Dass du in deiner Blase lebst und dich von deinen Fans abschottest. Natürlich gibt es Kritik, die wird es immer geben. Selbst als Normalo wird man in Zeiten von Instagram und Co dauernd mit der Meinung anderer konfrontiert. Jeder nimmt sich das Recht heraus, ständig sagen zu können, was ihm durch den Kopf geht.« Ich lache freudlos auf. »Gemeckert wird lieber als gelobt. Das macht das Ganze keineswegs einfacher. Aber solltest du dich dadurch davon abhalten lassen, dir auch das gute Feedback einzuholen? Denn mal ehrlich, würdest du den Menschen, die dich kritisieren, vertrauen und sie um Rat bitten? Nein. Daher solltest du auch ihre Kritik an dir abprallen lassen.«

Noah sieht mich eine Sekunde an, dann muss er sich wieder auf die Straße konzentrieren. Denn sie geht über in einen Feldweg, der zum größten Teil aus Matsch besteht. In einiger Entfernung erkenne ich ein windschiefes Häuschen umgeben von ein paar Bäumen.

»Glaubst du das ist eine gute Idee? Der Boden ist vollkommen durchnässt«, werfe ich ein.

»Um umzudrehen, ist es bereits zu spät. Hier kann ich nirgends wenden. Gleich haben wir's geschafft.« Leider klingt Noah ebenfalls unsicher und befeuert mein schlechtes Gefühl damit. Die Reifen drehen durch, bringen den Wagen zum Rutschen. Ich klammere mich an meinen Sitz und strecke mich, um aus dem Fenster zu sehen. Je weiter wir kommen, desto matschiger wird der Untergrund. Nach einer gefühlten Ewigkeit erreichen wir das Haus. Immerhin ist hier mehr Platz, sodass Noah einen Bogen fahren kann und wir diese Höhle vorwärts verlassen können. Direkt vor der Eingangstür drehen die Reifen erneut durch. Wir rutschen Richtung Haus und mir entfährt ein Kreischen. Dann stecken wir plötzlich fest.

»Scheiße«, flucht Noah. »Der Regen hat ganze Arbeit geleistet.« Vorsichtig gibt Noah Gas und lässt langsam die Kupplung kommen. Anstatt uns zu bewegen, geben die Reifen lediglich ein Stöhnen von sich als sie durchdrehen. Dabei graben sie sich mit jeder Umdrehung tiefer. Wunderbar.

»Wie kommt der Besitzer bitte zu seinem Haus? Ist ja nicht so, dass es hier beinahe das ganze Jahr regnet?«, meine ich und kämpfe damit, mein Herz zu beruhigen. Der kurze Schock hat eine Menge Hormone durch meinen Körper geschickt, die nun wild durch meine Glieder hüpfen und mich zur Flucht antreiben.

Noah zuckt mit den Schultern. Erneut höre ich die Reifen durchdrehen, dann gibt er auf und der Motor erstirbt. »Das macht keinen Sinn. Lass uns zuerst den Baum einladen und Roger um Hilfe bitten. Jemand muss schieben.«

»Gut«, entgegne ich und öffne die Tür. Meine Beine sind wackelig, deswegen bleibe ich einen Augenblick stehen, während Noah zur Haustür geht und anklopft. Ich blicke mich um. Das Dorf ist ein Stück entfernt, das Grundstück schön abgelegen.

Nachdem niemand öffnet, hämmert Noah erneut gegen das Holz. »Roger?«

»Niemand da?«, frage ich überflüssigerweise. Schließlich weiß Noah genau so viel, wie ich. »Hat Miss Harding vergessen unsere Ankunft anzukündigen?«

»Keine Ahnung. Kannst du sie anrufen? Selbst wenn, brauchen wir Rogers Hilfe, um aus dem Matsch zu kommen.«

»Außerdem müsste ich zur Toilette«, gebe ich zu. Meine Blase verträgt den unsicheren Waldweg mehr schlecht als recht. Wie aufgetragen, ziehe ich mein Handy aus der Hosentasche und wähle Miss Hardings Nummer. Dabei fällt mein Blick auf den prall gefüllten Korb im Fußraum. Kann es Zufall sein? Muss es, Miss Harding würde doch nie ... oder? Ist das Ganze etwa geplant, um Noah und mich dazu zu bringen miteinander zu reden? Nein, das kann ich mir kaum vorstellen. Obwohl ... wir sind immerhin in Coverporth. Jeder weiß alles. Jeder möchte sich einmischen.

»Lily?«, meldet Miss Harding sich und ich verwerfe den Gedanken.

»Ja, hey, wir sind jetzt bei Roger, allerdings ...«

»Ich wollte euch gerade anrufen. Anscheinend gab es ein Missverständnis.«

Seufzend blicke ich zu Noah und verdrehe die Augen. »Missverständnis?«

»Roger steht vor mir und hat den Weihnachtsbaum im Gepäck. Ihr seid leider umsonst rausgefahren. Tut mir wirklich leid«, sagt sie. Dabei klingt sie derart fröhlich, dass ich nun mit hundertprozentiger Sicherheit weiß: Ihr Plan hat funktioniert. Sie hat uns wirklich unter einem Vorwand hergelockt, damit wir Zeit allein verbringen müssen. Hätte sich unser Auto nicht in den Matsch gegraben, würde ich wahrscheinlich über die Sache lachen und weitermachen.

»Wirklich«, entgegne ich genervt. »Leider haben wir ein Problem. Das Auto steckt im Matsch fest. Ohne Hilfe werden wir es kaum frei bekommen. Außerdem ist es unfassbar kalt.«

»O nein.« Nun klingt Miss Harding doch besorgt. Zumindest ein kleines bisschen. »Warte, ich spreche kurz mit Roger.«

Noah sieht fragend zu mir und ich erzähle ihm von dem *Missverständnis.*

»Lily?«, fragt Miss Harding.

»Ja, bin noch da.«

»Der Ersatzschlüssel fürs Haus liegt unter einem Stein neben der Tür. Ihr könnt euch innen aufwärmen. Roger muss noch etwas in der Stadt erledigen, dann kommt er zurück und hilft euch«, erklärt Miss Harding. Irgendwie bin ich unsicher, ob ich ihr das wirklich glauben kann. Wahrscheinlich reibt sie sich gerade die Hände, weil ihr das Schicksal derart in die Karten spielt.

»Ist gut, wir schaffen das irgendwie. Danke für die Info mit dem Schlüssel.« Ich lege auf und gehe zu Noah, der sich auf der kleinen Bank neben der Tür niedergelassen hat.

»Also kein Weihnachtsbaum?«

»Nein, Roger hat ihn bereits abgeliefert. Er muss noch einige Dinge erledigen, dann kommt er helfen.«

Noah lacht. »Kluge Frau. Gut eingefädelt.«

»Dann glaubst du auch, es war eine List«, meine ich überrascht.

»Bestimmt. Sie hat mich erst gestern Abend kurzfristig angerufen und gebeten zu helfen.«

»Bei mir wars auch kurzfristig«, gebe ich zu und muss ebenfalls Grinsen. Eigentlich hätte ich es mir gleich denken können. Miss Harding mischt sich viel zu gern ein. Wir sollten ihr jedoch zugutehalten, dass es funktioniert hat. Noah und ich reden wieder miteinander. Das bedeutet zwar nicht, dass wir alle Probleme geklärt haben, aber momentan reicht mir das. Ich bin gern in seiner Nähe, er gibt mir ein Gefühl von Sicherheit, weil er mich versteht oder es zumindest versucht. Egal, worum es geht, Noah nimmt mich und meine Probleme ernst. Deswegen ist es derart unverständlich, wieso er mich anlügt, was das Gemälde betrifft.

»Wir sollten versuchen, den Wagen aus dem Matsch zu bekommen«, sagt Noah und zieht mich aus meinen Gedanken.

»Zu zweit?«

Er nickt. »Klar, das geht schon.«

»Sicher?«

Keine Antwort. Was irgendwie auch eine Antwort ist. Trotzdem stehe ich auf, bücke mich nach dem Stein und hole darunter den Ersatzschlüssel hervor. »Vorher muss ich allerdings zur Toilette.«

Das kleine Häuschen ist schlicht eingerichtet und besteht aus einem einzigen großen Raum, inklusive

Treppe, die nach oben führt. Schnell gehe ich die Stufen nach oben. Dort gibt es zwei Türen. Ich entscheide mich für die rechte und habe Glück, dahinter befindet sich tatsächlich das Badezimmer. Kaum fünf Minuten später bin ich zurück. Das untere Stockwerk ist Küche, Wohnzimmer und Esszimmer in einem. Wobei eine große Couch beinahe die Hälfte des Raums ausfüllt. Die perfekte Ferienhütte für einige Tage am Meer.

Noah steht gegen das Auto gelehnt und blickt auf sein Smartphone, als ich zurückkomme. Auf seinen Lippen liegt ein Lächeln, deswegen stelle ich mich neben ihn und spähe aufs Display. Netterweise dreht er es ein Stück, sodass ich das Video, das gerade läuft, ebenfalls sehen kann. Es ist ein Instagram-Reel, das, sobald es endet, von vorne beginnt.

»Du stehst also auf lustige Katzenvideos?«, frage ich lachend.

»Wer tut das nicht?«

Ich zucke die Schultern, während Noah sein Handy sperrt und wegpackt. Gleichzeitig mache ich mir eine gedankliche Notiz, später auf Instagram nach ihm zu suchen. Ob er wohl Bilder von sich selbst oder seinem Essen hochlädt? Oder lediglich lustige Videos anschaut? Wieso komme ich eigentlich erst jetzt auf die Idee? Immerhin muss er einen Künstleraccount haben, oder? Nahezu jeder nutzt Instagram für seine Produkte. Egal ob Autoren, Modelabel oder eben Künstler.

»Bist du soweit?« Noah hält mir den Schlüssel entgegen und ich mustere ihn unsicher. »Du fährst, ich schiebe.«

»Auf gar keinen Fall«, entkommt es mir.

»Wieso?«

Weil ich Angst habe, es schlimmer zu machen. Am Ende ist er sauer auf mich, weil wir weiterhin festhängen. Da mobilisiere ich lieber meine ganzen Kraftreserven und handle mir den schlimmsten Muskelkater meines Lebens ein.

»Glaubst du etwa, ich kann das nicht, weil ich zu schwach bin?«, frage ich herausfordernd, um meine Befürchtungen zu überspielen.

»Anschieben? Klar, ich wollte nur … deine Entscheidung«, meint Noah schließlich, zuckt mit den Schultern und geht um das Auto herum. Er setzt sich hinters Steuer und startet. »Bereit?«, ruft er durch das heruntergelassene Fenster. Derweil lehne ich mich mit meinem ganzen Körper gegen das Auto.

»Bereit.«

»Dann los.«

Langsam beginnen die Reifen sich zu drehen und ich drücke gegen die Karosserie. Nichts. Der Wagen bewegt sich keinen Millimeter. »Mehr Gas?«, schlage ich vor und Noah beschleunigt. Meine Schuhe versinken tiefer im Matsch, je mehr ich schiebe. Dreckklumpen spritzen mir entgegen und ich schließe die Augen. Nass landet einer in meinem Gesicht. Ich wische ihn weg und stemme mich mit den Händen gegen das Metall.

»Du schaffst das«, murmle ich, atme tief durch und spanne meine Muskeln an. »Komm schon, beweg dich.«

Die Reifen drehen durch, schleudern Matsch in alle Richtungen. Trotzdem bleibt das Auto an Ort und Stelle. Enttäuscht seufze ich und Noah geht vom Gas.

»Nochmal«, weise ich ihn an, unwillig bereits aufzugeben.

»Das hat keinen …«

»Nochmal«, sage ich und schneide ihm das Wort ab. Durch den Rückspiegel erkenne ich seinen Blick, der auf mir liegt. Wir mustern uns einige Sekunden, dann gibt Noah erneut Gas. Zuerst wieder wenig, dann etwas mehr. Nochmal lege ich mein gesamtes Körpergewicht in die Bewegung und schiebe. Vergebens.

Der Motor erstirbt und Noah steigt aus. In dem Moment geben meine Beine nach, rutschen im Matsch nach hinten. Obwohl ich versuche, mich am Kofferraum festzuhalten, gleite ich nach unten und lande im Dreck. Kalt frisst er sich in meine Kleidung.

»Scheiße, bist du hingefallen?«, fragt Noah und schiebt bereits seine Hände unter meine Achseln.

»Nein, ich wollte einen romantischen Moment mit dem Boden genießen.« Der Sarkasmus tropft trocken von meiner Erwiderung und plötzlich spüre ich, wie Noah mich loslässt. Mit einem lauten Schmatzen komme ich abermals im Dreck zum Liegen.

»Ach so, dann will ich nicht stören.«

Zuerst bin ich geschockt, dann bricht das Lachen aus mir heraus. »Jetzt hilf mir schon, du Idiot.«

Noah beugt sich über mich und ich klammere mich an seinen Schultern fest. Dann zieht er mich nach oben, bis ich wieder auf meinen Beinen stehe. Er mustert mich einen Moment und bricht dann ebenfalls in Gelächter aus. »Du siehst aus wie ein Schwein.«

Empört ziehe ich die Luft in meine Lunge. »Bitte? Du hast wohl vergessen, dass eine Rachegöttin vor dir steht.«

»Eine ziemlich dreckige Rachegöttin.«

»Das macht mich nicht weniger zur Furie«, sage ich und boxe ihn hart gegen die Schulter.

»Aua, aua, aua«, ruft er gespielt und reibt sich über die getroffene Stelle. »Gnade, ich nehme es zurück, du bist wunderschön, wie immer.«

Frierend schlinge ich die Arme um meinen Oberkörper. Nun bin ich auch noch nass, dazu, dass es verdammt kalt ist. Mist. Zudem erscheint es mir unrealistisch, dass wir den Wagen wirklich zu zweit befreien können.

»Komm, wir sollten ins Haus gehen und dort auf Roger warten«, schlägt Noah vor. Er holt den Korb vom Beifahrersitz, während ich erneut den Schlüssel aus seinem Versteck befreie. Im Inneren entledige ich mich zuerst meiner komplett dreckigen Jacke. Leider sind auch meine Hose und mein Hoodie betroffen. Beides ist übersät mit Schlammspritzern. Wenn ich mich damit aufs Sofa oder einen Stuhl setze, mache ich die Polster dreckig. Deswegen schäle ich mich ebenfalls aus meiner Jeans, ziehe mein Top so tief wie möglich und bin froh, dass es mir über den Hintern geht. Noah reicht mir eine Decke und ich wickle mich schnell darin ein, bevor ich ebenfalls aus dem Hoodie schlüpfe. Zusammen mit den restlichen Klamotten landet er auf dem Boden neben der Tür, wo wir auch unsere Schuhe ausgezogen haben.

»Gemütlich«, stellt Noah fest und sieht sich um. Den Korb hat er auf den Esstisch gestellt. Vor dem Kamin bleibt er stehen. »Am besten mache ich ein kleines Feuer, bevor die Rachegöttin erfriert.«

»Sehr nett«, entgegne ich und strecke ihm die Zunge raus. Dann hole ich die Thermoskanne und die Tupperdosen aus dem Korb, breite die verschiedenen Speisen auf dem Tisch aus. Miss Harding hat neben Tassen auch Teller, sowie Besteck eingepackt. Sogar Servietten finde ich. »An Essen mangelt es uns jedenfalls nicht«, stelle ich fest, nachdem ich alles ausgepackt habe.

Noah kommt zu mir zurück. Im Kamin brennt bereits ein kleines Feuer. »Wow, das nenne ich mal Proviant.«

»Unglaublich, oder? Es gibt Sandwiches, Kekse, Pudding und sogar Kartoffelbrei mit Braten.«

Noah lacht. »Die Chance, dass wir den Hungertod erleiden, ist gering.«

»Da sterbe ich eher vor Scham.«

»Wieso das?«

»Weil ich mich selten dämlich beim Anschieben angestellt habe«, entgegne ich und senke den Blick. Vielleicht hätte ich Noahs Angebot annehmen und wirklich Gas geben sollen. Dann wäre immerhin er derjenige, der beinahe nur in Unterwäsche hier herumstehen würde. Wobei, wahrscheinlich hätte er sich weit weniger ungeschickt verhalten. Immerhin war es meine eigene Schuld, dass ich im Matsch gelandet bin.

»Du hast noch Dreck im Gesicht«, stellt er fest und streicht mir mit dem Daumen über die Stirn.

»Weg?«

Er schüttelt den Kopf und geht zum Waschbecken in der Küche. Dort hält er ein Geschirrtuch unter den Wasserhahn, bevor er zu mir zurückkehrt. Sanft wischt er damit zuerst über meine Stirn, dann die Wange. Seine Berührungen hinterlassen eine Spur von Hitze auf meiner Haut. Unsere Blicke treffen sich und verfangen sich ineinander. Mein Herz klopft gegen meinen Brustkorb, will Noah entgegenspringen. Ohne darüber nachzudenken, hebe ich die Hand und lege sie auf Noahs Finger an meiner Wange. Er lässt das

Geschirrtuch fallen und ich schmiege mich an seine Haut. In mir schreit alles danach, ihn noch näher an mir zu spüren, jeden Zentimeter meines Körpers mit seinem eigenen zu bedecken. Deswegen stelle ich mich auf die Zehenspitzen und drücke meine Lippen auf seine. Der Kuss wird schnell intensiver, vor allem als mir die Decke von der Hüfte rutscht und ich fröstle. Noah schlingt die Arme um mich und ich presse mich gegen ihn, als würde mein Leben davon abhängen. Seine Hände streicheln meine Wirbelsäule nach oben, was einen Schauder mit sich bringt, der bis in meine Fingerspitzen reicht. Dann löst Noah sich einen Moment von mir, verschränkt unsere Finger und zieht mich zum Sofa. Dort setzt er sich und ich klettere auf seinen Schoß, dabei verschließe ich seinen Mund erneut mit Küssen, während meine Hand unter seinen Hoodie wandert. Er versteht den Wink und zieht ihn sich ungeschickt über den Kopf. Als er sich darin verheddert, breche ich in Gelächter aus und helfe ihm. Darunter kommt ein Iron Man T-Shirt zum Vorschein.

»Richtiges Team«, murmle ich und Noah folgt meinem Blick.

»Gibt es ein falsches?«

»Klar, oder willst du damit sagen, du bist Captain America-Fan?«

Anstatt zu antworten, nimmt Noah mein Gesicht zwischen seine Hände und verteilt Küsse auf meinen Mundwinkeln. Dann gleitet er über meine Wange zu meinem Kinn und schließlich zu meinem Hals. Er liebkost meine Haut mit seiner Zunge. Mir entfährt ein Stöhnen und ich drücke ihm mein Becken entgegen.

Zu viel Stoff zwischen uns. Deswegen entledige ich mich meines Tops und öffne Noahs Hose. Um sie auszuziehen, muss er sich kurz erheben. Dabei rutsche ich von seiner Hüfte und lege mich aufs Sofa. Keine dreißig Sekunden später ist Noah über mir. Er streicht meine Seite entlang, bis seine Hand an meiner Brust ankommt. Eine Gänsehaut breitet sich über den Armen aus. In meiner Mitte kribbelt es und ich kann es kaum erwarten, Noahs Gewicht auf mir zu spüren.

»Halt«, entfährt es mir und ich kratze das letzte bisschen meines Verstandes zusammen. »Hast ... du ...«, stammle ich atemlos.

Noah nickt und beugt sich zur Seite. »Kondom.« Aus seinem Geldbeutel zieht er ein kleines dunkelblaues Päckchen.

»Woher wusstest du ...«

»Wusste ich nicht.«

»Dann ist das immer da drin?«

»Nein«, entgegnet er lächelnd und öffnet die Verpackung knisternd. Danach finden unsere Münder erneut zusammen. Seine Zunge streicht über meine Lippen und wir verschmelzen, bestehen nur noch aus Herzschlag und Leidenschaft. Das Glimmen, das in den letzten Jahren beinahe verschwunden war, ist erneut entfacht und brennt mich komplett nieder.

Kapitel 15

Schicksal, du mieser Verräter

Noah streicht mir eine Strähne aus der Stirn. Umgeben von Stille starre ich an die Decke. Lausche den einzigen Geräuschen, die zu mir dringen – Noahs Atmung und seinem Herzschlag. Seit mehreren Minuten schweigen meine Gedanken, erlauben es mir, einfach nur dazuliegen, mich an Noah zu schmiegen und die Verbundenheit zwischen uns zu genießen. Die Zeit, die wir getrennt voneinander waren, hat ihre Bedeutung verloren. Die Dinge, die zwischen uns standen, sind unwichtig, denn da ist etwas, das viel größer ist. Etwas, dem ich mich keine Sekunde länger entziehen kann. Spätestens jetzt muss ich mir eingestehen, dass ich Noah liebe, es immer getan habe. Und ich vertraue ihm. Wenn er von mir verlangt, ihm zu glauben, tue ich das. Er wird seine Gründe haben, dessen bin ich mir sicher.

»Es tut mir leid«, sagt Noah und durchbricht den Augenblick. Nun kehrt die Realität zurück, legt sich wie ein dunkler Schatten über unsere Zweisamkeit.

Ich drehe mich in seinen Armen, sodass ich ihn ansehen kann. »Was denn?«

»Du hattest recht. Beim ersten Mal als du ins Atelier gekommen bist, habe ich wirklich versucht, das Gemälde und seinen Aufenthaltsort vor dir geheim zu halten. Bis zu diesem Zeitpunkt hatte ich es komplett aus meinem Gedächtnis gestrichen. Erst als ich die alten Notizen wieder gefunden habe, kam auch die Erinnerung zurück, was damit passiert ist.« Seine Stimme ist nur ein Flüstern. Die Worte kommen stockend über seine Lippen. »Aber selbst an dem Punkt wusste ich, dass ich dir helfen würde. Sobald ich dich vor meiner Tür gesehen habe ... Egal, wie sauer ich war ... manchmal noch jetzt bin ...«

»Geht mir auch so«, sage ich als er stottert. Obwohl seine Worte vielleicht keinen Sinn ergeben mögen, weiß ich genau, was er fühlt, denn in meinem Inneren sieht es ebenfalls so aus. Er ist meine Familie. Er ist mein Mensch, meine Person. Derjenige, auf den ich mich immer verlassen konnte, auch wenn ich ihn von mir gestoßen habe. Derjenige, dem mein Herz seit dem Moment gehört hat, als wir uns das erste Mal geküsst haben. Ich bereue die Entscheidung Coverporth verlassen zu haben nicht. Oxford, *Lilyvents* ... das hat mich zu der Lily werden lassen, die ich heute bin. Was ich bereue, ist die Tatsache, dass ich dachte, auch Noah hinter mir lassen zu müssen.

»Mir tut es leid«, murmle ich und streiche mit dem Zeigefinger über seine Brust. »Ich habe eine Entscheidung getroffen, die unser beider Leben maßgeblich beeinflusst hat.« Die Worte meiner Mum kommen mir wieder in den Sinn. »Damals musste ich mir beweisen, dass ich es schaffe meine Familie hinter mir zu lassen.« Irgendwie habe ich es immer noch nicht komplett verstanden. Eigentlich hatte ich mich aus einem Impuls heraus in Oxford beworben. Doch sobald die Zusage im Briefkasten lag, war die Sehnsucht nach Freiheit groß. »Dass ich es schaffe, dem Leben zu entfliehen, das meine Eltern für mich vorgeplant haben.«

»Du hattest Angst«, stellt Noah fest und ich wende ihm wieder den Blick zu. »Angst davor, genauso zu werden wie deine Eltern. Gefangen in einer Beziehung, die von Missachtung gezeichnet ist. Gebunden an ein Unternehmen, mit dem dich nichts verbindet.« Ich öffne den Mund. Schließe ihn wieder, ohne etwas zu antworten. »Als du gegangen bist, war ich unglaublich sauer. Für mich war unser Leben perfekt. Wir beide, hier an der Küste bis ans Ende unseres Lebens. Dabei war ich einfach taub. Und blind. Du bist beinahe jeden Tag vor deinem Leben geflüchtet. In meine Welt. Wir waren nie bei dir zuhause, haben kaum über deine Familie gesprochen ... Es tut mir leid, dass ich damals die Augen verschlossen habe.«

Nachdenklich male ich kleine Kreise auf Noahs Brust. »Niemand hätte mich umstimmen können.«

»Nein, aber anstatt sauer zu sein und dich aus meinem Leben zu verbannen, hätte ich kämpfen können. Fernbeziehungen funktionieren. Manchmal jedenfalls. Allerdings dachte ich wirklich, ich wäre über dich hinweg.«

»Bis ich vor deiner Tür stand.«

Noah lacht leise. »Bis du vor meiner Tür gestanden bist.«

»Ging mir genauso«, gebe ich zu, ziehe mich zu ihm hoch und drücke meine Lippen auf seine. Sofort durchflutet mich Wärme. Meine ganzen Muskeln sind entspannt. In mir breitet sich eine Ruhe aus, die ich gerne konservieren möchte. »Dann ist es wohl Schicksal.«

»Scheint so. Das Schicksal hat uns erneut zusammengeführt. Wer sind wir, um es in Frage zu stellen?«

»Genau«, entgegen ich lachend. »Leg dich niemals mit dem Schicksal an.«

Noah drückt mich enger an sich, streicht meinen Oberarm entlang. »Danke Schicksal«, murmelt er und küsst mich auf die Stirn. Mein Gesicht ziert ein Lächeln, langsam tun mir die Wangen weh von all dem Glück. Ob es die nächsten Tage so bleibt? Es tut gut Noah erneut an meiner Seite zu wissen. Ich kann mich auf ihn verlassen und das möchte ich zurückgeben.

»Ehrlich gesagt, bin ich unfassbar stolz auf dich.«

Nun setzt Noah sich ein Stück auf. »Wieso?«

»Weil du Künstler bist. Zudem noch ein erfolgreicher, der seinen Lebensunterhalt damit bestreiten kann und dessen Name bekannt ist. Außerdem tust du, was du liebst.« Unter meinem Ohr höre ich Noahs Herzschlag, der sich beschleunigt. »Egal, wie abgedroschen es klingen mag, das ist das Wichtigste. Nichts erfüllt einen mehr als Freude, Liebe und Glück. Kein Geld der Welt. Ich wünschte nur, du könntest akzeptieren, dass dich die Leute lieben. Dich, den Künstler. Den Mann hinter den Bildern. Sie schätzen deinen Blick auf die Dinge.« Am liebsten würde ich ihn vor den Laptop setzen und ihm die ganzen Beiträge in Foren oder auf Fanseiten zeigen. »Dann würdest du sehen wie viele du mit deiner Arbeit inspirierst. Was die Bilder den Menschen bedeuten. Die Furcht vor schlechter Kritik hält dich davon ab, die guten Seiten auszukosten.«

»Von uns beiden warst du immer die Furchtlose.« Noahs Brust vibriert als er lacht und mein Grinsen wird breiter.

»Nur, weil ich wusste, dass du da sein würdest. Dass du mich auffangen würdest, sollte ich jemals fallen.«

Erneut spüre ich Noahs Lippen an meiner Stirn. »Bis ans Ende unserer Tage.«

»Versprochen?«

»Ja, versprochen.«

Draußen wird es langsam dunkel. Bald wird Roger nachhause kommen. Zu dem Zeitpunkt sollten wir im besten Fall wieder Klamotten tragen. Trotz meiner Gedanken, bleibe ich liegen. Für nichts auf der Welt würde ich diesen Moment eintauschen.

»Ich glaube, ich habe das Bild gefunden«, meint Noah nach einigen Minuten.

Aufgeregt setze ich mich auf, ziehe die Decke enger an mich. »Das hast du mir verschwiegen als ich bei dir war?« Noah nickt. »Wieso?«

»Weil es dir nicht gefallen wird.«

»Was?« Noahs Augen zucken hin und her, suchen mein Gesicht ab. Trotzdem bleibt er still, zögert. »Ist egal, Noah. Es spielt keine Rolle. Die Party wird stattfinden. Entweder gibt meine Mum mir das Geld, oder ich werde einen anderen Weg finden. Selbst wenn *Lilyvents* pleitegeht ...« Obwohl ich versuche, stark zu bleiben, muss ich allein bei dem Gedanken schlucken. Es wäre ein herber Schlag. Meine Mitarbeiter würden ihren Job verlieren, ich meine Grundlage. Trotzdem geht es weiter.

»Deine Mum«, sagt Noah und ich warte, damit er weiterspricht. Er sieht mich vielsagend an. Dann klickt es.

»Meine Mum? Sie hat das Gemälde?«

Langsam nickt Noah. Tausend Gedanken rasen durch meinen Schädel. Wieso? Was hätte es für einen Sinn? Nein, das ist unmöglich. Nicht jetzt, wo ich gerade dabei bin, auf meine Mum zuzugehen. Das würde sie niemals tun ... oder? Sie würde mir nicht derartig in den Rücken fallen.

»Wieso?«, murmle ich und Noah zuckt mit den Schultern. Der Streit gestern kommt mir in den Sinn. »Deswegen warst du bei uns Zuhause?«

»Genau. Nachdem wir die Spur verloren haben, bin ich erneut die Akten durchgegangen. Leider erfolglos. Deswegen habe ich Beatrice nochmal besucht. Zu dem Zeitpunkt war ihre Tochter da. Und sie konnte sich tatsächlich an das Bild erinnern. Nachdem es lange auf dem Speicher stand, hat sie es verkauft. An deine Mutter.«

»Nein.«

Noah streckt seine Hand nach mir aus, lässt sie auf halber Höhe sinken. »Deine Mum streitet es ab.«

»Natürlich tut sie das, aber wieso hast du dann geschwiegen? Wieso hast du mir das nicht einfach gesagt?«

»In dem Moment war ich viel zu überrumpelt. Ich wusste nicht, wie du reagieren würdest, ob du erneut weglaufen würdest. Es war zu früh. Nicht der richtige Moment.

Ich lache. »Als ob es den richtigen Moment gibt. Außerdem bin ich dann erst recht weggerannt.«

»Stimmt.«

»Keine Geheimnisse mehr, Noah, okay? Keine Lügen oder Halbwahrheiten. Selbst wenn dir meine Reaktion missfallen könnte. Denn die Realität ändert sich dadurch nicht. Lass uns lieber über die Dinge reden und gemeinsam eine Lösung finden.«

»Sagt die Frau, die vor mir geflüchtet ist«, entgegnet Noah grinsend.

»Niemals vor dir. Und ich gelobe hiermit Besserung. In Zukunft werde ich uns gemeinsam sehen.« Ich strecke ihm den kleinen Finger entgegen. »Versprochen!«

Noah zögert. Mir ist klar, dass ich viel von ihm verlange. Dass es ihm wahrscheinlich schwerfällt mir zu vertrauen. Immerhin habe ich ihn das letzte Mal einfach stehen lassen. Ohne Vorwarnung. Wer garantiert ihm, dass es dieses Mal anders sein wird? Niemand. Nicht einmal ich kann das. Doch genau jetzt in diesem Moment, bin ich davon überzeugt, mein Versprechen halten zu können.

Ich lächle ihn an, wackle mit meinem kleinen Finger. »Versprochen?«

Nach drei weiteren Herzschlägen hakt er sich endlich ein. »Ja.«

Zufrieden nicke ich und stehe auf, die Decke fest an meine Brust gedrückt. Vom Boden fische ich meine Unterwäsche und den Rest meiner Klamotten. Dann gehe ich ins Bad. Nachdem ich die Toilette benutzt habe, ziehe ich mich an. Mittlerweile ist der Matsch getrocknet und ich klopfe ihn so gut es geht ab. Ein Blick in den Spiegel zeigt meine roten Wangen. Das Lächeln liegt wieder auf meinen Lippen, bevor ich etwas dagegen tun kann. Ich habe mit Noah geschlafen. Noch mehr, ich habe mir eingestanden, dass ich ihn immer noch liebe und wieder in meinem Leben haben will. Wie genau das aussehen soll? Keine Ahnung. Wir leben mehrere hundert Kilometer auseinander, haben uns jeweils etwas aufgebaut. Aber er hat recht, Fernbeziehungen können funktionieren. Nur wie lange? Es wird einen Weg geben, ganz sicher.

Was mich vielmehr beschäftigt, ist die Tatsache, dass das Gemälde wirklich bei meiner Mum sein soll. Wieso sollte sie mich dann auf die Suche danach geschickt haben? Um mich scheitern zu sehen? Zwar habe ich das am Anfang aus Scherz gedacht, weil ihre Wunschliste einer Farce glich, aber nie hätte ich es für möglich gehalten, dass es der Wahrheit entspricht. Was hat sie davon? Will sie unbedingt recht behalten? Würde sie dafür sogar so weit gehen, mein Unternehmen zu gefährden? Nein! Vielleicht irrt Noah sich. Schließlich streitet Mum es ab. Ich werde sie selbst danach fragen müssen.

Nachdenklich gehe ich die Treppe zurück hinunter. Auf der Hälfte des Weges höre ich Noahs Handy klingeln.

»Hey, Ian«, sagt er und ich halte automatisch inne. Ist es ihm unangenehm, wenn ich weitergehe? Vielleicht sollte ich zurück nach oben ... Und dann? Einfach warten?

»Shit, das habe ich vergessen. Tut mir leid. Ich bin mit Lily ... Nein, wir haben uns vertragen.« Aus seinen Worten kann ich das Lächeln hören und lehne mich gegen die Wand. »Ja, ich bin erleichtert. Irgendwie hatte ich Sorge ... Die halbe Wahrheit ... es ... ja, ich weiß, hör auf mich anzumotzen. Ich weiß das, Ian, aber ich konnte nicht.«

Was? Halbe Wahrheit? Verschweigt er mir erneut etwas? Ich seufze schwer und gehe die letzten Stufen hinunter. Irgendwie bin ich enttäuscht. Vor fünf Minuten haben wir uns versprochen, über die Dinge zu sprechen und aus den Fehlern unserer Vergangenheit zu lernen. Stimmt die Geschichte mit meiner Mum überhaupt? Oder ist das alles ausgedacht? Was soll ich glauben? Wie kann ich ihm vertrauen, wenn seine Worte und Taten sich derartig unterscheiden.

Sobald Noah mich sieht, zuckt er zusammen. »Ich muss Schluss machen.« Damit legt er auf und weicht meinem Blick aus. Wir wissen beide, dass ich seine Worte gehört habe. Aber anstatt sich zu erklären, starrt er weiterhin auf den Boden. Enttäuschung füllt mich aus. Enttäuschung darüber, dass er erneut denkt, Dinge für sich behalten zu müssen.

»Ich gehe«, sage ich, schnappe mir meine Tasche, schlüpfe in meine Schuhe und verlasse das Haus. Erst draußen wird mir bewusst, dass ich die Luft angehalten habe. Gierig atme ich ein. Vor der Tür bleibe ich kurz stehen. Was nun? Das Auto steckt weiterhin fest, allerdings muss ich Raum zwischen Noah und mich bringen. Wieso sagt er einfach nichts. Es wäre mir lieber, wir hätten miteinander gestritten, denn dann würden wir immerhin sprechen und vielleicht der Lösung des Problems näherkommen. Stattdessen drehen wir uns im Kreis. Wir schleichen umeinander herum und geraten ständig an unsere Grenzen. Frustriert seufze ich. Dann ziehe ich mein Smartphone aus der Tasche und gehe los. Aus dem Telefonbuch suche ich Lisas Nummer.

»Kannst du mich abholen?«, frage ich, nachdem sie abgehoben hat. Tränen drücken hinter meinen Augen. Der Stress der letzten Wochen macht sich deutlich bemerkbar. Es ist zu viel. Wieso bin ich zurückgekehrt?

Wäre ich lieber direkt wieder nach London gefahren, hätte gleich selbst versucht, mein Problem zu lösen. Vieles wäre mir erspart geblieben.

In der Leitung raschelt es. »Wo bist du?«

»Ich schick dir meinen Standort«, sage ich und lege auf. Ohne mich umzudrehen, laufe ich los. Um Lisa einen Live-Standort schicken zu können, schalte ich das Navi ein. Ich muss mich bewegen, sonst drehe ich durch. Erdrückt von meinen eigenen Gedanken.

Meine Sohlen quietschen als ich durch den Matsch gehe. Einige Zentimeter sinke ich ein. Zum Glück habe ich feste Stiefel an, die meine Füße warmhalten. Trotzdem ist es kalt und je später es wird, desto weiter sinkt die Temperatur. Ich ziehe meinen Mantel enger um mich, bin froh, dass der Regen versiegt ist.

Irgendwie habe ich gehofft, dass Noah mir folgen würde. Gleichzeitig war es meine größte Angst, denn sein Schweigen hätte ich keine Sekunde länger ertragen. Meine Gedanken drehen sich. Was verbirgt er vor mir? Wie kann ein beschissener Tag, zu einem wunderschönen und wieder unfassbar beschissenen werden? Alles innerhalb weniger Stunden. Mit der Achterbahn meiner Gefühle könnte ich mehrere Wochen füllen. Am liebsten würde ich mein Gehirn einfach für einige Stunden abgeben und mir Ruhe gönnen. Nichts denken, nichts fühlen. Ein Traum. Leider ist das unmöglich, deswegen stoße ich mental immer wieder gegen eine Mauer. Und zwar jedes Mal, wenn ich versuche, das Rätsel zu lösen, wieso Noah unser Versprechen nach nur wenigen Minuten gebrochen hat. Dann wende ich mich dem Gemälde zu und renne gegen die nächste Mauer. Überall herrschen Chaos und

Dunkelheit. Gerade als ich dachte, ich wäre endlich vorangekommen ... Pustekuchen.

Verdammte Scheiße.

Auf einmal hält ein Wagen neben mir und ich sehe auf. Von der Fahrerseite lächelt Lisa mir entgegen. Erleichtert gehe ich um ihr Auto und steige ein.

»Du bist meine Rettung«, sage ich, beuge mich zu ihr und schließe sie kurz in die Arme.

»Ist dir kalt? Deine Finger sind eisig.«

Ich nicke. »Ja.«

»Neben dir ist ein Knopf für die Sitzheizung«, erklärt sie und dreht gleichzeitig die Heizung auf, obwohl es bereits mollig warm im Inneren ist.

»Danke. Auch fürs Abholen.«

Lisa winkt ab. »Gern. Nach Hause?«

»Ja«, entgegne ich, wobei ich gerne nach London gefahren wäre, in mein richtiges Zuhause, anstatt zu dem Haus, das sich kaum noch heimisch anfühlt.

Mein Blick geht aus dem Fenster. Die Scheibe ist beschlagen und Regentropfen kleben am Glas. Am Horizont geht gerade die Sonne unter und hinterlässt lediglich einen feinen Streifen Tageslicht.

»Erzählst du mir, was passiert ist?«, fragt Lisa und ich seufze. Das tue ich in letzter Zeit wirklich oft.

»Wo soll ich beginnen?«

»Am Anfang?«

»Ich habe mit Noah geschlafen«, platze ich heraus und Lisa schaut mich einen Moment lang überrascht an.

»Das ist der Anfang? Dann bin ich auf den Rest gespannt.«

Ich lache. »Nein, es ist eher der Mittelteil.«

»Wie bist du überhaupt hier gelandet?«

»Lange Geschichte.«

»Du hast Glück, heute Abend bin ich komplett frei.«

Zuerst hadere ich, weil mir einfach die Worte fehlen. In den letzten Tagen ist derart viel passiert ... ein ständiges Auf und Ab ... wie soll ich das in Sätze packen? Aber vermutlich ist es eine gute Idee wirklich am Anfang zu beginnen. Deswegen erzähle ich Lisa von meiner ersten Begegnung mit Noah, gehe über zu unserer gemeinsamen Suche, dem Streit und komme schließlich in der Gegenwart an. Natürlich alles, ohne zu verraten, dass Noah I.L.N. ist.

Wir unterbrechen einige Minuten, in denen wir vom Auto in die Küche gehen. Dort mache ich uns einen Tee, mit dem wir in mein Zimmer schlurfen. Sobald die Tür hinter uns ins Schloss fällt, fühle ich mich besser. Gleichzeitig erfasst mich eine unglaubliche Müdigkeit. Der Tag, ach was, die ganzen Wochen waren anstrengend.

»Dann bist du weggelaufen?«, meint Lisa, nachdem ich geendet habe und ich sehe auf, lege die Stirn in Falten.

»Ich bin gegangen.«

»Ein anderes Wort für weglaufen.«

»Nein«, entgegne ich. Allerdings hat sie recht. Im Grunde bin ich geflohen. Vor den Emotionen, die in dem Augenblick überhandgenommen haben. Genau das ist mein Problem, ich fühle gerade unfassbar viel, bin überfordert damit, was damit endet, dass ich alles zur Seite schiebe. Besser bekannt als *die Flucht ergreifen*. Ich vergrabe mein Gesicht in meinen Händen. »Scheiße. Aber was hätte es geändert, wäre ich geblieben? Noah spricht nicht mit mir. Er behält das Problem für sich. Eine Beziehung braucht zwei Personen. Einsam verliere ich den Kampf.«

Lisa lacht. »Den Kampf?«

»Eine Metapher.«

»Keine sehr schöne.«

Ich schüttle den Kopf, setze mich auf mein Bett und robbe solange zurück, bis ich mit dem Rücken gegen die Wand lehne. »Aber sie ist wahr. Die Liebe ist ein Schlachtfeld. Ein ständiger Kampf.«

»Dein Ernst?« Zweifelnd betrachtet Lisa mich. »Wenn du das auf die Art siehst, solltest du vielleicht auf eine Beziehung verzichten.«

»Aber ich liebe Noah«, gebe ich zu und könnte direkt anfangen zu weinen, weil mir die Situation aussichtslos vorkommt.

Lisa setzt sich neben mich und legt ihren Arm um meine Mitte. Mein Kopf landet an ihrer Schulter. Nun gibt es kein Halten mehr. Die Tränen laufen mir über die Wangen. Sie spülen den Stress, die Frustration und Verzweiflung aus meinem Körper. Vielleicht wäre es besser, Coverporth erneut den Rücken zu kehren. In London war ich glücklich, oder? Ich habe meine Firma, meine Freunde ... nur Noah, er fehlt. Würde ich erneut gehen, dann für immer. Nochmal zurückzukehren wird mir weder Noah noch mein Herz verzeihen. Da kann ich mir gleich ein Messer in die Brust rammen. Wahrscheinlich wäre das sogar weniger schmerzvoll. Gleichzeitig bringt es mich beinahe um den Verstand, dass Noah schweigt. Dass wir uns gegenseitig im Weg stehen.

»Glaubst du, Mum besitzt das Gemälde wirklich?«, frage ich, als die Tränen endlich versiegt sind.

»Zutrauen würde ich es ihr.«

»Ich auch.«

»Auf ihre verschrobene Art und Weise ...« Lisa hält inne. »Wir sollten diesen Tag mit etwas Schönem abschließen. Morgen ist Heiligabend, die Weihnachtsfeier steht bevor und wir sitzen hier und blasen Trübsal. Was hältst du von einer Auszeit. Wir gönnen uns diesen Abend, vergessen den Rest. Das Fest, Weihnachten, einfach alles. Stattdessen lassen wir uns ungesundes Essen liefern, tragen Gesichtsmasken und hören Musik aus den 90ern.«

»Britney und Backstreet Boys?«, frage ich belustigt.

Lisa springt auf, streckt mir ihre Hand entgegen und beginnt zu singen. »So tell me what you want, what you really really want.« Dabei wackelt sie mit dem Hintern, hüpft auf. Ohne zu zögern, tue ich es ihr gleich und steige mit ein, schmettere den Refrain des bekannten Spice Girls Lieds *Wannabe* hinaus in mein Zimmer als wäre ich wieder ein Teenager. Währenddessen sucht Lisa den Song auf ihrem Smartphone und spielt ihn tatsächlich ab. Wir beginnen von vorne, können den kompletten Text. Ich schnappe mir meine Haarbürste vom Schreibtisch und benutze sie als Mikrofon, während Lisa eine Tanzeinlage hinlegt, die mich sprachlos zurücklässt. Lachend gehe ich auf die Knie, dabei strecke ich meine Arme in die Höhe, als gäbe es ein Publikum, das mich feiert.

Lisa lacht, fällt mir um den Hals. »Ich habe eventuell mit deinem Bruder geschlafen.« Sie drückt mich fest an sich, versteckt ihr Gesicht in meiner Halsbeuge.

»Was?« Überrascht versuche ich mich von Lisa zu lösen, um sie anzusehen, doch sie klammert sich an mich.

»Erinnerst du dich an das Date, von dem ich im Pub gesprochen habe?«

»Ja. Das war Trevor? Wirklich?«

Nun nickt Lisa. »Bist du sauer?«

»Sauer? Wieso?«

»Keine Ahnung.«

»Nein gar nicht«, sage ich. »Eher verwirrt, dass der Schwachkopf es geschafft hat, eine Frau von sich zu überzeugen, die bei Verstand ist.«

Plötzlich drückt Lisa mich noch fester an sich. »Das erleichtert mich. Ich hatte Sorge, du hättest etwas dagegen.«

»Solange du glücklich bist, bin ich's auch«, gebe ich Entwarnung. Die Liebe geht seltsame Wege, das weiß ich besser als jeder andere. »Und? War es wenigstens gut? Also das Date?«

Endlich löst Lisa sich von mir. Auf ihren Lippen liegt ein Lächeln. »Ja, das war es.« Sie zwinkert. »Beides.«

»Boa, zu viel Information«, entgegne ich lachend und greife mir ein Kissen, das ich nach Lisa werfe.

Genauso verbringen wir den Rest des Abends, lachend, redend und fröhlich, unterbrechen lediglich, als das Essen aus dem Pub geliefert wird. Irgendwann liege ich müde im Bett, Lisa neben mir. Es ist mitten in der Nacht, nur der Mond spendet etwas Helligkeit, ansonsten ist es vollkommen dunkel. Lisas gleichmäßige Atemzüge dringen bis zu mir und ich muss lächeln bei dem Gedanken, wie schön die letzten Stunden waren. Tatsächlich fühle ich mich besser, befreiter. Es war genau das, was ich brauchte.

Mein Handy leuchtet auf dem Nachttisch, durchdringt die Dunkelheit. Ich drehe mich auf die Seite und ziehe es zu mir. Noahs Name blinkt mir entgegen. Eigentlich ist meine Lust, mit ihm zu reden unterirdisch, gleichzeitig will ich kaum etwas mehr, als unsere Probleme zu lösen. Wie können meine Gefühle derart gegensätzlich sein? Würde es um eine andere Person gehen, hätte ich längst einen Schlussstrich gezogen. Doch es ist Noah. Der Noah, dem mein Herz gehört. Deswegen nehme ich den Anruf entgegen.

»Ja?«, flüstere ich, da Lisa neben mir schläft.

»Schläfst du?«

Ich verdrehe die Augen, muss allerdings grinsen. »Klar, mein Unterbewusstsein telefoniert mit dir.«

»Tut mir leid. Wollte nur wissen, ob ich dich geweckt habe.«

»Nein, alles gut.«

»Kommst du raus?«

Überrascht richte ich mich auf. Dann wende ich mich schnell Lisa zu. Zum Glück hat sie sich keinen Millimeter bewegt, ihre Lider sind weiterhin geschlossen, die Atmung gleichmäßig. »Jetzt?«

»Hmh«, macht Noah bestätigend. »Wir sollten reden.«

Einen Moment ist es still, lediglich mein Herzschlag dröhnt in meinen Ohren. Währenddessen ist mein Hirn komplett leergefegt.

»Lily?«

Ich nicke, dann lache ich über mich selbst. »Komme.« Bevor ich es mir anders überlege, beende ich das Gespräch und steige aus dem Bett. Vom Schreibtischstuhl hole ich meine Klamotten. Im Flur schalte ich das Licht ein und schlüpfe hinein. Zum Glück bin ich allein, da alle bereits in ihren Betten liegen. Trotzdem gehe ich auf Zehenspitzen die Treppe hinunter, ziehe mir Schuhe und Jacke an und schließe die Tür auf. Nachdem ich den Schlüssel in meiner Hosentasche verstaut habe, trete ich hinaus.

Keine Spur von Noah. Vermutlich wartet er hinter dem Haus, weil er Sorge hatte, dass meine Eltern sein Auto hier vorne entdecken könnten, da ihr Schlafzimmer auf dieser Seite des Hauses liegt. Daher laufe ich über den Rasen zur anderen Seite. Die frische Luft tut gut, dennoch herrscht in meinem Kopf weiterhin Leere. Ich fröstle, schlinge die Arme um mich selbst. Mein Atem erzeugt kleine Wölkchen, sobald er meine Nase verlässt. Deswegen beschleunige ich meine Schritte.

Noah lehnt gegen seinen Wagen. Seine Hände stecken in den Jackentaschen, den Blick starr auf den Boden gerichtet. Als er meine Schritte hört, sieht er auf. In seinem Gesicht erkenne ich so viel und gleichzeitig nichts, denn nicht eine Emotion kann ich deuten. Mein erster Impuls ist es, ihn in die Arme zu schließen, doch ich halte mich davon ab. Wir müssen reden, das ein für alle Mal klären, bevor wir uns wieder annähern können.

Oder ist Noah hier, um dem Ganzen ein Ende zu setzen? Um sich zu verabschieden? Schmerz pocht in meiner Brust. Auf einmal wird mir klar, wie schwer es mich treffen würde, wenn es keine Zukunft für uns gäbe.

»Wieso bist du hier?«, frage ich schnell, um den Gedanken zu vertreiben und schaue in den Sternenhimmel.

»Um dir die Wahrheit zu sagen.«

»Dieses Mal wirklich, oder gibt es wieder Dinge, von denen du denkst, du müsstest sie allein tragen?«

Meine Stimme ist von Schärfe gezeichnet und ich bereue es sofort. »Tut mir leid. Es ist mitten in der Nacht, du weißt, dass ich zu dieser Uhrzeit unbrauchbar bin.«

»Du hast ja recht. Aber egal, was ich tue, ich habe dauernd Angst«, gesteht Noah. Er presst die Lippen zusammen und mein Ärger ist verschwunden.

»Wovor?«

»Davor, dass ich dich erneut vertreibe.«

Ich schüttle den Kopf. »Das ist doch Quatsch, du hast mich nie vertrieben. Womit denn auch? Es war meine eigene Entscheidung zu gehen.«

»Ich hatte einen Ring«, platzt Noah auf einmal heraus und ich mustere ihn verwirrt. »An dem Abend der Weihnachtsfeier, als du mir erzählt hast, dass du Coverporth verlassen würdest, um nach Oxford zu gehen ... eigentlich wollte ich dir damals einen Heiratsantrag machen.«

»Was?«

»Das Weihnachtsgemälde ... es war das erste Bild, das ich mit I.L.N. signiert habe. In Liebe, Noah. Es war für dich, sollte einen der glücklichsten Momente festhalten. Stattdessen stellte es sich als schlimmster Tag meines Lebens heraus. Du bist gegangen, hast mich einfach zurückgelassen. Natürlich waren wir jung, trotzdem hatte ich seit dem ersten Tag, den wir uns kannten, das Gefühl, du bist die Richtige. Die eine, die mich komplett versteht.« Noah wendet den Blick ab. »Wochenlang habe ich mich gefragt, ob ich zu schnell war. Ob du gespürt hast, dass ich mir ein Leben ohne dich nicht vorstellen kann und du deswegen die Flucht ergriffen hast. Deine Freiheit war dir immer das Wichtigste.«

Ich schlucke. Mir fehlen die Worte. Das Bild war für mich? Dabei habe ich es nie zu Gesicht bekommen. Noah wollte mich heiraten? Hätte mich das von meinem Plan abgebracht? Keine Ahnung. Sei ehrlich mit dir, Lily! Hätte es nicht, im Gegenteil, es hätte mich weiter angetrieben. Denn Noah hat recht, ich musste hier raus und ich hatte das Gefühl, unter alles einen Strich setzen zu müssen. »Du hast ein Gemälde für mich gemalt?«

Noah nickt. »Deswegen musste ich es vor dir finden. Auf der Rückseite der Leinwand habe ich meine Gefühle aufgeschrieben. Wie glücklich ich war und was du mir bedeutest. Unterzeichnet habe ich mit *Für immer, in Liebe, Noah*. Zuerst war es mir peinlich, deswegen wollte ich verhindern, dass du es findest. Dann haben wir uns angenähert und plötzlich war die Angst zurück. Die Angst, du könntest davon erneut überfordert sein und zurück nach London fliehen. Klar ist das dämlich, dein Leben ist in London, du gehst unweigerlich. Trotzdem ...« Erstickt lacht er. »Keine Ahnung, in meinem Hirn hängt einfach etwas, wenn es um dich geht. Die Furcht lähmt mich. In mir kämpften zwei Monster. Eins hat gehofft, dass deine Mum das Gemälde wirklich versteckt. Dann hättest du es vermutlich nie gefunden. Gleichzeitig wünschte ich mir, du könntest dein Ziel erreichen und deiner Mum beweisen, wie fähig du bist.« Noah schüttelt den Kopf. »Ziemlich erbärmlich, oder? Die Furcht, dass es erneut endet, bevor es dieses Mal überhaupt richtig angefangen hat, nur wegen ein paar

Worten aus der Vergangenheit ... sie war einfach zu groß.«

»Wieso hast du mir dann überhaupt verraten, dass Mum das Gemälde besitzt?«, frage ich verwirrt.

»Weil sie mir auf der Galerie geschworen hat, dass du es niemals finden wirst. Egal wie sehr du dich auch anstrengst.«

»Was?«, entfährt es mir überrascht. Dann trete ich einen Schritt auf ihn zu. »Es war nie deine Schuld, Noah«, murmle ich und lege meine Hände auf seine Wangen, sodass er mich ansehen muss. »Ich hätte nicht fliehen dürfen. Weder damals noch in Rogers Hütte. Aber alte Muster zu durchbrechen, ist schwierig, oder? Coverporth bringt die Vergangenheit immer wieder hoch. Es erinnert mich daran, wie hilflos ich mich als Kind gefühlt habe. Ständig in eine Rolle gepresst, die ich nicht spielen wollte. Zwischen Menschen, die nie gesagt haben, was sie wirklich meinten, sondern mich durch Schweigen gestraft haben oder durch kleine Listen versucht haben, mich in eine Richtung zu drängen. Als wir bei Roger in der Hütte waren, fühlte ich mich vollkommen glücklich. Bis ich den Anruf belauscht habe und du mich angeschwiegen hast. Auf einmal war ich wieder das hilflose kleine Mädchen, das seine Eltern nicht verstanden hat. Das nie etwas richtig machen konnte. Dieses Gefühl in deiner Gegenwart zu haben ... es hat mich umgebracht. Deswegen bin ich gegangen.«

»Tut mir leid«, murmelt Noah und ich drücke meine Lippen auf seine, verhindere, dass er weiter spricht.

»Nein, keine Entschuldigungen mehr, bitte. Wir müssen diesen Kreislauf durchbrechen. Die Vergangenheit liegt hinter uns. Sie hat uns geprägt, doch nun sollten wir sie gehen lassen. Wir müssen lernen, uns erneut zu vertrauen.« Bisher dachte ich, wir könnten direkt dort ansetzen, wo wir damals aufgehört haben. Das war falsch. Noah und ich haben uns verändert. Im Grunde mögen wir dieselben Menschen sein, doch es gibt viele Facetten, die neu sind. Dinge, die sich in den letzten Jahren verändert haben. Oder die schon immer da waren, aber verstärkt wurden. So oder so müssen wir uns Zeit geben.

»Wir sollten es langsam angehen«, meint Noah, als hätte er meine Gedanken gehört. »Was hältst du von einem Date?«

»Das klingt himmlisch. Nur wir beide?«

»Klar, sonst wäre es wohl kaum ein Date.«

»Ich meinte auch eher: verlassen wir Coverporth für unser Date? Ansonsten haben wir die Blicke der halben Stadt im Nacken.«

Noah lacht. »Da ist was dran.« Dann streckt er mir plötzlich seinen kleinen Finger entgegen. »Erneuern wir das Versprechen? Keine Geheimnisse mehr. Wenn ich Angst habe, sage ich es offen.«

Ich hake mich bei ihm ein. »Und anstatt allein davonzulaufen, werfe ich dich einfach über meine Schulter und nehme dich mit auf meiner Flucht.«

»Wow, wie ein Neandertaler«, entgegnet Noah. »Guter Plan.«

Abermals küsse ich ihn, genieße die Ruhe, die sich in mir ausbreitet.

»Da ist noch etwas.« Noah sieht mir tief in die Augen. Anstatt weiterzusprechen, mustert er mich lediglich.

»Egal, was es ist, wir stehen zusammen, Noah.«

Er senkt den Blick. »Dreh nicht durch, okay.«

»Äh ... ich versuch's.«

»Die Angst ... es ist mehr als das.«

Verwirrt rümpfe ich die Nase. »Mehr als das? Was meinst du?«

»Der Tod meiner Eltern ... die Zeit ... es war schwer für mich. Du warst dabei ... du weißt ...« Noah stottert und ich nehme seine Hand in meine, verschränke unsere Finger. »Damals habe ich den Unfall nie richtig verarbeitet. Stattdessen habe ich weitergemacht, habe sogar versucht, so viel wie möglich davon zu verdrängen.«

»Wir haben kaum über sie gesprochen«, stelle ich fest und Noah nickt.

»Genau, weil ich abgeblockt habe. Das Ganze hat sich in meinem Inneren aufgestaut und ... also ... irgendwie.« Noah drückt meine Finger. »Dieses Trauma, das ich nie verarbeitet habe ... es wurde wachgerüttelt, als du damals gegangen bist. Plötzlich war ich wieder allein. Verlassen von einem der wichtigsten Menschen meines Lebens. Daran bin ich beinahe kaputt gegangen.«

»Was ist passiert?«

Noah fährt sich durchs Haar. »Panikattacken, Schlafstörungen ... sowas. An manchen Tagen habe ich kaum das Haus verlassen.«

Nun lehne ich mich gegen Noah, will irgendetwas für ihn tun, will ihm auf diese Art zeigen, dass ich für ihn da bin.

Die Informationen prasseln auf mich ein, füllen die komplette Leere in meinem Kopf aus. Ein Fakt dreht sich immer wieder hin und her: mein Verhalten hat ein altes Trauma wachgerüttelt. Mein Verhalten. Nie hätte ich das für möglich gehalten. »Das tut mir leid«, murmle ich und senke den Blick.

Noah nimmt mich in den Arm. »Soll es nicht. Es wäre irgendwann sowieso dazu gekommen, weil wir den Tod meiner Eltern stets totgeschwiegen haben. Irgendwann musste der Knoten platzen. Ich habe mittlerweile eine tolle Therapeutin, mit der ich all das aufgearbeitet habe. Eigentlich dachte ich auch, nichts könnte mich aus der Bahn werfen. Zumindest, bis du zurückgekehrt bist. Das Wiedersehen mit dir hat alte Erinnerungen zurückgeholt und obwohl ich Techniken gelernt habe, um mit dieser Angst umzugehen, bin ich wieder zurück in alte Muster gefallen. Ich sage dir das nur, weil ich es nicht verschweigen möchte. Nicht vor dir. Es ist ein Teil von mir. Wenn du denkst, ich bin verrückt ... das Ganze ist zu anstrengend ... dann ist das so.«

»Niemals«, murmle ich an sein Ohr. »Danke, dass du dich mir geöffnet hast. Das bedeutet mir viel.«

»Du bedeutest mir viel.«

»Du mir auch.«

Wir haben einen Weg vor uns, der mit Sicherheit von Auf und Abs gekennzeichnet sein wird, dennoch habe ich neue Hoffnung. Dieses Mal wird es klappen, dieses Mal sind wir so weit, endlich gemeinsam nach vorne zu schauen und zu wissen, was wir am anderen haben. Lächelnd drücke ich Noah an mich, genieße seine Wärme an meiner Seite.

Kapitel 16

Manche Dinge muss man einfach gehen lassen

Mein Schädel dröhnt, als ich die Augen am nächsten Morgen öffne. Helligkeit durchdringt mein Zimmer und ich drehe mich in meinem großen Bett zur Seite. Lisa liegt keine fünf Zentimeter von mir entfernt. Ich zucke zusammen und rutsche ein Stück zurück, um Abstand zwischen uns zu bringen. Ihre Atemzüge sind gleichmäßig. Automatisch schleicht sich ein Lächeln auf meine Lippen, wenn ich daran denke, wie katastrophal der gestrige Tag begonnen hat, wie schlimm er weiterging und wie wunderschön er schließlich endete. Dann wird mir bewusst, dass heute Heiligabend ist. Mit einem Satz sitze ich aufrecht im Bett. Scheiße, ich fühle mich alles andere als bereit für diesen Tag.

Müde fahre ich mir übers Gesicht, wische den Schlaf aus meinen Augen. Irgendwie werde ich den Tag schon überleben. Bisher läuft die Party nach Plan ... abgesehen von dem Gemälde. Sollte Noah recht haben, dann ist es mit Sicherheit in diesem Haus. »Guten Morgen«, murmelt Lisa und durchbricht meine Gedanken.

Ich stelle meinen Blick scharf. »Hast du gut geschlafen?«

»Ja.« Sie nickt. »Wobei ich mich fühle als hätte ich einen Kater. Dabei haben wir gar nichts getrunken. Sind wir jetzt also in dem Alter?«

»In dem Alter?«

»In dem die halbe Nacht wach bleiben ihre Spuren hinterlässt. Mit Anfang Zwanzig habe ich das besser weggesteckt.«

Ich lache. »Ist das dein Ernst? Da liegen gerade mal 5 Jahre dazwischen.«

»Wie spät ist es?«, fragt Lisa und streckt sich. Um mein Handy zu greifen, drehe ich mich von ihr weg und fische es vom Nachttisch. Das Display leuchtet auf. »Kurz nach neun«, sage ich und schwinge mich vom Bett, gehe Richtung Schreibtisch. »Frühstückszeit.«

»Bist du nervös?« Lisa steht plötzlich neben mir. Die Luft im Raum ist stickig und ich öffne das Fenster, bevor ich zu meinem Kleiderschrank gehe und frische Unterwäsche, sowie Jeans und Pulli herausziehe.

»Ein bisschen«, gebe ich zu. Beim Gedanken an das Gespräch mit meiner Mum dreht sich mir der Magen um. Keine Ahnung, wieso es mich so schwer belastet eine Unterhaltung mit ihr zu führen, die über Smalltalk hinausgeht. Seit meiner Kindheit hasse ich es, Dinge bei meiner Familie anzusprechen.

Lisa legt einen Arm um meine Schulter und zieht mich kurz an sich. »Das wird. Ruf mich an, wenn du Hilfe brauchst. Ansonsten sehen wir uns heute Abend.«

»Du verschwindest vor dem Frühstück?« Überrascht drehe ich mich zu ihr.

»Weihnachtsfrühstück bei meinen Großeltern, entschuldige. Eigentlich bin ich sogar ein bisschen spät dran.« Sie hängt sich ihre Tasche um die Schulter, glättet ihr Haar und fasst es schließlich zu einem Zopf zusammen. »Deswegen muss ich dringend los. Spätestens heute Nachmittag bin ich zurück und helfe dir.«

»Warte«, sage ich und halte sie am Arm zurück. Plötzlich bin ich nervös und spiele mit Lisas Pulliärmel. »Noah war heute Nacht hier.«

»Hier?«, echot Lisa und macht eine Bewegung mit ihrer Hand, die das Gästezimmer einfasst.

»Na ja, draußen.«

»Wieso?«

»Er wollte sich entschuldigen und ...«

Lisa lässt sich auf mein Bett sinken. »Und?«

»Wir haben uns ausgesprochen, die Geheimnisse beseitigt und endlich Klarheit geschaffen.« Die Worte sind so schnell über meine Lippen, dass ich mich beinahe verhaspsle. Sie stecken voller Glück und Zuversicht, weil Noah und ich hoffentlich einen gemeinsamen Weg gefunden haben. »Ich glaube, ich liebe ihn wirklich.«

Lisa lacht. Sie lässt sich zu mir nach vorne fallen, bis sich unsere Köpfe beinahe berühren. Dabei ziert ein breites Grinsen ihre Lippen. »Das glaube ich auch.«

Ich erwidere ihr Lachen, lasse meiner Freude freien Lauf. Dann springe ich auf und drehe mich ein paar

Mal um meine eigene Achse. »Manchmal ist das Leben wirklich schön.«

»Hast du die Weihnachtsfeier und das Gemälde vergessen?«

Wie ein Fausthieb trifft mich die Realität. »Scheiße, ja.«

»Leider muss ich wirklich los«, meint Lisa entschuldigend und erhebt sich. »Aber du musst mir später jede Kleinigkeit erzählen, okay?«

Ich winke ab. »Das mache ich. Genieße die Zeit mit deiner Familie, ich komme klar. Eigentlich sollten die Dinge von allein laufen.« Zumindest hoffe ich das. Organisation ist schließlich alles.

»Gut«, meint Lisa und geht zur Tür. »Bis später.«

»Bis dann«, verabschiede ich sie und drehe mich dem Spiegel zu, nachdem sie die Tür hinter sich geschlossen hat. Müde blicke ich mir selbst entgegen. Der Stress der letzten Tage zeichnet sich deutlich in meinem Gesicht ab. Dicke Tränensäcke, geschwollene Lider und unreine Haut. Da denkt man, mit dem Alter wird man die Pickel los, nur um festzustellen, dass es eher schlimmer anstatt besser wird. Danke dafür Schicksal. Ich starre den dicken gelben Punkt mitten auf meiner Stirn an und wünsche ihm die Pest an den Hals. Seufzend gehe ich ins Badezimmer. Unter der Dusche bereite ich mich gedanklich auf die nächsten Stunden vor, gehe genau durch, was ich zu Mum sagen möchte. Immer und immer wieder konstruiere ich das Gespräch in meinem Kopf.

»Genug«, schelte ich mich selbst nach einigen Minuten und drehe das Wasser ab. Zurück im Schlafzimmer schlüpfe ich schließlich in meine Klamotten und trage

Make-up auf, um weniger wie ein 15-jähriges Mädchen und mehr wie eine Businesswoman zu wirken. Allerdings liege ich gefühlstechnisch eher bei ersterem.

Schluss, Lily. Du bist erwachsen, du schaffst dieses Gespräch. Wieso stellst du dich derart an? Gute Frage, nächste Frage, bitte.

Ein letztes Mal atme ich tief durch und mache mich auf den Weg ins Esszimmer. Tatsächlich sitzt meine Familie am Frühstückstisch. Selbst mein Bruder lächelt mich an, als ich den Raum betrete.

»Seit wann bist du eine Langschläferin?«, fragt er und deutet auf den Platz neben sich.

Mum bedenkt mich mit einem missbilligenden Blick. »Kein Wunder, wenn man die halbe Nacht feiert.«

»Entschuldige, war die Musik zu laut?« Eigentlich liegt das Schlafzimmer meiner Eltern weit genug entfernt, daher dachte ich, sie würden von unserer kleinen Gesangseinlage nichts mitbekommen. »Du hättest Bescheid sagen können, wir wären natürlich leiser gewesen.«

»Ich habe geschlafen wie ein Stein«, wirft mein Dad ein und schielt einen Augenblick über seine Zeitung.

»Da ich mich stundenlang unruhig im Bett gewälzt habe, bin ich irgendwann in die Küche gegangen, um mir einen Tee zu machen. Auf dem Weg zurück ins Schlafzimmer habe ich euch dann gehört«, erklärt sie und ich verdrehe innerlich die Augen. Dann war sie sowieso wach.

Vielleicht ist gerade ein schlechter Zeitpunkt, ein Gespräch über das Gemälde und seinen Aufenthaltsort zu beginnen? Wenn Mum schlecht geschlafen hat, ist sie unausstehlich ... noch schlimmer als sonst. Wobei ich wahrscheinlich nie einen guten Zeitpunkt finden werde. Daher bringe ich es besser direkt hinter mich.

»Mum, hör mal, es geht um das Weihnachtsgemälde. Meine Recherchen ... sie haben ...« Hatte ich mir die Worte nicht schon tausend Mal zurecht gelegt? Wieso ist dann auf einmal alles weg? Stattdessen herrscht Leere in meinem Kopf. »Also ich habe herausgefunden ... kann es sein ...« Puh, wieso ist das so schwer? Ich schließe die Lider einen Moment, sammle mich. Bring die Worte einfach über die Lippen, Lily. Je schneller, desto besser.

»Stotterst du seit neuestem?«, fragt Mum und ich sacke in mich zusammen. Gleichzeitig werde ich auch wütend. Offensichtlich fällt es mir gerade schwer, über etwas zu sprechen. Anstatt mich zu ermuntern, macht sie es nur schlimmer.

»Das Gemälde, hast du es?« Nun ist es raus. Atemlos lehne ich mich zurück.

»Welches Gemälde?«

Okay, jetzt stellt sie sich absichtlich dumm, oder? »Das Weihnachtsgemälde von I.L.N., das ich finden sollte. Du wolltest es bei der Veranstaltung heute Abend ausstellen.«

Mum hebt die Augenbrauen, nimmt ihre Kaffeetasse zwischen die Hände. »Ich? Wieso sollte ich dich dann damit betrauen, es aufzutreiben?«

»Das ist die Gretchenfrage ...«

»Mach dich nicht lächerlich, Lily.«

Nun lege ich die Stirn in Falten. »Ich mache mich lächerlich? Dabei warst du diejenige, die zu Noah gesagt hat, ich würde es niemals finden, egal wie sehr ich mich anstrenge.« Mit jedem Wort ist meine Stimme lauter geworden.

»Noah? Ich habe ihm gesagt, er soll sich von dir fernhalten«, entgegnet Mum und mir bleibt der Mund offen stehen.

»Bitte?«

»Das hat er dir wohl verschwiegen.«

Mir fehlen die Worte. Ich blinzle, versuche den Themenwechsel zu verarbeiten. »Wieso?«

»Woher soll ich wissen, warum er ...«

»Nein«, unterbreche ich sie. »Warum nimmst du dir raus, so etwas zu ihm zu sagen?«

»Er bremst dich, Lily.«

»Was?« Das Gespräch ist derart absurd, dass ich das Gefühl habe, den Faden zu verlieren. Meine Gedanken springen hin und her, versuchen meine Mutter und das Gesagte zu verstehen. Vergebens.

»Mum, du kannst sowas nicht einfach zu Noah sagen«, bringt sich nun auch mein Bruder ein. Immerhin steht er auf meiner Seite. Beruhigend legt er mir die Hand auf den Oberschenkel.

»Natürlich, ich bin eure Mutter, ich muss tun, was am besten für euch ist. Was hat er dir zu bieten? Anstatt das Angebot deines Vaters anzunehmen, in unsere Firma einzusteigen und etwas aus seinem Leben zu machen, wohnt er in diesem alten Haus. Du hingegen ... dir steht die Welt offen, wenn du nur ...«

»Halt.« Ich unterbreche sie erneut und senke den Blick. Das geht zu weit. Sie kann über mich sagen, was sie möchte. Aber in Noahs Abwesenheit über ihn herzuziehen – *das geht zu weit.*

»Nachdem du es nach Oxford geschafft hattest, dachte ich, du hättest ihn endlich hinter dir gelassen«, sagt Mum, ignoriert meinen Einwand und fährt fort. »Es war die richtige Entscheidung dort zu studieren und die Brücken dafür erstmal hinter dir abzubrechen.«

»Hä?« Eloquent, Lily. Wirklich. »Wie bitte? Wer hat sich denn bis tief in die Nacht mit mir gestritten, weil sie verhindern wollte, dass ich nach Oxford gehe?« Gerade komme ich mir vor wie in einer Reality Show und zwar keine von den guten.

»Wärst du gegangen, wenn ich es befürwortet hätte? Du hast dich immer gegen das gestellt, was ich von dir wollte.«

Langsam sinkt die Erkenntnis in meinen Verstand. Buchstabe für Buchstabe sickert sie durch meine Hirnwindungen, trifft auf Unverständnis. »Ist das dein Ernst?« Ich blicke zu meinem Bruder. »Ist das ihr Ernst?«

Er zuckt mit den Schultern, genauso überrascht wie ich. »Mum«, murmelt er und schüttelt den Kopf. Dabei drückt er meinen Oberschenkel und gibt mir Kraft, dieses Gespräch durchzustehen. »Vielleicht beruhigen wir uns erstmal, lassen das Gesagte sacken und kommen später auf das Thema zurück?« Die diplomatische Ader hat Trevor eindeutig von unserem Vater, der sich weiterhin fein raushält. Für Trevor tut es mir leid, er steht zwischen den Stühlen und ich verstehe, dass er keinen Streit möchte, vor allem da Weihnachten ist. Aber in meinem Hirn platzt ein Knoten.

»Das ist doch ein Witz«, entfährt es mir erneut. Mir gehen so viele Sachen durch den Kopf. Doch ich schlucke sie hinunter. Nach dem Gespräch mit Lisa hatte ich wirklich das Gefühl, meiner Mum ein bisschen näher zu sein. Ich wollte mich ihr öffnen, wollte ihr weniger voreingenommen gegenüberstehen. Selbst wenn Lisa recht hat und meine Mum mich liebt, dann tut sie es auf eine für mich unverständliche Art. Wir werden niemals auf einer Wellenlänge sein. Da spielt es kaum eine Rolle, dass sie meine Mutter ist. Dass sie mich geboren und großgezogen hat. Vielleicht ist genau das das Problem? Ich habe immer angenommen, dass ich meiner Mutter etwas schulde, dass ich mich mit ihr verstehen muss, weil sie immerhin zu meiner Familie gehört. »Weißt du was? Es reicht mir«, sage ich daher. »Du gibst mir jedes Mal in deiner Gegenwart ein schlechtes Gefühl. Egal, wie sehr ich versuche dich zu verstehen, ich scheitere. Nun ist Schluss damit.« Mein Herz dröhnt in meinen Ohren, pumpt in schneller Abfolge Blut durch meine Adern. Am liebsten würde ich die Flucht ergreifen und mich in meinem Bett vergraben. Doch ich recke das Kinn, straffe die Schultern. »Die Feier ist organisiert, alles läuft nach Plan. Dir sollte nun mehr als bewusst sein, dass ich meiner Firma gerecht werde. Dass ich gut in dem bin, was ich tue.«

»Ohne das Gemälde platzt der Deal.«

»Mum«, wirft Trevor ein. »Lily hat recht, sie hat quasi jede deiner Bedingungen erfüllt. Deswegen verdient sie deine Hilfe.«

Ich nicke, doch Mum schüttelt lediglich den Kopf. Entsetzt bleibt mir der Mund offen stehen. Obwohl mir klar war, dass es möglicherweise darauf hinauslaufen würde, habe ich an den Funken Mitgefühl in meiner

Mum geglaubt. »Du sabotiertest mich und erwartest gleichzeitig, dass ich mich an den Deal halte?«

»Niemand sabotiert dich«, entgegnet Mum. »Wir haben eine Abmachung getroffen. Ich halte mich an meinen Teil, wenn du deinen Teil erfüllst.«

»Wie soll das gehen? Wie soll ...« Frustriert fahre ich mir übers Gesicht. In den Augen meiner Mum erkenne ich ihren Triumph. Noah hatte recht. Sie besitzt das Gemälde, sie hatte es von Anfang an. Argumente sind nun fehl am Platz, denn es gibt nichts, das meine Mutter umstimmen könnte. Wenn ich diesen Deal gewinnen will, muss ich das Gemälde auf eigene Faust finden.

Ohne mein Frühstück angerührt zu haben, stehe ich auf und verlasse die Küche. Diesen Kampf habe ich verloren. Obwohl ich mich eigentlich wie eine Gewinnerin fühle. Die Erkenntnis, dass ich meiner Mutter nichts schulde, dass ich sie einfach aus meinem Leben streichen kann, wie jeden anderen Menschen, der mich runterzieht, beflügelt und schockiert mich zur gleichen Zeit.

»Lily.« Im Flur drehe ich mich zu Trevor um. »Es tut mir leid.«

»Mir auch«, entgegne ich und lasse mich von ihm in eine Umarmung ziehen. Irgendwie habe ich damit gerechnet, in Tränen auszubrechen, doch in mir ist es vollkommen still. Beinahe wie die Ruhe vor dem Sturm. »Du kannst nichts dafür, Mum ist das Problem.«

»Wir finden eine Lösung«, verspricht Trevor und löst sich von mir. Aufmunternd lächelt er mir entgegen. »Wir haben immer eine Lösung zusammen gefunden. Egal wie sehr sich Mum und Dad gewunden haben.«

»Stimmt.« Ich nicke, brauche eine Pause von dem ganzen Chaos. »Du und Lisa?«, frage ich daher, um abzulenken.

Trevor senkt verlegen den Blick. An seiner Haltung, dem leichten Grinsen auf seinen Lippen und den unruhigen Füßen, kann ich sehen, wie glücklich ihn allein die Erwähnung ihres Namens macht. »Irgendwie schon.«

»Gut, tu ihr nur nicht weh.«

»Hey«, empört Trevor sich. »Wessen Schwester bist du?«

Ich lache und boxe ihm gegen den Oberarm. »Seid gut zueinander, ja?«

»Ja«, entgegnet er und geht zurück ins Esszimmer. Einen Moment sehe ich ihm nach, dann drehe ich mich um. Nun muss ich dieses Gemälde finden, ansonsten waren die letzten Wochen vollkommen umsonst. Wobei, das ist falsch, denn ich habe mich Noah wieder angenähert, habe diese Stadt neu lieben gelernt und meine Freundschaft zu Lisa verfestigt. Deswegen schleicht sich ein Lächeln auf meine Lippen, obwohl ich mich gerade derart heftig mit meiner Mutter gezofft habe, wie selten zuvor.

Ich ziehe mein Handy aus meiner Hosentasche und wähle Noahs Nummer. Nach dem zweiten Klingeln nimmt er ab.

»Alles gut?«, fragt er direkt und ich lasse mich im Treppenhaus gegen die Wand sinken.

»Mum besitzt das Gemälde.« Ohne Umschweife komme ich direkt zum Punkt. »Der Deal platzt, wenn es an Weihnachten fehlt.«

»Das tut mir leid«, entgegnet Noah. »Was hast du vor?«

»Weitersuchen. Schließlich muss es irgendwo im Haus sein, oder?«

»Möglich.«

»Kommst du mir helfen?« Egal, ob Noah mit mir sucht oder lediglich neben mir steht, ich möchte ihn an meiner Seite haben.

Er seufzt. »Würde ich gerne, allerdings bin ich den ganzen Tag verplant.«

»Natürlich, es ist Weihnachten, entschuldige.«

»Keine Entschuldigungen, vergessen?« Noahs Grinsen kann ich aus seiner Stimme hören. »Sehen wir uns später?«

»Kommst du zur Party?«

»Irgendjemand muss doch die Bilder für die Ausstellung und Versteigerung vorbei bringen«, meint er. Richtig, das hatte ich komplett vergessen im Trubel der letzten Tage. Zwar konnte ich Noah nicht davon überzeugen, live auf der Veranstaltung zu zeichnen, aber das war auch keine Bedingung meiner Mum.

»Bleibst du danach auch?«

»Hältst du das für eine gute Idee?«

Unruhig presse ich meine Hand gegen die Wand. Ich muss dieses Gemälde einfach finden, sollte ich jedoch scheitern, wäre es schön, Noah bei mir zu haben. »Wieso?«

»Deine Mum wird sich freuen«, sagt er sarkastisch.

»Genau deswegen.«

»Lily.«

»Nein, ernsthaft. Es geht nicht um meine Mum, sondern darum, dass der Abend anstrengend für mich wird. Ein nettes Gesicht zu sehen, wäre angenehm.« Ich grinse. »Meine Mum zu ärgern, wäre dann die Kirsche auf der Sahne«, schiebe ich hinterher, weil es die Wahrheit ist. Nach dem, was sie mir gerade an den Kopf geschmissen hat … Die Wut kehrt zurück, allerdings vermischt sie sich dieses Mal mit einem anderen Gefühl. Dem Geschmack von Freiheit? Endlich die Fesseln der Verantwortung meiner Mutter gegenüber abgelegt zu haben? Keine Ahnung, doch es mildert die Wut, lässt bloß einen Schatten von ihr zurück.

»Ich werde da sein«, sagt Noah und zieht mich aus meinen Gedanken.

»Danke.«

»Immer, Lily.« Seine Worte wärmen mich von innen. Ruhe legt sich über mich, vertreibt den letzten Rest Wut und lässt mich zufrieden zurück. Ich lege den Kopf gegen die Wand, schließe die Augen einen Moment.

»Dann sollte ich besser anfangen, nach dem Gemälde zu suchen«, murmle ich müde. Nach diesem Abend lege ich mich mindestens eine Woche in mein Bett und rühre keinen Finger. Die Vorstellung ist zu schön und leider völlig untragbar, denn egal wie das ausgeht, ich muss mich um meine Firma kümmern.

»Bis später«, verabschiede ich mich und lege auf.

Wenn ich meine Mutter wäre, wo würde ich das Gemälde verstecken? Im Keller? Oder eher auf dem Dachboden. Egal, irgendwo muss ich anfangen. Daher wähle ich zuerst den Keller.

Auf dem Weg die Stufen hinab, klingelt es. Vor der Tür steht Jenny, meine beste Freundin. Sie hat sich in einen dicken Wintermantel gekuschelt. Unter der Mütze auf ihrem Kopf kommen die dunkelblonden

Haare hervor. Lächelnd schiebt sie sich die Brille zurecht. Ich ziehe sie in meine Arme. »Danke, dass du gekommen bist.«

»Klar, das ist ein Lilyvent, das schmeißen wir zusammen, oder?«

Erneut drücke ich sie an mich und ziehe sie schließlich in die Eingangshalle. Bewundernd sieht sie sich um. »Sag mal, bist du reich? Gar eine Lady? Muss ich mich vor dir verbeugen? Kennst du vielleicht die Queen?«

»Klar, mit der trinke ich jeden Sonntag Tee«, meine ich ernst.

Jenny dreht sich abrupt zu mir, mustert mich geschockt. »Ehrlich?«

»Natürlich nicht.« Ich breche in Gelächter aus und Jenny stimmt mit ein.

»Wo soll ich helfen?«, fragt meine beste Freundin schließlich, nachdem wir uns wieder beruhigt haben.

»Ich habe mit Noah geschlafen«, platzt es aus mir heraus.

»Dem Noah?« Nickend senke ich den Blick, beiße mir auf die Lippe, um das glückliche Grinsen zu unterdrücken. »Wann? Was ist passiert? Hast du ihn nicht eigentlich gehasst, weil er das Gemälde vor dir versteckt hat?«

Jenny kennt kaum etwas der Geschichte, da ich nie wusste, wie ich anfangen sollte. Im Gegensatz zu Lisa weiß sie nichts über unsere Vorgeschichte. Doch das werde ich jetzt ändern.

»Komm«, meine ich und ziehe sie mit mir in die Küche. »Für eine Tasse Tee hat man immer Zeit, oder?«

Meine beste Freundin lacht. »Immer. Danach kannst du mir dann alles zeigen, wir gehen nochmal den Plan durch und du kannst dich zurückziehen und endlich das Gemälde finden.« Ich nicke dankbar. Lachend legt Jenny mir einen Arm um die Schulter. »Das wird, Lily. Bisher haben wir jede Party zusammen gestemmt, oder? Mach dir keine Sorgen, ich kümmere mich hier um alles, während du das Bild suchst.«

»Danke«, sage ich gerührt und lehne mich gegen Jenny.

Kapitel 17

Der Abend des Grauens

**Wenige Stunden bis zur Party,
Gemütszustand: Jetzt ist alles zu spät**

Nichts. Hier ist verdammt nochmal nichts. Nicht ein kleiner Hinweis auf den Verbleib des Gemäldes. Nachdem ich sowohl den Keller als auch den Dachboden durchsucht habe, sinke ich müde auf mein Bett. Der Frust kämpft sich seinen Weg an die Oberfläche. Soll das alles wirklich umsonst gewesen sein? Der ganze Stress, die ganzen Kämpfe mit meiner Mum, nur um nun ohne ihre Hilfe dazustehen. Wie ungerecht.

So ist das wohl manchmal im Leben. Man gibt sein Bestes und verfehlt das Ziel trotzdem.

Ich habe nun zwei Möglichkeiten. Entweder ich verkrieche mich unter die Bettdecke, dann bleibt die ganze Sache allerdings an Jenny und Lisa hängen. Oder ich ziehe diesen Abend durch. Danach kann ich diesem Haus den Rücken kehren. Dieses Mal ohne schlechtes Gewissen.

Seufzend reibe ich mir übers Gesicht. Du schaffst das Lily. Da unten sind Menschen, die dich lieben, Menschen, die extra aus London angereist sind, um dich zu unterstützen. Menschen, die an meiner Seite stehen, komme was wolle. Durch den Gedanken geht es mir besser. Deswegen stehe ich auf und gehe die Treppen hinunter in die Eingangshalle. Das Geländer ist mit einer grünen Girlande aus Tannenreisig geschmückt, an dem viele goldene und bronzefarbene Kugeln hängen. Auch der Rest der Halle erstrahlt mittlerweile in weihnachtlichem Glanz. Im Gegensatz zum Fest vor einigen Wochen ist dieses Mal alles farblich aufeinander abgestimmt. Außerdem hängt die Deko sicher an Ort und Stelle und rundet das Bild der Einrichtung ab. Jenny ist meinen Vorstellungen bis ins kleinste Detail gefolgt, hat alles genau so umgesetzt, wie ich es mir vorgestellt habe.

»Und?« Sie steht in der Mitte der Halle, hebt ihre Arme in die Luft und dreht sich einmal um sich selbst. »Was sagst du?«

»Es ist perfekt.«

»Oder?« Ich nicke. »Was macht das Gemälde? Gefunden?«

»Nein.«

»Shit.«

»Ja, shit.« Trotzdem lächle ich. Es tut weniger weh, wenn ich den Schmerz in meinem Inneren vor mir selbst verberge. Wenn ich ihn einsperre und nur in bestimmten Momenten an die Oberfläche lasse. »Tut mir leid.«

»Was denn?«

»Dass ich dich enttäuscht habe.« Meine Stimme zittert, obwohl ich versuche, sie krampfhaft fröhlich klingen zu lassen. Allerdings kennt Jenny mich gut genug, um hinter die Fassade zu blicken.

»Ach, Süße.« Mit wenigen Schritten ist sie bei mir, zieht mich in ihre Arme. Ich versteife mich. Bloß nicht weinen. Beherrsche dich. Sobald der Damm einmal offen ist, glaube ich kaum, ihn wieder verschließen zu können. Deswegen bemühe ich mich stark zu sein.

»Dieser Deal war von Anfang an zum Scheitern verurteilt. Das wussten wir. Trotzdem hast du nie aufgegeben, hast dich durchgekämpft und das Beste herausgeholt. Das ist mehr, als ich gekonnt hätte. Deswegen bin ich kein bisschen enttäuscht. Im Gegenteil, ich bewundere dich sogar.«

Ein freudloses Lachen entfährt mir und Jenny löst sich ein Stück, schaut mir in die Augen. »Das meine ich ernst. Kopf hoch. Komm, wir gehen uns umziehen, bald treffen die Gäste ein.«

***

»Willkommen«, begrüßt meine Mum die ersten Gäste und schüttelt eifrig Hände. Währenddessen gebe ich dem Personal, das wir für heute Abend angeheuert haben, die letzten Anweisungen.

»Gläser sollen immer gefüllt sein. Ihr seid dauerhaft mit vollen Tabletts unterwegs und bietet verschiedene Getränke an. Die Wünsche der Gäste haben heute oberste Priorität. Solltet ihr etwas nicht erfüllen können, meldet euch bei mir.« Die Kellner nicken, dann huschen sie davon und ich streiche mein goldenes

Paillettenkleid glatt. Normalerweise wäre es mir zu viel, doch zum heutigen Abend und zu Weihnachten passt es. In meinem Haar steckt sogar eine grün-rote Schleife, die mit kleinen Rentieren bedruckt ist. Keine Ahnung warum, aber Weihnachten macht aus mir einen anderen Menschen.

»Lily«, ruft meine Mutter mir vom Eingang aus zu. Ich folge ihrem Winken. Neben ihr steht der Kerl, den sie mir bei der ersten Weihnachtsfeier vorgestellt hat. Leider habe ich seinen Namen vergessen.

Mum lächelt übertrieben und legt ihre Hand auf meinen Rücken, als hätten wir am Morgen nicht erst miteinander gestritten. Schein ist eben alles. »Peter ist heute Abend extra wegen dir hier.«

»Mir?«, murmle ich überrascht, verstecke es allerdings hinter einem Lächeln.

Peter streckt mir seine Hand entgegen. »Schön Sie wiederzusehen, Lily.«

»Danke«, entgegne ich und drücke seine Finger einen Augenblick. Sie sind warm, aber rau.

Mum presst ihre Finger gegen meine Schulterblätter, als würde sie versuchen, mich in Peters Richtung zu schieben. »Magst du Peter die Bar zeigen?« Sie wendet sich ihm zu. »Lily hat heute die komplette Party organisiert. Wenn Sie mich fragen, ein Kunstwerk. Kein Vergleich zur letzten, meinen Sie nicht auch?«

Innerlich verdrehe ich die Augen, sehe beinahe mein Hirn dabei. Kaum zwanzig Minuten zuvor wollte Mum genau wissen, ob auch alles glatt läuft ... ob ich wirklich jede ihrer Bedingungen erfüllt habe. Natürlich ließ sie dabei keine Gelegenheit aus, mir deutlich zu machen, dass das Gemälde fehlt. Danke, weiß ich selbst.

Peter nickt anerkennend. Sein Blick wandert durch die Eingangshalle. Hinter ihm treffen bereits die nächsten Gäste ein, deswegen deute ich in den Raum.

»Sollen wir?«

»Gern.« Peter folgt mir und ich führe ihn vorbei an der riesigen Eisskulptur hin zur Bar. »Heute sieht es wirklich schöner aus als beim letzten Mal.«

Ich werfe einen Blick über meine Schulter. »Danke. Was möchten Sie?«, frage ich nervös, denn Peter erzeugt ein seltsames Gefühl in meiner Magengegend. Vielleicht, weil meine Mum ihn mir vorgestellt hat und ihre Absichten offensichtlich waren: Sie wollte mich verkuppeln.

»Whisky auf Eis«, sagt Peter und der Kellner bereitet seinen Drink direkt zu. »Man muss es ausnutzen, wenn man zu Gast bei einem der besten Whiskyhersteller des Landes ist.«

Ich lache künstlich. Selbst in meinen Ohren klingt es falsch. Dann sehe ich mich übertrieben auffällig um. »Meine Mum ist nicht hier, Sie können sich die Lobeshymne also sparen.«

Obwohl Peter lacht, winkt er ab. »Das war mein Ernst. Ich liebe euren Whisky.«

Mein Hirn sucht fieberhaft nach einer Ausrede, um Peter verlassen zu können. Leider scheine ich genau in dem Moment meine komplette Kreativität verloren zu haben. Müde senke ich den Kopf. Im Hintergrund dringt leise Weihnachtsmusik aus den Boxen. Ich habe eine Playlist mit meinen liebsten Liedern zusammengestellt, die am Ende des Abends auch mich endlich in die richtige Stimmung versetzt haben sollten. Trotz der Umstände ist schließlich Weihnachten, das Fest der

Liebe. Das Fest, an dem Gräben überwunden und Brücken gebaut werden sollten. Allerdings nicht zu jedem Preis. Sollte ein Brückenbau bedeuten, sich selbst zu verlieren, ist das der falsche Weg. Es hat genau 28 Jahre gebraucht, um das zu verstehen. Dennoch habe ich keine Lust in meinen Gedanken zu versinken. Die letzten Wochen habe ich alles daran gesetzt, dieses Fest zu organisieren und nun ist es endlich soweit. Bisher gibt es keine großen Katastrophen, das sollte ich feiern, zusammen mit Jenny, Lisa und später Noah.

Plötzlich fühle ich eine Hand an meiner Wange. Verwirrt hebe ich den Blick. Peter schiebt mir eine Strähne hinters Ohr, lächelt mich dabei an. Irgendetwas daran stört mich.

»Jetzt sind wir uns schon zweimal begegnet, wollen wir uns vielleicht duzen?«, fragt Peter und ich zwinge mich erneut zu einem Lächeln.

»Klar.«

»Super. Organisierst du lediglich in London Partys? War das heute eine Ausnahme?«, meint er und trifft mich damit unvorbereitet. Nicht nur mit seinem Verhalten, sondern vor allem mit der Frage. Die Antwort bedarf eines Ausflugs in die Zukunft. Dabei vermeide ich es momentan, mir darüber Gedanken zu machen, denn Noah wird hier sein, während ich in London versuche die Dinge zu regeln. Allein die Vorstellung eine längere Zeit von ihm getrennt zu sein, schmerzt. Vor allem, nachdem wir endlich wieder zusammengefunden haben. Aber dieses Mal sind wir erwachsen. Dieses Mal schaffen wir es.

Peter räuspert sich und erinnert mich an seine Frage. Schnell tauche ich aus meinen Gedanken auf. »Ich bin

Eventplanerin. Für mich spielt es im Grunde kaum eine Rolle, wo ich eine Party organisiere. Natürlich war es hier draußen deutlich schwieriger, weil ich zuhause bereits feste Partner habe, die ich kenne und mit denen ich öfter zusammenarbeite.«

»Hast du je überlegt, die Veranstaltungen für die Whiskydestillerie zu übernehmen?«

Nein. Niemals. Das ist mit das Letzte, das mir in den Sinn kommen würde. Natürlich behalte ich diese Tatsache für mich. Stattdessen schüttle ich den Kopf. »Auf Dauer wäre es mir wahrscheinlich zu einengend und langweilig. Ich liebe es, dass jede Party etwas anderes beinhaltet. Dass ich mich jedes Mal auf meine Kundinnen und Kunden einstellen kann. Dadurch wird jedes Event etwas Besonderes.«

»Verstehe«, entgegnet Peter und nippt an seinem Getränk. »Und wenn du auch Ausflüge und ähnliche Dinge für die umliegenden Firmen organisieren würdest? Es gibt genug Touristen in der Gegend. Natürlich ist das eine etwas andere Art der Planung, aber du würdest jedes Mal neue Gesichter sehen.«

Darüber habe ich nie nachgedacht. Vermutlich könnte es mir tatsächlich Spaß machen.

»Ehrlich gesagt«, beginnt Peter und stellt sein Glas auf den Tresen der Bar. »Ich wäre froh, jemanden wie dich in meinem Team zu haben. Falls du dich jemals umorientieren willst, melde dich bei mir.« Ein breites Lächeln ziert sein Gesicht und er zwinkert mir zu. Flirtet Peter gerade mit mir? Oder ist er lediglich höflich? Wobei er mir bei unserem ersten Treffen wenig freundlich erschien. Zumindest nicht der Freundlichkeit wegen, sondern eher, um damit etwas zu erreichen.

Ich verschlucke mich an meiner eigenen Spucke, huste heftig. Mit der linken Hand klopfe ich mir gegen die Brust, während ich Peters Finger an meinem Rücken spüre. Das ist mein Ende. Oder zumindest das meiner Luftröhre.

»Geht's wieder?«, fragt Peter und ich versuche mich an einem Lächeln.

»Ja, danke.« Meine Stimme ist rau und jedes Wort schmerzt.

Peter beugt sich nach vorne, unsere Blicke treffen sich und er legt eine Hand an meine Wange. Okay, das ist eindeutig. Kein Zweifel, er flirtet.

Verwirrt trete ich zurück, bringe Abstand zwischen uns. Sofort legt sich Unverständnis auf Peters Züge. Keine Ahnung, was meine Mum ihm erzählt hat. Vielleicht hat sie ihm meine Hand versprochen, vielleicht hat er meine Signale aber auch lediglich missverstanden. Es spielt keine Rolle, ich empfinde nichts für ihn. Warum auch? Wir kennen uns keine fünf Minuten. Außerdem gehört mein Herz Noah. Hat es schon immer und wird es für immer, auch wenn ich noch keine Ahnung habe, wie ich mein Leben in London und seines hier verbinden kann.

Deswegen gehe ich einige Schritte Richtung Eingangshalle, drehe mich dann aber zu ihm um. »Tut mir leid, Peter. Ich glaube hier liegt ein Missverständnis vor.«

»Missverständnis? Hast du mich nicht extra eingeladen, um mich besser kennenzulernen?«

»Bitte?«, entfährt es mir. Da steckt eindeutig meine Mutter dahinter. Wer sonst sollte Peter extra einladen? »Entschuldige,   das   muss   wohl   ein

Kommunikationsproblem gewesen sein.« Obwohl ich jedes Recht dazu hätte, Mum vorzuführen und ihr doppeltes Spiel auffliegen zu lassen, entscheide ich mich dagegen. Es macht keinen Unterschied, zumal es unsere privaten Probleme sind, die auf dieser Weihnachtsfeier fehl am Platz wären. Trotzdem schießt mein Blutdruck in die Höhe und ich presse meine Hände fest gegen meine Oberschenkel, um die Fassung zu wahren.

Auf einmal kommt Peter auf mich zu. Gleichzeitig gehe ich rückwärts, um den Abstand zwischen uns beizubehalten. »Dann habe ich deine Freundlichkeit falsch gedeutet?«, sagt er und ich nicke.

»Es tut mir ehrlich leid.« Meine Stimme ist weiterhin rau von dem Hustenanfall. Außerdem spüre ich die Wand in meinem Rücken, daher strecke ich die Arme aus. Zur Not boxe ich Peter gegen die Brust, sollte er meine Grenzen missachten. »Hör zu, Peter, ich verstehe, dass die Situation gerade wirklich unangenehm ist. Dennoch kann ich dir mit Gewissheit sagen: Mein Herz gehört einem anderen.«

Peter schaut mich zweifelnd an. Anscheinend reicht meine Rede nicht, um ihn vollkommen zu überzeugen. »Ich liebe Noah«, füge ich daher hinzu. »Er gehört seit einer Ewigkeit zu meinem Leben und wird das bis ans Ende meiner Tage. Vertrau mir, Peter. Daran wird sich nichts ändern. Weder heute noch morgen oder übermorgen. Wir gehören zusammen.« Jedes Wort meine ich so. Denn wenn dieses Weihnachten etwas Gutes hatte, dann dass ich verstanden habe, wieviel Noah mir bedeutet.

Tatsächlich zieht Peter sich zurück. Offenbar hat meine Ansprache Wirkung gezeigt. Erleichtert atme ich auf. Nun streicht er sich verlegen über seinen Anzug. »Jetzt ist es wohl an der Zeit, dass ich mich entschuldige. Es tut mir leid, ich dachte ... nun ja ... also du willst mich eben zappeln lassen. Deine Mutter hatte bereits angedeutet ...«

»Schon gut«, unterbreche ich ihn. Es reicht mir. »Belassen wir es dabei, okay?«

Er nickt und streckt mir seine Hand entgegen. Augenblicklich beruhigt sich mein Herzschlag. Daher greife ich nach seinen Fingern und drücke sie freundschaftlich.

»Dennoch würde ich mich freuen, wenn du dich bei mir meldest«, meint er lächelnd und ich hebe die Augenbrauen. »Beruflich. Wir suchen tatsächlich jemanden, der uns bei der Eventplanung und einigen neuen Touren für unsere Touristen unter die Hände greift. Deine Mutter hat meine Kontaktdaten.«

»Danke für das Angebot.«

Peter geht ohne ein weiteres Wort und ich sinke erleichtert gegen die Wand, schließe meine Lider für einen Moment. Hoffentlich bleibt das der einzige Zwischenfall des Abends. Damit könnte ich tatsächlich leben.

Die Wut auf meine Mutter schlucke ich hinunter. Was auch immer ihre Absichten gewesen sein mochten ... sie hat das für sich getan. Für sich und ihre Ansprüche. Für sich und ihre Vorstellungen, die sie von meinem Leben hat. Doch genau das ist der Punkt, es ist mein Leben. Ich habe ihr lange genug Macht darüber gegeben, indem mich ihre Gegenwart beeinflusst hat. Damit ist nun Schluss. Ein für alle Mal.

Als sich warme Finger um meine schließen, zucke ich zusammen und öffne die Augen schlagartig. Neben mir an der Wand steht Noah. Ein sanftes Lächeln liegt auf seinen Lippen. »Habe ich dich erschreckt?«

»Schon gut«, sage ich und winke ab.

»Du liebst mich?«

Mein Puls schnellt in die Höhe. Wärme flutet mich und kribbelt heiß auf meiner Haut. Verlegen senke ich den Blick. »Das hast du gehört?«

»Ja«, murmelt Noah. Er streicht mir mit dem Daumen über den Handrücken, massiert meine Haut. Tausend Dinge brennen mir auf der Zunge und in meinem Herzen, gleichzeitig genieße ich den Moment, der nur uns gehört. Erst jetzt wird mir bewusst, wie voll der Raum mittlerweile geworden ist.

»Lily?« Die Stimme meiner Mum reißt mich zurück in die Realität. Etwas an ihrer Tonlage lässt meine Alarmglocken schrillen. Ist die erste Katastrophe im Anmarsch?

»Komm«, sage ich zu Noah und ziehe ihn hinter mir her. Meine Mutter ist die Letzte, die ich gerade sehen will. Deswegen stehlen wir uns davon, schlängeln uns an den Gästen vorbei ins hintere Treppenhaus. Dort steigen wir die Stufen nach oben, bis wir am Ende angelangen. Die Tür zum Dachboden ist verschlossen und ich lasse mich an der Wand hinabgleiten. Noah folgt mir, unsere Finger weiterhin fest verschränkt. Nach einigen Minuten geht das Licht, das durch einen Bewegungsmelder aktiviert ist, aus und taucht uns in

Dunkelheit. Lediglich durch ein kleines Fenster dringt etwas Helligkeit ins Innere.

»Ja, ich liebe dich«, sage ich und breche die Stille. »Ich habe dich immer geliebt. Allerdings habe ich dir das Herz gebrochen, habe eine deiner größten Ängste wieder auf den Plan gerufen. Das werde ich mir niemals verzeihen, Noah.« Mit der Zunge befeuchte ich meine Lippen. Auf einmal ist mein Mund staubtrocken. »Keine Ahnung, was die Zukunft bringt, ob sie heiter oder düster wird. Keine Ahnung, ob wir es dieses Mal schaffen. Aber in dieser Sekunde, genau jetzt bin ich davon überzeugt, für immer an deiner Seite zu bleiben. Denn ich bin so unfassbar stolz auf dich. Auf dich und das, was du geschafft hast.«

»Lily ...« Ich drehe mich zu Noah, erkenne seine Umrisse und lege meine Hand auf seinen Mund, um ihn zu unterbrechen.

»Bitte, fühl dich nicht unter Druck gesetzt zu sagen, dass du mich ebenfalls liebst. Weder jetzt noch irgendwann. Sei du selbst, die beste Version von dir. Keine von der du glaubst, das sie mir gefallen könnte. Wohin das geführt hat, haben wir ja gesehen.«

Noah bewegt seine Lippen unter meiner Hand und ich ziehe sie zurück, hatte ganz vergessen, seinen Mund damit verschlossen zu haben. »Tschuldige«, murmle ich verlegen.

»Lily«, beginnt er erneut. Anstatt weiterzusprechen, legt er seine Finger in meinen Nacken und zieht mich so nah zu sich, dass unsere Nasenspitzen sich berühren. Sanft stupst er seine gegen meine. »In meinem Kopf geht so viel vor sich. Tausend Dinge, die ich sagen will.«

Ich grinse. »Das fühle ich.«

»Die Ängste, sie waren schon seit meiner Kindheit da. Allerdings habe ich mir nie zugestanden, darüber zu sprechen. Es war als würde ich versagen, meine größte Schwäche offenbaren.«

Das kann ich gut nachvollziehen. »Verstehe. Geht es dir damit nun besser?«

»Ja, sie werden immer ein Teil von mir sein. Deswegen war es mir wichtig, dass du Bescheid weißt. Manchmal werden sie mich lenken und mir Dinge einreden, die dir seltsam vorkommen. Aber momentan bin ich stabil, gehe sogar nur unregelmäßig zu meiner Therapeutin.« Noah legt seine Stirn gegen meine, seine Finger weiterhin in meinem Nacken. Dort wo er meine Haut berührt, kribbelt es angenehm. Deswegen schließe ich die Lider, lasse mich in seine Berührung fallen.

»Sag mir, wenn ich etwas falsch mache, dich irgendwie triggere, okay? Wir müssen miteinander reden, Noah. Keine Alleingänge mehr. Keine Einzelentscheidungen.«

Er nickt, das spüre ich an meiner Stirn. »Nur noch eine gemeinsame Zukunft.«

»Das klingt schön«, entgegne ich.

»Finde ich auch.«

Ich öffne meine Lider und blicke ihm in die Augen. Obwohl ich ihn aufgrund der Nähe nur unscharf sehe, ist er wunderschön. Glücklich presse ich meine Lippen auf seine. Meine Seele explodiert beinahe vor Zufriedenheit. Schließlich löse ich mich von Noah und rutsche so weit neben ihn, dass ich entspannt meinen Kopf an seine Schulter legen kann.

»Hast du das Gemälde gefunden?«, fragt er nach einer Weile.

»Nein.« Seufzend drücke ich mich enger an Noah. »Zurück in London muss ich schauen, wie es mit *Lilyvents* weitergeht.«

»Es gibt sicher einen Weg.«

»Mit dem Geld meiner Eltern wäre es nur leichter gewesen«, meine ich. Das Geld sollte in eine Marketingkampagne fließen, die den schlechten Bewertungen entgegenwirkt und neue Kunden anlockt. Nun muss ich darauf verzichten. Wie soll ich die nächsten Wochen füllen, so schnell Aufträge ergattern? Vielleicht ist es ein Zeichen? Genau der richtige Moment, um neu abzubiegen? Und was geschieht dann mit Jenny und unseren Angestellten? Keine Ahnung, allerdings könnten wir eine Zweigstelle eröffnen. Während ich mich hier um Events für die Touristen kümmere, kann Jenny weiterhin in London bleiben. Der Gedanke ist ungewohnt. Bisher war Jenny stets an meiner Seite, wir haben Dinge gemeinsam beschlossen und umgesetzt. Gleichzeitig gefällt mir die Idee, obwohl ich dadurch meiner Mutter öfter über den Weg laufen würde.

»Woran denkst du?«

»Die Zukunft, wie es weitergehen wird – mit *Lilyvents.*«

Noah streicht mir übers Haar. »Lass uns die Gedanken dazu vertagen, okay? Heute ist Heiligabend, danach Weihnachten und Silvester. Neues Jahr, neues Glück, heißt es doch, oder?«

»Du hast recht«, meine ich und bereue meine nächsten Worte, bevor ich sie ausgesprochen habe. »Wir sollten zurück nach unten gehen.«

»Gute Idee, ich habe ein Geschenk für dich.«

Überrascht hebe ich den Kopf und schaue Noah an. »Echt?« Das habe ich in dem Chaos meiner eigenen Gefühle ganz vergessen. Peinlich berührt presse ich die Lippen aufeinander.

»Klar, eigentlich ist es dafür ein Tag zu früh, aber ich glaube, du wirst dich freuen.«

»Natürlich freue ich mich«, entgegne ich. »Kann ich dein Geschenk nachreichen?«

Noah winkt ab. »Du hast mir deins schon gegeben.«

»Habe ich?«, meine ich verwirrt. »Wie das?«

»Das erkläre ich dir unten.«

Wir stehen auf und Noah verschränkt unsere Finger wieder miteinander. Das Licht springt an, deswegen blinzle ich heftig. Nach einigen Sekunden lässt die Überblendung nach und ich erkenne das Treppenhaus wieder. Zusammen gehen wir nach unten.

Im großen Saal herrscht reges Treiben. Der Geräuschpegel ist beinahe ohrenbetäubend, da die Gäste sich ausgelassen miteinander unterhalten. Selbst die Musik im Hintergrund verblasst beinahe. Zufrieden stelle ich fest, dass die meisten ein gefülltes Glas in der Hand haben oder ein Häppchen verspeisen. Bald ist Zeit fürs Essen, davor sollte ich in der Küche nachsehen, ob wir im Zeitplan liegen. Gerade als ich mich kurz von Noah verabschieden will, zieht er mich Richtung Eingangshalle. Von dort kommt uns meine Mutter entgegen.

»Das ist unfassbar«, meint sie, bevor wir sie erreicht haben. »Das ... ich ... nein.«

So habe ich sie bisher nie erlebt. Fehlen ihr die Worte? Kann ich mir diesen Tag rot im Kalender anstreichen? Allerdings befürchte ich, dass ich – oder etwas, dass ich getan habe – diesen Zustand ausgelöst haben und mir meine Schadenfreude daher gleich auf die Füße fällt.

Anstatt bei Mum anzuhalten, geht Noah weiter durch den Flur und bleibt erst neben dem großen Weihnachtsbaum stehen. »Warte hier, okay?«

»Klar«, entgegne ich und schau ihm nach, wie er den Raum durch die Haustür verlässt.

»Was hast du dir dabei gedacht?« Mum ist neben mir. Natürlich bin ich der Grund für ihre Laune. Vielleicht hätte ich darauf wetten sollen.

»Wobei?«, frage ich ruhig, blicke jedoch weiterhin zur Tür.

Mum schiebt sich in mein Blickfeld. »Peter. Du hast ihn abgewiesen.«

»Natürlich. Die Frage ist eher, was hast du dir dabei gedacht?«

»Wie bitte?«

»Du hast mich schon verstanden«, entgegne ich ruhig. Meine Stimme zeigt keine meiner Gefühlsregungen, denn es sind Gäste um uns herum. »Dich derart in mein Leben einzumischen und mit den Erwartungen und Hoffnungen anderer zu spielen ... das ist wirklich ein neues Level, Mum.«

»Wenn du nur ein einziges Mal, das tun würdest, was ich dir sage. Peter ist ein guter Mann.«

»Kann schon sein, aber ich habe meinen Mann bereits gefunden.«

»Ist das so?«

»Ja, er kommt gerade zur Tür herein.«

Mum dreht sich um und schnaubt. »Noah? Was kann er dir schon bieten?« Wieder die alte Leier.

»Alles, was ich brauche.«

Hinter Noah entdecke ich Ian, der den Kopf zur Tür reinstreckt. Ich versuche, an den Gästen vorbeizusehen, um herauszufinden, was die beiden vorhaben.

»Schließ deine Augen«, weist Noah mich an, als er bei mir ankommt. Meine Mum schnaubt erneut, doch Noah ignoriert sie. Am besten folge ich seinem Beispiel, deswegen lege ich meine Hände vors Gesicht.

»Unmöglich«, murmelt meine Mum einige Sekunden später. Meine Nervosität steigt. Was hat Noah sich ausgedacht? Etwas schabt über den Boden, quietscht dann und ich gehe automatisch einen Schritt zur Seite, weg von dem Geräusch. Ich stoße gegen meine Mum und spanne mich an. Die Situation ist mir unangenehm. Ob uns die Leute anstarren? Was, wenn ich anders auf das Geschenk reagiere, als Noah es erwartet? Überraschungen sind toll ... und anstrengend.

Plötzlich nehme ich auf der anderen Seite einen Körper neben mir wahr. »Du kannst die Augen nun öffnen«, sagt Noah und ich atme tief ein, bevor ich seinen Anweisungen Folge leiste.

Tatsächlich mustern uns einige Gäste neugierig. Doch die meisten sind höflich genug, um vorzutäuschen weiterhin in ihre Gespräche vertieft zu sein. Meine Mum hingegen fixiert einen Punkt zu meiner Linken. Langsam folge ich ihrem Blick und erstarre.

»Unmöglich«, wiederholt Mum.

»Ist das ...«, frage ich, halte dann jedoch inne, gehe um Noah herum, um besser sehen zu können.

»Ja.« Noah nickt. »Es ist das Weihnachtsgemälde.«

Vor mir auf einer Staffelei aus Holz, steht das Gemälde, das ich seit Wochen suche. Es ist kleiner, als ich gedacht hatte, wirkt neben dem großen Weihnachtsbaum beinahe winzig. Allerdings verleiht ihm der massive goldene Rahmen einen edlen Touch.

»Unmöglich«, wiederholt meine Mum. »Das ist unmöglich.«

Ich drehe mich zu ihr. »Wieso? Weil du dachtest, dass du es sicher vor uns versteckt hattest? Falsch gedacht.«

»Weil es im Safe der Bank eingeschlossen ist«, erklärt meine Mum und nun sehe ich zu Noah.

»Hast du etwa eine Bank ausgeraubt?«, scherze ich. Hoffentlich ist es ein Scherz.

Noah blickt mich ernst an. »Für dich würde ich alles tun.«

»Wirklich?«, entfährt es mir und ich haue Noah gegen den Oberarm. »Bist du bescheuert?«

»Nein, natürlich nicht.« Noah lacht. »Das war ein Scherz, Lily.«

»Aber wie kommst du dann zu dem Bild?«

»Ich bin der Künstler, oder?«, raunt er mir zu. Irgendwie verstehe ich nur Bahnhof. Doch bei meiner Mum scheint es geklickt zu haben, denn dem Schock weicht ein Lächeln.

»Eine Kopie«, erklärt sie und endlich lichtet sich der Nebel in meinem Kopf.

»Du hast das Gemälde nochmal gemalt.«

»Ja, seit dem Tag, an dem ich herausgefunden habe, dass deine Mum es hat, arbeite ich daran. Sicher ist sicher.«

Mir fehlen die Worte. Die Geste rührt mich unfassbar, denn Noah hat das getan, um mir zu helfen. Dabei spielte es für ihn keine Rolle, ob wir uns gestritten hatten, oder nicht. Ohne darüber nachzudenken, falle ich Noah um den Hals. Ich drücke ihn fest an mich, kralle mich in sein Oberteil und trotzdem ist es zu wenig. Am liebsten würde ich mit ihm verschmelzen, mich komplett um ihn legen.

»Danke«, flüstere ich ihm ins Ohr und küsse ihn auf die Wange. »Danke.«

Dann löse ich mich von ihm. Es ist unfassbar, dass das Gemälde wirklich vor mir steht. Damit habe ich es geschafft. Die Bedingungen sind erfüllt.

»Eine Kopie«, murmelt Mum und ich zweifle ein bisschen an ihrem Geisteszustand.

Abermals drehe ich mich zu ihr. »Du wiederholst dich.« Ihre Aussage, dass sie das Gemälde wirklich besitzt und die ganze Zeit vor mir versteckt hat, ignoriere ich. Obwohl ich es vermutet hatte, habe ich nun den Beweis. Sie hat mich sabotiert, hat gegen mich gespielt, vollkommen wissentlich.

»Wenn es eine Kopie ist, dann hast du die Bedingungen nicht erfüllt«, erklärt Mum und mir bleibt der Mund offen stehen.

»Ist das dein Ernst?« Ich schüttle ungläubig den Kopf. Meine Stimme ist laut geworden und mittlerweile haben sich einige Gäste um uns versammelt, hören uns neugierig zu. Wunderbar. »Du wolltest das Gemälde hier ausstellen, das habe ich dir – dank Noah – ermöglicht. Das war die Aufgabe. Punkt.«

»Stimmt, allerdings wollte ich das echte Gemälde, von I.L.N. keine Kopie.«

»Das ist …« … I.L.N. wollte ich sagen, kann mich gerade noch rechtzeitig stoppen. Die Wahrheit würde Noahs Identität enthüllen, vor den Anwesenden. Nein, lieber verliere ich diese Challenge.

Noah greift nach meiner Hand. »Es ist von I.L.N.«

Überrascht drehe ich mich zu ihm. »Du musst das ...«

»Ich will. Ich will den Leuten sagen, dass ich dieses Gemälde für dich gemalt habe. Dass es dir gehört, genau wie mein Herz.« In seinem Blick liegt keinerlei Unsicherheit. Ganz im Gegenteil. Da sind Stärke und Sicherheit. Vertrauen und Liebe. Zumindest bilde ich mir das ein. »Ich bin I.L.N.«, sagt Noah laut zu meiner Mutter. »Es handelt sich also streng genommen um keine Kopie, wenn es der Künstler höchstpersönlich anfertigt. Folglich sind die Bedingungen erfüllt.«

»Das ist doch wohl ein Scherz«, empört sich meine Mum und verschränkt die Hände vor der Brust.

Nun stellt sich auch Ian neben uns. Er trägt einen Anzug mit einer bunten weihnachtlichen Krawatte. Ich grinse bei dem Anblick, denn irgendwie unterstreicht es seine Art. »Es stimmt, ich bin Noahs Manager und kann das bestätigen. Seit einigen Jahren vertreibt er seine Kunst unter dem Pseudonym I.L.N.«

Ohne ein weiteres Wort rauscht meine Mum davon. Offensichtlich fehlen ihr erneut die Worte. Oder sie muss sich sammeln, für eine neue Boxrunde im Ring.

Lächelnd wende ich mich Noah zu. »Unglaublich.« Damit meine ich meine Mutter, aber auch die Situation. Die Geste und alles, was Noah für mich getan hat. Dieser Augenblick ist einfach unglaublich.

Da ist es, das Weihnachtswunder, von dem ich die ganzen Wochen geträumt habe. Wer hätte gedacht, dass es sich ausgerechnet hinter Noah versteckt?

»Du bist I.L.N.?«, fragt Lisa, die aus dem Nichts hinter uns auftaucht, Trevor im Schlepptau.

Verlegen senkt Noah den Blick. Ich lege ihm eine Hand zwischen die Schulterblätter. »Das ist er.«

»Wirklich abgefahren. Endlich habe ich jemanden, mit dem ich angeben kann. Ich kenne nun eine Berühmtheit«, plappert Lisa drauf los, anstatt sauer zu sein, wie Noah es befürchtet hatte. Ich mustere ihn genau, beobachte jede seiner Reaktionen. Schüchtern verzieht er die Lippen zu einem Lächeln, als er ebenfalls merkt, dass Lisa keineswegs enttäuscht von ihm ist, sondern eher stolz.

»Bereust du es?«, murmle ich nah an seinem Ohr, sodass niemand uns hören kann. Lisa ist derweil sowieso in ein Gespräch mit Ian vertieft.

Nach einem Moment der Stille, sieht Noah auf. »Nein. Allerdings fürchte ich mich weiterhin vor der Reaktion der Leute. Was sie denken. Ob sie enttäuscht sein werden. Wie sie nun zu meiner Arbeit stehen.«

»Egal, was passiert, wir stehen das zusammen durch. Und ich sage dir ab heute jeden Tag, wie stolz ich auf dich bin. Wie talentiert du bist. Wie großartig.«

Noah lacht. »Abgemacht. Bis ans Ende aller Tage.«

»Bis ans Ende aller Tage.«

Kapitel 18

Lebenslanges Lilyabo

1 Tag nach Heiligabend,
Gemütszustand: Schwebe im Weihnachtswunder

Die letzten Klänge von Stille Nacht, heilige Nacht verklingen und der Musikplayer wechselt zu einem schnelleren Weihnachtssong. Ich drehe den Schlüssel und schalte den Motor aus. Vor dem Pub tummeln sich eine Menge Leute und ich habe nur noch einen Parkplatz etwas abseits bekommen. Ich genieße die Stille in meinem Auto nach dem gestrigen Abend, der noch turbulenter war, als ich es jemals erwartet habe. Bei dem Gedanken an das, was Noah für mich getan hat, schleicht sich ein Lächeln auf meine Lippen.

»Was grinst du denn so?«, fragte Jenny vom Beifahrersitz. Sie nimmt ihre Brille von der Nase und putzt die Gläser.

Sofort wird mein Grinsen noch breiter. »Vielleicht bin ich einfach glücklich.«

»Ist das so?«

»Ja.«

Jenny stößt mir leicht gegen den Oberarm. »Dann ist gut.«

»Danke, dass du extra hergekommen bist, um mich beim Fest zu unterstützen.«

»Kein Problem. Außerdem ist das Familienessen bei uns sowieso erst heute Abend. Bis dahin hätte ich allein in meiner Wohnung gesessen«, meint Jenny und ich beuge mich zu ihr, schließe sie in meine Arme.

Nachdem ich ausgestiegen bin, nehme ich meine Tasche vom Rücksitz, hänge sie mir um und wir gehen zusammen Richtung Pub. Vor dem Eingang steht Miss Harding, beschäftigt damit, die Gäste zu begrüßen. Das Weihnachtsfest ist in vollem Gange und die Stimmung ist ausgelassen, das höre ich bereits von Weitem.

»Unser Weihnachtsengel«, sagt Miss Harding als ich sie erreiche und sie schließt mich in die Arme. »Dank dir, lächeln die Leute, wenn sie ihre Geschenke auspacken.«

»Das habe ich wirklich gern gemacht. Außerdem hat es mich lediglich ein paar Telefonate gekostet und Jenny hat mir geholfen.« Ich deute auf meine Freundin, die ihre Hand hebt und lächelnd winkt.

»Dann muss ich dir ebenfalls danken«, erwidert Miss Harding und zieht meine beste Freundin in eine Umarmung. Überrumpelt stolpert Jenny der älteren Dame entgegen und sieht mich überrascht an.

»Aber eigentlich habe ich noch ein Hühnchen mit Ihnen zu rupfen«, sage ich zu Miss Harding, die unschuldig den Blick senkt.

»Keine Ahnung, wovon du redest, Liebes.«

Ich verschränke die Arme vor der Brust. »Die Aktion mit dem Weihnachtsbaum, den Noah und ich abholen sollten, war also lediglich ein blöder Zufall?«

»Zufall, Schicksal, ein kleiner Schubs. Nenn es, wie du willst. Manchmal muss man dem Glück ein bisschen auf die Sprünge helfen«, entgegnet sie und bringt mich damit zum Lachen. Genau wie einem Welpen, kann man auch ihr nie lange böse sein.

Deswegen schüttle ich lediglich den Kopf und wende mich Jenny zu, deute nach innen. »Sollen wir reingehen?«

»Ja, Liebes, geht nur. Drinnen gibt es Essen, heißen Tee und Gebäck. Außerdem gute Gesellschaft«, sagt Miss Harding und scheucht uns regelrecht in den Pub.

Lautes Stimmengewirr schlägt uns entgegen, das untermalt wird von fröhlicher Weihnachtsmusik. Beinahe scheint es mir, als hätte sich das gesamte Dorf in den Pub gequetscht. Die Ladys sowie Mr Dimple sitzen in ihren Sesseln, die sie etwas zur Seite geschoben haben, unterhalten sich mit anderen Gästen. Überall steht Essen, dessen Duft mir das Wasser im Mund zusammenlaufen lässt.

Noah lehnt an der Theke. Die Ärmel seines Hemdes hat er bis zu den Ellbogen hochgekrempelt. Genau wie ich, ist er heute hier, um zu helfen, was das dreckige Geschirr in seinen Händen erklärt. Um Jenny nicht zu verlieren, greife ich nach ihrem Handgelenk und ziehe sie mit mir. Die Menge steht dicht, deswegen müssen wir uns regelrecht hindurchquetschen.

»Hey«, begrüße ich Noah. Er wendet sich mir zu und ein breites Lächeln ziert seine Lippen.

»Hey.«

»Hey.«

»Hey.«

Ich lache. »Hey.«

Nun tritt Jenny neben mich. »Hallo.«

»Entschuldige«, meine ich und presse meine Lippen zusammen, um das Grinsen zu unterdrücken, dass sich allein bei dem Gedanken an Noah auf meinem Gesicht ausbreitet. »Habe ich euch gestern Abend vorgestellt? Irgendwie liegen die letzten Stunden hinter einem verschwommenen Schleier.«

Jenny nickt. »Ja.«

»Kann ich euch einen Weihnachtstee bringen?«, fragt Noah, aber ich lehne ab.

»Ich bin ebenfalls zum Helfen hier.«

Noah drückt mir das Geschirr gegen die Brust. »Na dann, auf geht's.«

Kopfschüttelnd nehme ich den Stapel Teller entgegen und bringe ihn in die Küche. Jenny bedeute ich dagegen, vor der Bar Platz zu nehmen. Auf dem Rückweg zu ihr, fülle ich eine Tasse mit Tee und stelle sie vor ihr ab. »Kommst du klar?«

»Natürlich«, entgegnet Jenny. In dem Moment kommt Ian zu uns. Zu meiner Überraschung nimmt er mich in den Arm. Dann dreht er sich zu Jenny. Ich lasse die beiden allein, folge stattdessen Noahs Beispiel und räume dreckiges Geschirr ab. Dabei komme ich allerdings nicht weit, denn jeder verwickelt mich in ein Gespräch.

Müde sinke ich nach einigen Stunden neben Jenny auf den Barhocker. Der Pub ist weiterhin vollkommen überfüllt. Außerdem schmerzen meine Beine und Arme.

»Hier« sagt Jenny und streckt mir ihre Tasse entgegen«.

Dankbar trinke ich den lauwarmen Tee komplett aus. Mein Hals ist furchtbar trocken, von den vielen Gesprächen, die ich heute geführt habe. Allerdings möchte ich keins davon missen, denn jeder der Gäste hat eine Geschichte zu erzählen. Einige sind traurig, andere geben Hoffnung.

»Endlich ist es soweit«, hallt plötzlich Miss Hardings Stimme durch den Pub. Ich drehe mich zu ihr um und entdecke sie auf der kleinen Bühne, das Mikro vor dem Mund. »Es ist Zeit für unser jährliches Weihnachtslieder-Karaoke.«

»Karaoke«, echoe ich ungläubig.

»Klar, das ist Tradition.« Noah ist plötzlich neben mich getreten. Er legt mir den Arm um die Schulter und zieht mich zu sich. Sofort lehne ich mich gegen ihn, genieße die Berührung.

Tatsächlich ist der erste Sänger bereits auf der Bühne. Es ist Mike. Zu seiner Weihnachtsmannschürze, reicht ihm Miss Harding noch eine rote Mütze. Nun sieht er selbst ein bisschen, wie der Weihnachtsmann aus. Die ersten Takte von *Have Yourself a Merry Little Christmas* dringen durch die Boxen und auf einmal ist es vollkommen still im Raum. Lediglich die Melodie füllt den Pub aus. Sobald der Text einsetzt, wird Mikes Stimme von all den Anwesenden begleitet und eine Gänsehaut breitet sich auf meinen Armen aus. Langsam schaukelt Noah uns im Takt, während ich die Augen schließe. Endlich ist die Weihnachtsstimmung auch bei mir angekommen, denn ich bin rundum glücklich.

»Hast du nochmal mit deiner Mum gesprochen?«, flüstert Noah mir ins Ohr und ich nicke.

»Sie beharrt auf ihrem Standpunkt.«

»Dann bekommst du kein Geld?«

»Nein.« Trotz der Umstände lächle ich. Denn es ist mir egal. Es ist mir egal, dass meine Mum ihr Versprechen bricht. Es ist mir egal, dass ich mir den Hintern aufgerissen habe, nur damit sie mir doch in den Rücken fällt. Das ist eben ihre Art und ich muss meine Konsequenzen daraus schließen. Deswegen habe ich meine Koffer gepackt und werde nicht mehr in dieses Haus zurückkehren. Zumindest nicht für die nächsten Wochen und Monate.

»Was hast du nun vor?«, flüstert Noah gegen mein Ohr. Dabei streift mich sein Atem, bringt mich zum Erschaudern.

»Weitermachen, nach vorne blicken und einen Weg finden, wie ich meine Firma retten kann.« Peters Idee gefällt mir immer besser. Durch die festen Einnahmen, wenn ich Trips für seine Hotels organisiere, hätte *Lilyvents* auch mehr Sicherheit. Jenny habe ich bereits von der Sache erzählt. Zuerst war sie skeptisch, da es hieße, dass ich mehr Zeit in Cornwall verbringen würde. Allerdings wäre es eine schnelle Lösung, die unsere Existenz sichert. Und ich könnte mehr Zeit mit Noah verbringen, was kein unerheblicher Bonus ist.

»Guter Plan.« Hat Noah meine Gedanken gehört? Wohl kaum.

Ich grinse. »Oder?«

Bisher hatten wir keine Zeit, um über uns zu sprechen und darüber, wie es weitergehen soll. Trotzdem bin ich euphorisch. Vielleicht liegt es an der ausgelassenen Stimmung, aber ich glaube fest, dass wir es dieses Mal schaffen werden. Noah und ich haben unsere größten

Ängste voreinander offenbart, hatten endlich den Mut, wieder aufeinander zuzugehen. Wenn wir weiterhin an unserer Liebe festhalten, wird unsere Geschichte ein gutes Ende nehmen. Das ist uns das Schicksal schuldig, nachdem es uns all die Steine in den Weg gelegt hat.

»Ist in deiner Wohnung vielleicht ein Zimmer frei?«, frage ich, als Mike gerade die Bühne verlässt und das Mikrofon weitergibt.

Noah löst sich ein Stück von mir und sieht mich an. »Wieso?«

»Weil ich meine Sachen gepackt habe. Nun suche ich eine neue Bleibe für die nächsten Tage. Oder hast du bereits genug von mir?«

»Niemals«, antwortet Noah sofort und zieht mich wieder enger an sich. »Allerdings kann ich nicht versprechen, dich wieder gehen zu lassen.«

Ich lache. »Dabei wollten wir es langsam angehen lassen.«

»Stimmt. Betrachten wir es als Probephase. Wie bei Netflix. Danach können wir uns entscheiden, ob wir das Abo abschließen oder wieder kündigen wollen.«

Ungläubig mustere ich Noah von der Seite. »Probephase?«

»Genau.«

»Sicher, dass du das willst? Einmal abgeschlossen, ist es ein lebenslanges Abo ohne Kündigungsmöglichkeit«, meine ich grinsend.

»Ich glaube, damit könnte ich leben.« Noah drückt mir einen Kuss auf die Schläfe und ich schließe die Augen.

»Ich auch.«

Epilog

Ein Jahr später — Weihnachten

Gemütszustand: lebenslanges Abo ohne Kündigungsmöglichkeit – das ist erst der Anfang

»Denkst du an die Kekse?«, frage ich Noah und schiele in die Küche. Er steht vor der Anrichte, packt das Weihnachtsgebäck, das wir gestern gebacken haben, in eine große Metalldose.

Er wendet mir den Kopf zu. Sein dunkles Haar ist verstrubbelt, aber ich habe sowieso nur Augen für das Lächeln, das auf seinen Lippen liegt. »Jahaaaa.«

»Können wir dann endlich los?«

Noah kommt zu mir in den Flur. »Als ob ich nicht seit zwanzig Minuten auf dich warte.«

»Was? Auf mich?« Unschuldig grinse ich ihn an. Natürlich hat er recht, denn ich konnte mich einfach für kein Outfit entscheiden. Letztendlich ist es ein Kleid geworden, das mit kleinen Katzen, die rote Weihnachtsmützen tragen, bedruckt ist.

Noah lacht und beugt sich zu mir. Seine Lippen treffen meine. »Lass uns einfach hierbleiben«, murmelt er.

»Gute Idee.« Ich lege ihm meine Hand in den Nacken, ziehe ihn näher zu mir. Dann verschließe ich seinen Mund und genieße die Wärme, die mich augenblicklich flutet. Kurz darauf löse ich mich von ihm und schnippe ihm gegen die Stirn. »Aber was soll Miss Harding ohne unsere phänomenal leckeren Kekse machen? Die Gäste werden traurig sein, wenn sie keine bekommen.«

Noah sieht mich zweifelnd an. »Hoffen wir einfach, keiner stirbt daran. Immerhin hast du mir beim Backen geholfen.«

»Ey«, empöre ich mich. Wobei helfen übertrieben ist. Ich habe Zutaten gereicht und Plätzchen ausgestochen. Das war's.

»Na, komm«, sagt Noah und verschränkt unsere Finger. Zusammen verlassen wir das Haus, setzen uns in den Wagen und fahren zur jährlichen Weihnachtsfeier im Pub. Auch dieses Jahr haben wir Spenden gesammelt, um Bedürftigen eine Freude zu machen.

Bereits von Weitem hören wir die Musik und die fröhlichen Stimmen.

»Lily, Noah«, begrüßt uns Miss Harding, die vor der Eingangstür steht. »Schön, euch zu sehen.«

Ich schließe sie einen Moment in die Arme. »Fröhliche Weihnachten. Hier ist ja richtig was los.«

»Ja, der Pub platzt aus allen Nähten, vielleicht brauchen wir nächstes Jahr eine neue Location.«

Bevor ich antworten kann, kommen neue Gäste, die Miss Harding ebenfalls begrüßt. Deswegen gehen Noah und ich ins Innere. Sofort schlagen uns Ausgelassenheit und Freude entgegen. Der Lärmpegel ist enorm, daher brauche ich einen Augenblick, um mich daran zu gewöhnen. Von der Bar aus winkt uns Lisa entgegen. Neben ihr steht mein Bruder.

Ich bedeute Noah mir zu folgen und gehe zu unseren Freunden. »Wir haben Kekse mitgebracht«, meine ich. Zur Bestätigung meiner Worte hebt Noah die Metalldose ein Stück hoch.

Zweifelnd schielt Lisa hinein, während Trevor die Nase rümpft.

»Hast du die gemacht?«, fragt Trevor und ich verdrehe die Augen.

»Habe geholfen.«

»Aha.«

Noah lacht. »Lily hat Zutaten gereicht und Plätzchen ausgestochen.«

»Aha«, macht Trevor erneut. Dabei schielt er weiterhin in die Keksdose und macht beinahe den Anschein, als würde er im nächsten Moment tot umfallen. »Vielleicht sollten wir die Dose lieber sicher verwahren, bevor jemand zu Schaden kommt.« Jetzt grinst er mich an und ich haue ihm gegen den Oberarm.

»Hast du so wenig Vertrauen in deine neue Geschäftspartnerin?«

»Was das Backen angeht? Ja. Was deine Fähigkeit der Eventplanung angeht? Da vertraue ich dir zu einhundert Prozent.«

Ich lächle. »Na immerhin.« Während ich mich von meinen Eltern im letzten Jahr losgesagt habe, ist das Verhältnis zu meinem Bruder besser denn je. Vor allem seit er kurz nach Silvester mit Lisa zusammengekommen ist. Wir vier unternehmen viel zusammen und ich bin dankbar für jede Sekunde. Nachdem ich Peters Angebot wirklich angenommen habe, plante und organisierte ich das ganze Jahr Trips und Touren für seine Gäste. Auf die Weise konnte ich viele Kontakte knüpfen, sodass wir beschlossen haben, hier in Cornwall einen zweiten Standort von *Lilyvents* zu eröffnen. Dank Jenny, die sich in London um alles kümmert, läuft das Geschäft wieder richtig gut. Endlich ist Gras über die Sache gewachsen und die Kunden rennen uns die Tür ein. Außerdem hat Trevor beschlossen, in *Lilyvents* zu investieren und besitzt nun einen kleinen Teil meiner Firma. Dank ihm konnten wir uns Anfang des Jahres eine neue Marketingkampagne leisten. Zusammen mit dem Geld, dass durch meine Tätigkeit hier in Cornwall reinkam, konnten wir *Lilyvents* wieder Schwung verleihen, sodass niemand seinen Arbeitsplatz verloren hat. Ganz im Gegenteil, mittlerweile mussten wir sogar neues Personal einstellen.

Ein Grinsen schleicht sich auf meine Lippen, als Noah den Arm um meine Schulter legt und mich zu sich zieht. Er drückt mir einen Kuss auf die Wange. Einige Sekunden schließe ich die Augen.

»Fröhliche Weihnachten. Ich liebe dich«, murmelt er an mein Ohr.

»Fröhliche Weihnachten.«

Verrückt, wenn ich bedenke, wie gestresst ich letztes Jahr kurz vor Weihnachten war und wie hoffnungslos mir manche Tage damals erschienen. Wie viel sich innerhalb nur eines Jahres verändern kann, fasziniert mich jeden Tag. Wer hätte gedacht, dass ich hier heute zusammen mit Noah, meinem Bruder und Lisa stehe? Niemand, ich am allerwenigsten.

Kurz lasse ich den Blick schweifen, betrachte die Gäste. Die Ladys und Mr Dimple in ihren Sesseln. Mike hinter der Bar mit einer Weihnachtsschürze. Miss Harding, die gerade Richtung Bühne geht. Zeit für Karaoke.

Mein Grinsen wird größer. Das ist es, auf das ich mich die nächsten Jahre bis ans Ende meiner Tage freuen kann – das ist Zuhause.